MW01569121

孤獨深處

郝景芳

二〇一六年雨果獎〈北京折疊〉得獎感言

對我來說，獲獎並不是完全意料之外，因為我已預期發生這情況，但這不代表我很自滿，或以為自己比其他人厲害。實際上，我還在考慮自己去「雨果獎落選者」派對上的樣子。獲獎者派對，落選者派對，我都不知道自己更期待哪一個呢。科幻作家很喜歡把所有的可能性都考慮到，不管好壞，是幸運還是不幸。他們會討論採取什麼戰略應對外星人等等這樣的問題。基本上可以說，他們生活在無數平行宇宙之間。在〈北京折疊〉這部小說中，我提出了未來的一種可能性，面對著自動化、技術進步、失業、經濟停滯等各方面的問題。同時，我也提出了一種解決方案，有一些黑暗，顯然並非最好的結果，但也並非最壞的：人們沒有活活餓死，年輕人沒有被大批送上戰場，就像現實中經常發生的那樣。我個人不希望我的小說成真，我真誠地希望未來會更加光明。

二〇一六年八月二〇日　郝景芳

目錄

前言

因為〈北京折疊〉的緣故，這本集子大概比較受關注。這是我在二〇一〇—二〇一六年之間發表的一些科幻小說，從未出版過，是初次集結成冊。

我之前曾說過，〈北京折疊〉是一部構想中的長篇的第一章，但是長篇目前還沒有寫，就暫時把〈北京折疊〉先作為短篇收入這本集子。長篇之所以沒有寫，是因為自我感覺還沒準備到位。起初的構想有很多要調整，生活工作經歷又讓我有新的想法，也許要等很久才會動筆完成。

《孤獨深處》的書名，源於我對科幻小說的感覺。科幻小說構想一個可能性的世界，人站在這個世界的邊緣，最容易感覺到出世和異化，出離世界的感覺是最孤獨的孤獨。

小說集中的個別篇目從未出版。〈弦歌〉是幾年前發表的一個故事，它講了人類用音樂迎戰外星人的英勇故事。這是故事的A面，而在寫作的同時，我頭腦中就出現了一個B面故事：有關外星人的真相。實際上，這是一個人與人心自身對抗的故事。A面與B面合一，才構成我心中的象徵意義。

在另一本集子《去遠方》之後，我開始寫一些更情節化的故事，不像第一本小說集那麼意象化。雖然對於很多讀者來說仍然太缺乏情節，但對我自己來說，已經是增加了不少內容。不過，我在意的始終不是情節。我會迷戀於一些抽象的意象，一輩子都在心心念念地想把那些抽象的感覺具象化，這個過程中難免對於情節有所忽略。在未來的寫作中，這仍然是我想要努力平衡的因素。

很感謝長久以來默默支持我的朋友和讀者，我會一直堅持寫下去。寫作是生活中最重要的快樂源泉，也是《孤獨深處》最重要的情感力量。

二〇一六年六月　郝景芳

北京折疊

Chapter 1

一

清晨四點五十分，老刀穿過熙熙攘攘的步行街，去找彭蠡。

從垃圾站下班之後，老刀回家洗了個澡，換了衣服。白色襯衫和褐色褲子，這是他唯一一套體面衣服，襯衫袖口磨了邊，他把袖子捲到胳膊肘。老刀四十八歲，沒結婚，已經過了注意外表的年齡，又沒人照顧起居，這一套衣服留著穿了很多年，每次穿一天，回家就脫了疊上。他在垃圾站上班，沒必要穿得體面，偶爾參加誰家小孩的婚禮，才拿出來穿在身上。這一次他不想髒兮兮地見陌生人。他在垃圾站連續工作了五小時，很擔心身上會有味道。

步行街上擠滿了剛剛下班的人。擁擠的男人女人圍著小攤子挑土特產，大聲討價還價。食客圍著塑膠桌子，埋頭在酸辣粉的熱氣騰騰中，餓虎撲食一般，白色蒸氣遮住了臉。油炸的香味瀰漫。貨攤上的酸棗和核桃堆成山，臘肉在頭頂搖擺。這個點是全天最熱鬧的時間，基本都收工了，忙碌了幾個小時的人們都趕過來吃一頓飽飯，人聲鼎沸。

老刀艱難地穿過人群。端盤子的夥計一邊喊著讓讓，一邊推開擋道的人，開出一條路來，老刀跟在後面。

彭蠡家在小街深處。老刀上樓，彭蠡不在家。問鄰居，鄰居說他每天快到關門才回來，具體幾點不清楚。

老刀有點擔憂，看了看手錶，清晨五點。

他回到樓門口等著。兩旁狼吞虎嚥的飢餓少年圍繞著他。他認識其中兩個，原來在彭蠡家見過一、兩次。少年每人面前擺著一盤炒麵或炒粉，幾個人分吃兩道菜，盤子裡一片狼藉，筷子仍在無望而鍥而不捨地撥動，尋找辣椒叢中的肉星。老刀又下意識聞了聞小臂，不知道身上還有沒有垃圾的腥味。周圍的一切嘈雜而庸常，和每個清晨一樣。

「哎，你們知道那兒一盤回鍋肉多少錢嗎？」那個叫小李的少年說。

「靠，菜裡有沙子。」另外一個叫小丁的胖少年突然捂住嘴說，他的指甲裡還帶著黑泥，「坑人啊！得找老闆退錢！」

「人家那兒一盤回鍋肉，就三百四。」小李說，「三百四！一盤水煮牛肉四百二呢！」

「什麼玩意？這麼貴。」小丁捂著腮幫子咕噥道。

另外兩個少年對談話沒興趣，還在埋頭吃麵，小李低頭看著他們，眼睛似乎穿過他們，看到了某個看不見的地方，目光裡有熱切。

老刀的肚子也感覺到飢餓。他迅速轉開眼睛，可是來不及了，那種感覺迅速襲捲了他，胃的空虛像是一個深淵，讓他身體微微發顫。他有一個月不吃清晨這頓飯了。一頓飯差不多一百塊，一個月三千塊，攢上一年就夠糖糖兩個月的幼稚園開銷了。

他向遠處看，城市清理隊的車輛已經緩緩開過來了。

他開始做準備，若彭蠡一時再不回來，他就要考慮自己行動了。雖然會帶來不少困難，但時間不等人，總得走才行。身邊賣大棗的女人高聲叫賣，不時打斷他的思緒，洪亮的聲音刺得他頭疼。步行街一端的小攤子開始收拾，人群像用棍子攪動的池塘裡的魚，倏一下散去。沒人會在這時候和清潔隊較勁。小攤子收拾得比較慢，清潔隊的車耐心地移動。步行街通常只是步行街，但對清潔隊的車除外。誰若走得慢了，就被強行收攏起來。

這時彭鱻出現了。他剔著牙，敞著襯衫的扣子，不緊不慢地踱回來，不時打飽嗝。彭鱻六十多了，變得懶散不修邊幅，兩頰像沙皮狗一樣耷拉著，讓嘴角顯得總是不滿意地撇著。如果只看這副模樣，不知道他年輕時的樣子，會以為他只是個胸無大志只知道吃喝的草包。但從老刀很小的時候，他就聽父親講過彭鱻的事。

老刀迎上前去。彭鱻看到他要打招呼，老刀卻打斷他：「我沒時間和你解釋。我需要去第一空間，你告訴我怎麼走。」

彭鱻愣住了，已經有十年沒人跟他提過第一空間的事，他的牙籤捏在手裡，不知不覺掰斷了。他有片刻沒回答，見老刀實在有點急了，才拽著他向樓裡走。「回我家說，」彭鱻說，「要走也從那兒走。」

在他們身後，清潔隊已經緩緩開了過來，像秋風掃落葉一樣將人們掃回家。「回家啦！回家啦！轉換馬上開始了。」車上有人吆喝著。

彭鱻帶老刀上樓、進屋。他的單人小房子和一般公租屋無異，六平方米的房間，一個廁所，一個能做菜的角落，一張桌子一把椅子，膠囊床鋪，膠囊下是抽拉式箱櫃，可以放衣服物品。牆面上有水漬和鞋印，沒做任何修飾，只是歪斜著貼了幾個掛鉤，掛著夾克和褲子。進屋後，彭鱻把牆上的衣服毛巾都取下來，塞到最靠邊的抽屜裡。轉換的時候，什麼都不能掛出來。老刀以前也住這樣的單人公租房。一進屋，他就感到一股舊日的氣息。

彭蠡直截了當地瞪著老刀：「你不告訴我為什麼，我就不告訴你怎麼走。」

已經五點半了，還有半個小時。

老刀簡單講了事情的始末。從他撿到紙條瓶子，到他偷偷躲入垃圾道，到他在第二空間接到的委託，再到他的行動。他沒有時間描述太多，最好馬上就走。

「你昨天躲在垃圾道裡？去第二空間？」彭蠡皺著眉，「那你得等二十四小時啊！」

「二十萬塊。」老刀說，「等一禮拜也值啊！」

「你就這麼缺錢花？」

老刀沉默了一下。「糖糖還有一年多該去幼稚園了。」他說，「我來不及了。」

老刀去幼稚園諮詢的時候，著實被嚇到了。稍微好一點的幼稚園招生前兩天，就有家長帶著鋪蓋捲在幼稚園門口排隊，兩個家長輪著，一個吃喝拉撒，另一個坐在幼稚園門口等。就這麼等上四十多個小時，還不一定能排進去。前面的名額早用錢買斷了，只有最後剩下的寥寥幾個名額分給苦熬排隊的爹媽。這只是一般不錯的幼稚園，更好一點的連排隊都不行，從一開始就是用錢買機會。老刀本來沒什麼奢望，可是自從糖糖一歲半之後，就特別喜歡音樂，每次在外面聽見音樂，她就小臉放光，跟著扭動身子手舞足蹈。那個時候她特別好看。老刀對此毫無抵抗力，他就像被舞臺上的燈光層層圍繞著，只看到一片耀眼。無論付出什麼代價，他都想送糖糖去一個能教音樂和跳舞的幼稚園。

彭蠡脫下外衣，一邊洗臉，一邊和老刀說話。說是洗臉，不過只是用水隨便抹一抹。水馬上就要停了，水流已經變得很小。彭蠡從牆上拽下一條髒兮兮的毛巾，隨意蹭了蹭，又將毛巾塞進抽屜。他濕漉漉的頭髮顯出油膩的光澤。

「你真是作死，」彭釒說，「她又不是你閨女，犯得著嗎？」

「別說這些了。快告訴我怎麼走。」老刀說。

彭釒嘆了口氣：「你可得知道，萬一被抓著，可不只是罰款，得關上好幾個月。」

「你不是去過好多次嗎？」

「只有四次。第五次就被抓了。」

「那也夠了。我要是能去四次，抓一次也無所謂。」

老刀要去第一空間送一樣東西，送到了掙十萬塊，帶來回信掙二十萬。這不過是冒違規的大不韙，只要路徑和方法對，被抓住的概率並不大，掙的卻是實實在在的鈔票。他不知道有什麼理由拒絕。他知道彭釒年輕的時候為了幾筆風險錢，曾經偷偷進入第一空間好幾次，販賣私酒和煙，他知道這條路能走。

五點四十五分，他必須馬上走了。

彭釒又嘆口氣，知道勸也沒用。他已經上了年紀，對事懶散倦怠了，但他明白，自己在五十歲前也會和老刀一樣。那時他不在乎坐牢之類的事。不過是熬幾個月出來，挨兩頓打，但掙的錢是實實在在的。只要抵死不說錢的下落，最後總能過去。秩序局的條子也不過就是例行公事。他把老刀帶到窗口，向下指向一條被陰影覆蓋的小路。

「從我房子底下爬下去，順著排水管，氈布底下有我原來安上去的腳蹬，身子貼得足夠緊了就能避開監視器。從那兒過去，沿著陰影爬到邊上，你能摸著也能看見那道縫，沿著縫往北走。一定得往北，千萬別錯了。」

彭蠡接著解釋了爬過土地的訣竅。要借著升起的勢頭，從升高的一側沿截面爬過五十米，到另一側地面，爬上去，然後向東，那裡會有一叢灌木，在土地合攏的時候可以抓住並隱藏自己。老刀沒有聽完，就已經將身子探出視窗，準備向下爬了。

彭蠡幫老刀爬出窗子，扶著他踩穩了窗下的踏腳。彭蠡突然停下來。「說句不好聽的，」他說，「我還是勸你最好別去。那邊可不是什麼好地兒，去了之後沒別的，只能感覺自己的日子有多操蛋。沒勁。」

老刀的腳正在向下試探，身子還扒著窗臺。「沒事。」他說得有點費勁，「我不去也知道自己的日子有多操蛋。」

「好自為之吧。」彭蠡最後說。

老刀順著彭蠡指出的路徑快速向下爬。腳蹬的位置非常舒服。他看到彭蠡在視窗的身影，點了根菸，非常大口地快速抽了幾口，又掐了。彭蠡一度從視窗探出身子，似乎想說什麼，但最終還是縮了回去。窗子關上了，發著幽幽的光。老刀知道，彭蠡會在轉換前最後一分鐘鑽進膠囊，和整個城市數千萬人一樣，受膠囊定時釋放出的氣體催眠，陷入深深睡眠，身子隨著世界顛倒來去，頭腦卻一無所知，一睡就是整整四十個小時，到次日晚上再睜開眼睛。彭蠡已經老了，他終於和這個世界其他五千萬人一樣了。

老刀用自己最快的速度向下，一蹦一跳，在離地足夠近的時候縱身一躍，匍匐在地上。彭蠡的房子在第四層，離地不遠。爬起身，沿高樓在湖邊投下的陰影奔跑。他能看到草地上的裂隙，那是翻轉的地方。還沒跑到，就聽到身後在壓抑中轟鳴的隆隆和偶爾清脆的嘎啦聲。老刀轉過頭，高樓攔腰截斷，上半截正從天上倒下，緩慢卻不容置疑地壓迫過來。

老刀被震住了，怔怔看了好一會兒。他跑到縫隙，伏在地上。

轉換開始了。這是二十四小時週期的分隔時刻，整個世界開始翻轉，鋼筋磚塊合攏的聲音連成一片，像出了故障的生產流程。高樓收攏合併，折疊成立方體。霓虹燈、店鋪招牌、陽臺和附加結構都被吸收入牆體，貼成樓的肌膚。結構見縫插針，每一寸空間都被占滿。

大地在升起。老刀觀察著地面的走勢，來到縫的邊緣，又隨著縫隙的升起不斷向上爬。他手腳並用，從大理石鋪就的地面邊緣起始，沿著泥土的截面，抓住土裡埋藏的金屬斷茬，最初是向下，用腳試探著退行，很快，隨著整塊土地的翻轉，他被帶到空中。

老刀想到前一天晚上城市的樣子。

當時他從垃圾堆中抬起眼睛，警覺地聽著門外的聲音。周圍發黴腐爛的垃圾散發出刺鼻的氣息，帶一股發腥的甜膩味。他倚在門前。鐵門外的世界在甦醒。

當鐵門掀開的縫隙透入第一道街燈的黃色光芒，他俯下身去，從緩緩擴大的縫隙中鑽出。街上空無一人，高樓燈光逐層亮起，附加結構從樓兩側探出，向兩旁一節一節伸展，門廊從樓體內延伸，房檐延軸旋轉，緩緩落下，樓梯降落延伸到馬迷途上。步行街的兩側，一個又一個黑色立方體從中間斷裂，向兩側打開，露出其中貨架的結構。立方體頂端伸出招牌，連成商鋪的走廊，兩側的塑膠棚向頭頂延伸閉合。街道空曠得如同夢境。

霓虹燈亮了，商鋪頂端閃爍的小燈打出新疆大棗、東北拉皮、上海烤麩和湖南臘肉。

整整一天，老刀頭腦中都忘不了這一幕。他在這裡生活了四十八年，還從來沒有見過這一切。他的日子總是從膠囊起，至膠囊終，在髒兮兮的餐桌和被爭吵縈繞的貨攤之間穿行。這是他第一次看到世界純粹的模樣。

每個清晨，如果有人從遠處觀望——就像大貨車司機在高速北京入口處等待時那樣——他會看到整座城市的伸展與折疊。

清晨六點，司機們總會走下車，站在高速邊上，揉著經過一夜潦草睡眠而昏沉的眼睛，打著哈欠，相互指點著望向遠處的城市中央。高速截斷在七環之外，所有的翻轉都在六環內發生。不遠不近的距離，就像遙望西山或是海上的一座孤島。

晨光熹微中，一座城市折疊自身，向地面收攏。高樓像最卑微的僕人，彎下腰，讓自己低聲下氣切斷身體，頭碰著腳，緊緊貼在一起，然後再次斷裂彎腰，將頭頂手臂扭曲彎折，插入空隙。高樓彎折之後重新組合，蜷縮成緻密的巨大魔方，密密匝匝地聚合到一起，陷入沉睡。然後地面翻轉，小塊小塊土地圍繞其軸，一百八十度翻轉到另一面，將另一面的建築樓宇露出地表。樓宇由折疊中站立起身，在灰藍色的天空中像甦醒的獸類。城市孤島在橘黃色晨光中落位，展開，站定，騰起彌漫的灰色蒼雲。

司機們就在困倦與飢餓中欣賞這一幕無窮迴圈的城市戲劇。

二

折疊城市分三層空間。大地的一面是第一空間，五百萬人口，生存時間是從清晨六點到第二天清晨六點。空間休眠，大地翻轉。翻轉後的另一面是第二空間和第三空間。第二空間生活著兩千五百萬人口，從次日清晨六點到夜晚十點，第三空間生活著五千萬人，從夜晚十點到第二天清晨六點，然後回到第一空間。時間經過了精心規畫和最優分配，小心翼翼隔離，五百萬人享用二十四小時，七千五百萬人享用另外二十四小時。

大地的兩側重量並不均衡，為了平衡這種不均，第一空間的土地更厚，土壤裡埋藏配重物質。人口和建築的失衡用土地來換。第一空間居民也因而認為自身的底蘊更厚。

老刀從小生活在第三空間。他知道自己的日子是什麼樣，不用彭蠡說他也知道。他是個垃圾工，做了二十八年垃圾工，在可預見的未來還將一直做下去。他還沒找到可以獨自生存的意義和最後的懷疑主義。他仍然在卑微生活的間隙占據一席。

老刀生在北京城，父親就是垃圾工。據父親說，他出生的時候父親剛好找到這份工作，為此慶賀了整整三天。父親本是建築工，和數千萬其他建築工一樣，從四方湧到北京尋找工作，這座折疊城市就是父親和其他人一起親手建的。一個區、一個區改造舊城市，像白蟻漫過木屋一樣啃噬昔日的屋簷門檻，再把土地翻起，建築全新的樓宇。他們埋頭斧鑿，用累累磚塊將自己包圍在中間，抬起頭來也看不見天空，沙塵遮擋視線，他們不知曉自己建起的是怎樣的恢弘。直到建成的日子高樓如活人一般站立而起，他們才像驚呆了一樣四處奔逃，彷彿自己生下了一個怪胎。奔逃之後，鎮靜下來，又意識到未來生存在這樣的城市會是怎樣一種殊榮，便繼續辛苦摩擦手腳，低眉順眼勤懇，尋找各種存留下來的機會。據說城市建成的時候，有八千萬想要尋找工作留下來的建築工，最後能留下來的，不過兩千萬。

垃圾站的工作能找到也不容易，雖然只是垃圾分類處理，但還是層層篩選，要有力氣有技巧，能分辨能整理，不怕辛苦不怕惡臭，不對環境挑三揀四。老刀的父親靠強健的意志在洶湧的人流中抓住機會的細草，待人潮退去，留在乾涸的沙灘上，抓住工作機會，低頭俯身，艱難浸在人海和垃圾混合的酸朽氣味中，一幹就是二十年。他既是這座城市的建造者，也是城市的居住者和分解者。

老刀出生時，折疊城市才建好兩年，他從來沒去過其他地方，也沒想過要去其他地方。他上了小學、中學，考了三年大學，沒考上，最後還是做了垃圾工。他每天上五個小時班，從夜晚十一點到第二天清晨四點，在垃圾站和數萬同事一起，快速而機械地用雙手處理廢物垃圾，將第一空間和第二空間傳來的生活碎屑轉化為可利用的、分類的材質，再丟入再處理的熔爐。他每天面對垃圾傳送帶上如溪水湧出的殘渣碎片，從塑膠碗裡摳去吃剩的菜葉，將破碎酒瓶拎出，把帶血的衛生棉背面未受汙染的一層薄膜撕下，丟入可回收的帶著綠色條紋的圓筒。他們就這麼幹著，以速度換生命，以數量換取薄如蟬翼的、僅有的獎金。

第三空間有兩千萬垃圾工，他們是夜晚的主人。另三千萬人靠販賣衣服食物燃料和保險過活，但絕大多數人心知肚明，垃圾工才是第三空間繁榮的支柱。每每在繁花似錦的霓虹燈下漫步，老刀就覺得頭頂都是食物殘渣構成的彩虹。這種感覺他沒法和人交流，年輕一代不喜歡做垃圾工，他們千方百計在舞廳裡表現自己，希望能找到一個ＤＪ或伴舞的工作。在服裝店做一個店員也是好的選擇，手指只拂過輕巧衣物，不必在泛著酸味的腐爛物中尋找塑膠和金屬。少年們已經不那麼恐懼生存，他們更在意外表。

老刀並不嫌棄自己的工作，但他去第二空間的時候，非常害怕被人嫌棄。

那是前一天清晨的事。他捏著小紙條，偷偷從垃圾道裡爬出，按地址找到寫紙條的人。第二空間和第三空間的距離沒那麼遠，它們都在大地的同一面，只是不同時間出沒。轉換時，一個空間高樓折起，收回地面，另一個空間高樓從地面中節節升高，踩著前一個空間的樓頂作為地面。唯一的差別是樓的密度。他在垃圾道裡躲了一晝夜才等到空間敞開。他第一次到第二空間，並不緊張，唯一擔心的是身上腐壞的氣味。

所幸秦天是寬容大度的人。也許他早已想到自己將招來什麼樣的人，當小紙條放入瓶中的時候，他就知道自己將面對的是誰。

秦天很和氣，一眼就明白老刀前來的目的，將他拉入房中，給他熱水洗澡，還給他一件浴袍換上。「我只有依靠你了。」秦天說。

秦天是研究生，住學生公寓。一間公寓四個房間，四個人一人一間，一間廚房、兩間廁所。老刀從來沒在這麼大的廁所洗過澡。他很想多洗一會兒，將身上氣味好好沖一沖，但又擔心將澡盆弄髒，不敢用力搓動。牆上噴出泡沫的時候他嚇了一跳，熱蒸氣烘乾也讓他不適應。

洗完澡，他拿起秦天遞過來的浴袍，猶豫了很久才穿上。他把自己的衣服洗了，又洗了廁所盆裡隨意扔著的幾件衣服。生意是生意，他不想欠人情。

秦天要送禮物給他相好的女孩子。他們在工作中認識，當時秦天有機會去第一空間實習，聯合國經濟司，她也在那邊實習。只可惜只有一個月，回來就沒法再去了。他說她生在第一空間，家教嚴格，父親不讓她交往第二空間的男孩，所以不敢用官方通道寄信給她。他對未來充滿樂觀，等他畢業就去申請聯合國新青年專案，如果能入選，就也能去第一空間工作。他現在研一，還有一年畢業。他心急如焚，想她想得發瘋。他給她做了一個項鍊墜，能發光的材質，透明的，玫瑰花造型，作為他的求婚信物。

「我當時是在一個專題研討會，就是上回討論聯合國國債那個會，你應該聽說過吧？就是那個……anyway，我當時一看，啊……立刻跑過去跟她說話，她給嘉賓引導座位，我也不知道應該說點什麼，就在她身後走過來又走過去。最後我假裝要找同傳，讓她帶我去找。她特溫柔，說話細聲細氣的。我壓根就沒追過姑娘，特別緊張，……後來我們倆好了之後有一次說起這件事……你笑什麼？……對，我們是好了。……還沒到那種關係，就是……不過我親過她了。」秦天也笑了，有點不好意思，「是真的。你不信嗎？是。連我自己也不信。你說她會喜歡我嗎？」

「我不知道啊！」老刀說，「我又沒見過她。」

這時，秦天同屋的一個男生湊過來，笑道：「大叔，您這麼認真幹嘛？這傢伙哪是問你，他就是想聽人說『你這麼帥，她當然會喜歡你』。」

「她很漂亮吧？」

「我跟你說也不怕你笑話。」秦天在屋裡走來走去，「你見到她就知道什麼叫清雅絕倫。」

秦天突然頓住了，不說了，陷入回憶。他想起依言的嘴，他最喜歡的就是她的嘴，那麼小小的、瑩潤的，下嘴唇飽滿，帶著天然的粉紅色，讓人看著看著就忍不住想咬一口。她的脖子也讓他動心，雖然有時瘦得露出筋，但線條是纖直而好看的，皮膚又白又細緻，從脖子一直延伸到襯衫裡，讓人的視線忍不住停在襯衫的第二顆扣子那裡。他第一次輕吻她一下，她躲開，他又吻，最後她退無可退，就把眼睛閉上了，像任人宰割的囚犯，引他一陣憐惜。她的唇很軟，他用手反復感受她腰和臀部的曲線。從那天開始，他就居住在思念中。她是他夜晚的夢境，是他抖動自己時看到的光芒。

秦天的同學叫張顯，和老刀開始聊天，聊得很歡。

張顯問老刀第三空間的生活如何，又說他自己也想去第三空間住一段。他聽人說，如果將來想往上爬，有過第三空間的管理經驗是很有用的。現在幾個當紅的人物，當初都是先到第三空間做管理者，然後才升到第一空間；若是停留在第二空間，就什麼前途都沒有，就算當個行政幹部，一輩子級別也高不了。他將來想要進政府，已經想好了路。不過他說他現在想先掙兩年錢再說，去銀行來錢快。他見老刀的反應很遲鈍，幾乎不置可否，以為老刀厭惡這條路，就忙不迭地又加了幾句解釋。

「現在政府太僵化了，做事太慢，體系也改不動。」他說，「等我將來有了機會，我就推快速工作作風改革。幹得不行就滾蛋。」他看老刀還是沒說話，又說，「選拔也要開放。也向第三空間開放。」

老刀沒回答。他其實不是厭惡，只是不大相信。

張顯一邊跟老刀聊天，一邊對著鏡子打領帶，噴髮膠。他已經穿好了襯衫，淺藍色條紋，亮藍色領帶。噴髮膠的時候一邊閉著眼睛皺著眉毛避開噴霧，一邊吹口哨。

張顯夾著包走了，去銀行實習上班。秦天說著話也要走。他還有課，要上到下午四點。臨走前，他當著老刀的面把五萬塊訂金從網上轉到老刀卡裡，說好了剩下的錢等他送到再付。老刀問他這筆錢是不是攢了很久，看他是學生，如果拮据，少要一點也可以。秦天說沒事，他現在實習，給金融諮詢公司打工，一個月十萬塊差不多。這也就是兩個月工資，還出得起。老刀一個月一萬塊標準工資，他看到差距，但他沒有說。秦天要老刀務必帶回信回來，老刀說試試。秦天給老刀指了吃喝的所在，叫他安心在房間裡等轉換。

老刀從窗口看向街道。他很不適應窗外的日光，太陽居然是淡白色，不是黃色。日光下的街道也顯得寬闊，老刀不知道是不是錯覺，這街道看上去有第三空間的兩倍寬。樓並不高，比第三空間矮很多。路上的人很多，匆匆忙忙都在急著趕路，不時有人小跑著想穿過人群，前面的人就也加起速，穿過路口的時候，所有人都像是小跑著。大多數人穿得整齊，男孩子穿西裝，女孩子穿襯衫和短裙，脖子上圍巾低垂，手裡拎著線條硬朗的小包，看上去精幹。街上汽車很多，在路口等待的時候，不時有看車的人從車窗伸出頭，焦急地向前張望。老刀很少見到這麼多車，他平時習慣了磁懸浮，擠滿人的車廂從身邊加速，呼一陣風。

中午十二點的時候，走廊裡一陣聲響。老刀從門上的小窗向外看。樓道地面化為傳送帶開始滾動，將各屋門口的垃圾袋推入盡頭的垃圾道。樓道裡騰起霧，化為密實的肥皂泡沫，飄飄忽忽地沉降，然後是一陣水，水過了又一陣熱蒸氣。

背後突然有聲音，嚇了老刀一跳。他轉過身，發現公寓裡還有一個男生，剛從自己房間裡出來。男生面無表情，看到老刀也沒有打招呼。他走到陽臺旁邊一台機器旁邊，點了點，機器裡傳出哢哢唰唰轟轟嚓的聲音，一陣香味飄來，男生端出一盤菜又回了房間。從他半開的門縫看過去，男孩坐在地上的被子和襪子中間，瞪著空無一物的牆，一邊吃一邊咯咯地笑。他不時用手推一推眼鏡。吃完把盤子放在腳邊，站起身，同樣對著空牆做擊打動作，費力氣頂住某個透明的影子，偶爾來一個背摔，氣喘吁吁。

老刀對第二空間最後的記憶是街上撤退時的優雅。從公寓樓的視窗望下去，一切都帶著令人羨慕的秩序感。夜晚九點十五分開始，街上一間間賣衣服的小店開始關燈，聚餐之後的團體面色紅潤，相互告別。年輕男女在計程車外親吻。然後所有人回樓，世界蟄伏。

夜晚十點到了，他回到他的世界，回去上班。

三

第一和第三空間之間沒有連通的垃圾道，第一空間的垃圾經過一道鐵閘，運到第三空間之後，鐵閘迅速合攏。老刀不喜歡從地表翻越，但他沒有辦法。

他在呼嘯的風中爬過翻轉的土地，抓住每一寸零落的金屬殘渣，找到身體和心理平衡，最後匍匐在離他最遙遠的一重世界的土地上。他被整個攀爬弄得頭昏腦漲，胃口也不舒服。他忍住嘔吐，在地上趴了一會兒。

當他爬起身的時候，天亮了。

老刀從來沒有見過這樣的景象。太陽緩緩升起，天邊是深遠而純淨的藍，藍色下沿是橙黃色，有斜向上的條狀薄雲。太陽被一處屋簷遮住，屋簷顯得異常黑，屋簷背後明亮奪目。太陽升起時，天的藍色變淺了，但是更寧靜透徹。老刀站起身，向太陽的方向奔跑。他想要抓住那道褪去的金色。藍天中能看見樹枝的剪影。他的心狂跳不已。他從來不知道太陽升起竟然如此動人。

他跑了一段路，停下來，冷靜了。他站在街道中央。路的兩旁是高大樹木和大片草坪。他環視四周，目力所及，遠遠近近都沒有一座高樓。他迷惑了，不確定自己是不是真的到了第一空間。他能看見兩排粗壯的銀杏。

他又退回幾步，看著自己跑來的方向。街邊有一個路牌。他打開手機裡存的地圖，雖然沒有第一空間動態圖許可權，但有事先下載的靜態圖。他找到了自己的位置和他要去的地方。他剛從一座巨大的園子裡奔出來，翻轉的地方就在園子的湖邊。

老刀在萬籟俱寂的街上跑了一公里，很容易找到了要找的社區。他躲在一叢灌木背後，遠遠地望著那座漂亮的房子。

八點三十分，依言出來了。

她像秦天描述的一樣清秀，只是沒有那麼漂亮。老刀早就能想到這點。不會有任何女孩長得像秦天描述的那麼漂亮。他明白了為什麼秦天著重講她的嘴。她的眼睛和鼻子很普通，只是比較秀氣，沒什麼好講的。她的身材還不錯，骨架比較小，雖然高，但看上去很纖細。穿了一條乳白色連衣裙，有飄逸的裙擺，腰帶上有珍珠，黑色高跟皮鞋。

老刀悄悄走上前去。為了不嚇到她，他特意從正面走過去，離得遠遠的就鞠了一躬。

她站住了，驚訝地看著他。

老刀走近了，說明來意，將包裹著情書和項鍊墜的信封從懷裡掏出來。

她的臉上滑過一絲驚慌，小聲說：「你先走，我現在不能和你說。」

「呃……我其實沒什麼要說的，」老刀說，「我只是送信的。」

她不接，雙手緊緊地攬握著，只是說：「我現在不能收。你先走。我是說真的，拜託了，你先走吧，好嗎？」她說著低頭，從包裡掏出一張名片，「中午到這裡找我。」

老刀低頭看看，名片上寫著一個銀行的名字。

「十二點。到地下超市等我。」她又說。

老刀看得出她過分的不安，於是點頭收起名片，回到隱身的灌木叢後，遠遠地觀望著。很快，又有一個男人從房子裡出來，到她身邊。男人看上去和老刀年齡相仿，或者年輕兩歲，穿著一套很合身的深灰色西裝，身材高而寬闊，雖沒有突出的肚子，但是覺得整個身體很厚。男人的臉無甚特色，戴眼鏡，圓臉，頭髮向一側梳得整齊。

男人摟住依言的腰，吻了她嘴唇一下。依言想躲，但沒躲開，顫抖了一下，手擋在身前顯得非常勉強。

老刀開始明白了。

一輛小車開到房子門前。單人雙輪小車，黑色，敞篷，就像電視裡看到的古代的馬車或黃包車，只是沒有馬，也沒有車夫。小車停下，歪向前，依言踏上去，坐下，攏住裙子，讓裙擺均勻覆蓋膝蓋，散到地上。小車緩緩開動了，就像有一匹看不見的馬拉著一樣。依言坐在車裡，小車緩慢而波瀾不驚。等依言離開，一輛無人駕駛的汽車開過來，男人上了車。

老刀在原地來回踱著步子。他覺得有些東西非常憋悶，但又說不出來。他站在陽光裡，閉上眼睛，清晨藍天下清凜乾淨的空氣沁入他的肺，給他一種冷靜的安慰。

片刻之後，他才上路。依言給的地址在她家東面，三公里多一點。街上人很少。八車道的寬闊道路上行駛著零星車輛，快速經過，讓人看不清車的細節。偶爾有華服的女人乘坐著雙輪小車緩緩飄過他身旁，沿步行街，像一場時裝秀，端坐著姿態優美。沒有人注意到老刀。綠樹搖曳，樹葉下的林蔭路留下長裙的氣味。

依言的辦公地在西單某處。這裡完全沒有高樓，只是圍繞著一座花園有零星分布的小樓，樓與樓之間的聯繫氣若遊絲，幾乎看不出它們是一體。走到地下，才看到相連的通道。

老刀找到超市。時間還早。一進入超市，就有一輛小車跟上他，每次他停留在貨架旁，小車上的螢幕上就顯示出這件貨物的介紹、評分和同類貨物品質比。超市裡的東西都寫著他看不懂的文字。食物包裝精緻，小塊糕點和水果用誘人的方式擺在盤裡，等人自取。他沒有觸碰任何東西，彷彿它們是危險的動物。整個超市似乎並沒有警衛或店員。

還不到十二點，顧客就多了起來。有穿西裝的男人走進超市，取三明治，在門口刷一下就匆匆離開。還是沒有人特別注意老刀。他在門口不起眼的位置等著。

依言出現了。老刀迎上前去，依言看了看左右，沒說話，帶他去了隔壁的一家小餐廳。兩個穿格子裙子的小機器人迎上來，接過依言手裡的小包，又帶他們到位子上，遞上菜單。依言在菜單上按了幾下，小機器人轉身，輪子平穩地滑回了後廚。

兩個人面對面坐了片刻，老刀又掏出信封。

依言卻沒有接：「……你能聽我解釋一下嗎？」

老刀把信封推到她面前：「你先收下這個。」

依言推回給他。

「你先聽我解釋一下行嗎？」依言又說。

「你沒必要跟我解釋，」老刀說，「信不是我寫的，我只是送信而已。」

「可是你回去要告訴他的。」依言低了低頭。小機器人送上了兩個小盤子，一人一份，是某種紅色的生魚片，薄薄兩片，擺成花瓣的形狀。依言沒有動筷子，老刀也沒有。信封被小盤子隔在中央，兩個人誰也沒再推。「我不是背叛他。去年他來的時候我就已經訂婚了。我也不是故意瞞他或欺騙他，或者說……是的，我騙了他，但那是他自己猜的。他見到吳聞來接我，就問是不是我爸爸。我……我沒法回答他。你知道，那太尷尬了。我……」

依言說不下去了。

老刀等了一會兒說：「我不想追問你們之前的事。你收下信就行了。」

依言低頭好一會兒又抬起來：「你回去以後，能不能替我瞞著他？」

「為什麼？」

「我不想讓他以為我是壞女人耍他，其實我心裡是喜歡他的，我也很矛盾。」

「這些和我沒關係。」

「求你了……我是真的喜歡他。」

老刀沉默了一會兒，他需要做一個決定。

「可是你還是結婚了？」他問她。

「吳聞對我很好。好幾年了。」依言說，「他認識我爸媽。我們訂婚也很久了。況且……我比秦天大三歲，我怕他不能接受。秦天以為我是實習生。這點也是我不好，我沒說實話。最開始只是隨口說的，到後來就沒法改口了。我真的沒想到他是認真的。」

依言慢慢透露了她的資訊。她是這家銀行的總裁助理，已經工作兩年多了，只是被派往聯合國參加培訓，趕上那次會議，就幫忙參與了組織。她不需要上班，老公掙的錢足夠多，可她不希望總是一個人待在家裡，才出來上班，每天只工作半天，拿半薪。其餘的時間自己安排，可以學一些東西。她喜歡學新東西，喜歡認識新人，也喜歡聯合國培訓的那幾個月。她說像她這樣的太太很多，半職工作也很多。中午她下了班，下午會有另一個太太去做助理。她說雖然對秦天沒有說實話，可是她的心是真誠的。

「所以，」她給老刀夾了新上來的熱菜，「你能不能暫時不告訴他？等我……有機會親自向他解釋可以嗎？」

老刀沒有動筷子。他很餓，可是他覺得這時不能吃。

「可是這等於說我也得撒謊。」老刀說。

依言回身將小包打開，將錢包取出來，掏出五張一萬塊的紙幣推給老刀。「一點心意，你收下。」

老刀愣住了，他從來沒見過一萬塊錢的紙鈔，他生活裡從來不需要花這麼大的面額。他不自覺地站起身，感到惱怒。依言推出錢的樣子就像是早預料到他會訛詐，這讓他受不了。他覺得自己如果拿了，就是接受賄賂，將秦天出賣。雖然他和秦天並沒有任何結盟關係，但他覺得自己在背叛他。老刀很希望自己這個時候能將錢扔在地上，轉身離去，可是他做不到這一步。他又看了幾眼那幾張錢，五張薄薄的紙散開攤在桌子上，像一把破扇子。他能感覺它們在他體內產生的力量。它們是淡藍色，和一千塊的褐色與一百塊的紅色都不一樣，顯得更加幽深遙遠，像是一種挑逗。他幾次想再看一眼就離開，可是一直沒做到。

她仍然匆匆翻動小包，前前後後都翻了，最後從一個內袋裡又拿出五萬塊，和剛才的錢擺在一起。「我只帶了這麼多，你都收下吧。」她說，「你幫幫我。其實我之所以不想告訴他，也是不確定以後會怎麼樣。也許我有一天真的會有勇氣和他在一起呢。」

老刀看看那十張紙幣，又看看她。他覺得她並不相信自己的話，她的聲音充滿遲疑，出賣了她的心。她只是將一切都推到將來，以消解此時此刻的難堪。她很可能不會和秦天私奔，可是也不想讓他討厭她，於是留著可能性，讓自己好過一點。老刀能看出她騙她自己，可是他也想騙自己。他對自己說，他對秦天沒有任何義務，秦天只是委託他送信，他把信送到了，現在這筆錢是另一項委託，保守祕密的委託。他又對自己說，也許她和秦天將來真的能在一起也說不定，那樣就是成人之美。他還說，想想糖糖，為什麼去管別人的事而不管糖糖呢？他似乎安定了一些，手指不知不覺觸到了錢的邊緣。

「這錢……太多了。」他給自己一個臺階下，「我不能拿這麼多。」

「拿著吧，沒事。」她把錢塞到他手裡，「我一個禮拜就掙出來了。沒事的。」

「……那我怎麼跟他說？」

「你就說我現在不能和他在一起，但是我真的喜歡他。我給你寫張字條，你幫我帶給他。」依言從包裡找出一個畫著孔雀繡著金邊的小本子，輕盈地撕下一張紙，低頭寫字。她的字看上去像傾斜的蘆葦。

最後，老刀離開餐廳的時候，又回頭看了一眼。依言的眼睛注視著牆上的一幅畫。她的姿態靜默優雅，看上去就像永遠都不會離開這裡似的。

他用手捏了捏褲子口袋裡的紙幣。他討厭自己，可是他想把紙幣抓牢。

四

老刀從西單出來，依原路返回。重新走早上的路，他覺得倦意叢生，一步也跑不動了。寬闊的步行街兩側是一排垂柳和一排梧桐，正是晚春，都是鮮亮的綠色。他讓暖意叢生的午後陽光照亮僵硬的面孔，也照亮空乏的心底。

他回到早上離開的園子，赫然發現園子裡來往的人很多。園子外面兩排銀杏樹莊嚴茂盛，園門口有黑色小汽車駛入，園裡的人多半穿著材質順滑、剪裁合體的西裝，也有穿黑色中式正裝的，看上去都有一番眼高於頂的氣質。也有外國人，他們有的正在和身邊人討論什麼，有的遠遠地相互打招呼，笑著攜手向前走。

老刀猶豫了一下要到哪裡去，街上人很少，他一個人站著極為顯眼，去公共場所又容易被注意，他很想回到園子裡，早一點找到轉換地，到一個沒人的角落睡上一覺。他太睏了，又不敢在街上睡。他見出入園子的車輛並無停滯，就也嘗試著向裡走。直到走到園門邊上，他才發現有兩個小機器人左右逡巡。其他人和車走過都毫無問題，到了老刀這裡，小機器人忽然發出嘀嘀的叫聲，轉著輪子向他駛來。聲音在寧靜的午後顯得刺耳。園裡人的目光彙集到他身上。

他慌了，不知道是不是自己的襯衫太寒酸。他嘗試著低聲對小機器人說話，說他的西裝落在裡面了，可是小機器人只是嘀滴答答地叫著，頭頂紅燈閃爍，什麼都不聽。園裡的人們停下腳步看著他，像是看到小偷或奇怪的人。很快，從最近的建築中走出三個男人，步履匆匆地向他們跑過來。老刀緊張極了，他想退出去，已經太晚了。

「出什麼事了？」領頭的人高聲詢問著。

老刀想不出解釋的話，手下意識地搓著褲子。

一個三十幾歲的男人走在最前面，一到跟前就用一個鈕扣一樣的小銀盤上上下下地晃，手的軌跡圍繞著老刀。他用懷疑的眼神打量他，像用罐頭刀試圖撬開他的外殼。

「沒紀錄。」男人將手中的小銀盤向身後更年長的男人示意，「帶回去吧？」

老刀突然向後跑，向園外跑。

可沒等他跑出去，兩個小機器人已經悄無聲息擋在他面前，扣住他的小腿。它們的手臂是箍，輕輕一扣就合上。他一下子踉蹌了，差點摔倒又摔不倒，手臂在空中無力的亂劃。

「跑什麼？」年輕男人更嚴厲地走到他面前，瞪著他的眼睛。

「我……」老刀頭腦嗡嗡響。

兩個小機器人將他的兩條小腿扣緊，抬起，放在它們輪子邊上的平臺上，然後異常同步地向最近的房子駛去，平穩迅速，保持並肩，從遠處看上去，或許會以為老刀腳踩風火輪。老刀毫無辦法，除了心裡暗喊一聲糟糕，簡直沒有別的話說。他懊惱自己如此大意，人這麼多的地方，怎麼可能沒有安全保障。他責怪自己是睏倦得昏了頭，竟然在這樣大的安全關節上犯如此低級的錯誤。這下一切完蛋了，他想，錢都沒了，還要坐牢。

小機器人從小路繞向建築後門，在後門的門廊裡停下來。三個男人跟了上來。年輕男人和年長男人似乎就老刀的處理問題起了爭執，但他們的聲音很低，老刀聽不見。片刻之後，年長男人走到他身邊，將小機器人解鎖，然後拉著他的臂走上二樓。

老刀嘆了一口氣，橫下一條心，覺得事到如今，只好認命。

年長者帶他進入一個房間。他發現這是一個旅館房間，非常大，比秦天的公寓客廳還大，似乎有自己租的房子兩倍大。房間的色調是暗沉的金褐色，一張極寬大的雙人床擺在中央。床頭背後的牆面上是顏色過渡的抽象圖案，落地窗，白色半透明紗簾，窗前是一個小圓桌和兩張沙發。他心裡惴惴。不知道年長者的身份和態度。

「坐吧，坐吧。」年長者拍拍他肩膀，笑笑，「沒事了。」

老刀狐疑地看著他。

「你是第三空間來的吧？」年長者把他拉到沙發邊上，伸手示意。

「您怎麼知道？」老刀無法撒謊。

「從你褲子上。」年長者用手指指他的褲腰，「你那商標還沒剪呢，這牌子只有第三空間有賣的。我小時候我媽就喜歡給我爸買這牌子。」

「您是……」

「別您您的，叫你吧。我估摸著我也比你大不了幾歲。你今年多大？我五十二。……你看看，就比你大四歲。」他頓了一下，又說，「我叫葛大平，你叫我老葛吧！」

老刀放鬆了些。老葛把西裝脫了，活動了一下膀子，從牆壁裡接了一杯熱水，遞給老刀。

他長長的臉，眼角眉梢和兩頰都有些下墜，戴一副眼鏡，也向下耷拉著，頭髮有點自然捲，蓬鬆地堆在頭頂，說起話來眉毛一跳一跳，很有喜劇效果。他自己泡了點茶，問老刀要不要，老刀搖搖頭。

「我原來也是第三空間的，咱也算半個老鄉吧！」老葛說，「所以不用太拘束。我還是能管點事兒，不會把你送出去的。」

老刀長長地出了口氣，心裡感嘆萬幸。他於是把自己到第二、第一空間的始末講了一遍，略去依言感情的細節，只說送到了信，就等著回去。

老葛於是也不見外，把他自己的情況講了。他從小也在第三空間長大，父母都給人送貨。十五歲的時候考上了軍校，後來一直當兵，文化兵，研究雷達，能吃苦，技術又做得不錯，趕上機遇又好，居然升到了雷達部門主管，大校軍銜。家裡沒背景不可能再升，就申請轉業，到了第一空間一個支持性部門，專給政府企業做後勤保障，組織會議出行，安排各種場面。雖然是藍領的活兒，但因為涉及的都是政要，又要協調管理，就一直住在第一空間。這種人也不少，廚師、大夫、祕書、管家，都算是高級藍領了。他們這個機構安排過很多重大場合，老葛現在是主任。老刀知道，老葛說得謙虛，說是藍領，其實能在第一空間做事的都是牛人，即使廚師也不簡單，更何況他從第三空間上來，能管雷達。

「你在這兒睡一會兒。待會兒晚上我帶你吃飯去。」老葛說。

老刀受寵若驚，不大相信自己的好運。他還是擔心，但是白色的床單和錯落堆積的枕頭顯出召喚氣息，他的腿立刻發軟了，倒頭昏昏沉沉睡了幾個小時。

醒來的時候天色暗了，老葛正對著鏡子捋頭髮。他向老刀指了指沙發上的一套西裝制服，讓他換上，又給他胸口別上一個微微閃著紅光的小徽章，身份認證。

下樓來，老刀發現原來這裡有這麼多人。似乎剛剛散會，在大廳裡聚集三三兩兩說話。大廳一側是會場，門還開著，門看上去很厚，包著紅褐色皮子；另一側是一個一個鋪著白色桌布的高腳桌，桌布在桌面下用金色緞帶打了蝴蝶結，桌中央的小花瓶插著一枝百合，花瓶旁邊擺著餅乾和乾果，一旁的長桌上則有紅酒和咖啡供應。聊天的人們在高腳桌之間穿梭，小機器人頭頂託盤，收拾喝光的酒杯。

老刀儘量鎮定地跟著老葛。走到會場內，他忽然看到一面巨大的展示牌，上面寫著：

折疊城市五十年。

「這是……什麼？」他問老葛。

「哦，慶典啊。」老葛正在監督場內布置，「小趙，你來一下，你去把桌簽再核對一遍。機器人有時候還是不如人靠譜，它們認死理兒。」

老刀看到，會場裡現在是晚宴的布置，每張大圓桌上都擺著鮮豔的花朵。

他有一種恍惚的感覺，站在角落裡，看著會場中央巨大的吊燈，像是被某種光芒四射的現實籠罩，卻只存在於它的邊緣。舞臺中央是演講的高臺，背後的布景流動播映著北京城的畫面。大概是航拍，拍到了全城的風景，清晨和日暮的光影，紫紅色暗藍色天空，雲層快速流轉，月亮從角落上升起，太陽在屋簷上沉落。大器中正的布局，沿中軸線對稱的城市設計，延伸到六環的青磚院落和大面積綠地花園。中式風格的劇院，日式美術館，極簡主義風格的音樂廳建築群。然後是城市的全景，真正意義上的全景，包含轉換的整個城市雙面鏡頭：大地翻轉，另一面城市，邊角銳利的寫字樓，朝氣蓬勃的上班族；夜晚的霓虹，白晝一樣的天空，高聳入雲的公租房，影院和舞廳的娛樂。

只是沒有老刀上班的地方。

他仔細地盯著螢幕，不知道其中會不會展示建城時的歷史。他希望能看見父親的時代。小時候父親總是用手指著窗外的樓，說「當時我們」。狹小的房間正中央掛著陳舊的照片，照片裡的父親重複著壘磚的動作，一遍一遍無窮無盡。他那時每天都要看見那照片很多遍，幾乎已經膩煩了，可是這時他希望影像中出現哪怕一小段壘磚的鏡頭。

他沉浸在自己的恍惚中。這也是他第一次看到轉換的全景。他幾乎沒注意到自己是怎麼坐下的，也沒注意到周圍人的落座，臺上人講話的前幾分鐘，他並沒有注意聽。

「……有利於服務業的發展，服務業依賴於人口規模和密度。我們現在的城市服務業已經占到GDP百分之八五以上，符合世界第一流都市的普遍特徵。另外，最重要的就是綠色經濟和迴圈經濟。」這句話抓住了老刀的注意力，迴圈經濟和綠色經濟是他們工作站的口號，寫得比人還大貼在牆上。他望向臺上的演講人，是個白髮老人，但是精神顯得異常飽滿，「……通過垃圾的完全分類處理，我們提前實現了本世紀節能減排的目標，減少汙染，也發展出成體系成規模的迴圈經濟，每年廢舊電子產品中回收的貴金屬已經完全投入再生產，塑膠的回收率也已達到百分之八〇以上。回收直接與再加工工廠相連……」

老刀有遠親在再加工工廠工作，在科技園區，遠離城市，只有工廠、工廠和工廠。據說那邊的工廠都差不多，機器自動作業，工人很少，少量工人晚上聚集著，就像荒野部落。

他仍然恍惚著。演講結束之後，熱烈的掌聲響起，才將他從自己的紛亂念頭中拉出來，他也跟著鼓了掌，雖然不知道為什麼。他看到演講人從舞臺上走下來，回到主桌上正中間的座位。所有人的目光都跟著他。

忽然老刀看到了吳聞。

吳聞坐在主桌旁邊一桌，見演講人回來就起身去敬酒，然後似乎有什麼話要問演講人。演講人又站起身，跟吳聞一起到大廳裡。老刀不自覺地站起來，心裡充滿好奇，也跟著他們。老葛不知道到哪裡去了，周圍開始上菜。

老刀到了大廳，遠遠地觀望，對話只能聽見片段。

「……批這個有很多好處。」吳聞說，「是，我看過他們的設備了……自動化處理垃圾，用溶液消解，大規模提取材質……清潔，成本也低……您能不能考慮一下？」

吳聞的聲音不高，但老刀清楚地聽見「處理垃圾」的字眼，不由自主湊上前去。

白髮老人的表情相當複雜，他等吳聞說完，過了一會兒才問：「你確定溶液無汙染？」

吳聞有點猶豫：「現在還是有一點……不過很快就能減低到最低。」

老刀離得很近了。

白髮老人搖了搖頭，眼睛盯著吳聞：「事情哪是那麼簡單的，你這個項目要是上馬了，大規模一改造，又不需要工人，現在那些勞動力怎麼辦，上千萬垃圾工失業怎麼辦？」

白髮老人說完轉過身，又返回會場。吳聞呆愣愣地站在原地。一個從始至終跟著老人的祕書模樣的人走到吳聞身旁，同情地說：「您回去好好吃飯吧！別想了。其實您應該明白這道理，就業的事是頂天的事。您以為這種技術以前就沒人做嗎？」

老刀能聽出這是與他有關的事，但他摸不準怎樣是好的。吳聞的臉顯出一種迷惑、懊惱而又順從的神情，老刀忽然覺得，他也有軟弱的地方。

這時，白髮老人的祕書忽然注意到老刀。

「你是新來的？」他突然問。

「啊……嗯。」老刀嚇了一跳。

「叫什麼名字？我怎麼不知道最近進人了。」

老刀有些慌，心怦怦跳，他不知道該說些什麼。他指了指胸口上別著的工作人員徽章，彷彿期望那上面有個名字浮現出來。但徽章上什麼都沒有。他的手心湧出汗。祕書看著他，眼中的懷疑更甚了。他隨手拉著一個會務人員，那人說不認識老刀。

祕書的臉鐵青著，一隻手抓住老刀的手臂，另一隻手撥了通信器。

老刀的心提到嗓子眼，就在那一剎那，他看到了老葛的身影。

老葛一邊匆匆跑過來，一邊按下通信器，笑著和祕書打招呼，點頭彎腰，向祕書解釋說這是臨時從其他單位借調過來的同事，開會人手不夠，臨時幫忙的。祕書見老葛知情，也就不再追究，返回會場。老葛將老刀又帶回自己的房間，免得再被人撞見查檢。深究起來沒有身份認證，老葛也做不得主。

「沒有吃席的命啊。」老葛笑道，「你等著吧，待會兒我給你弄點吃的回來。」

老刀躺在床上，又迷迷糊糊睡了。他反復想著吳聞和白髮老人說的話，自動垃圾處理，這是什麼樣的呢，如果真的這樣，是好還是不好呢。

再次醒來時，老刀聞到一碟子香味，老葛已經在小圓桌上擺了幾碟子菜，還正在從牆上的烤箱中把剩下的一個菜端出來。老葛又拿來半瓶白酒和兩個玻璃杯，倒上。

「有一桌就坐了兩人，我把沒怎麼動過的菜弄了點回來，你湊合吃，別嫌棄就行。他們吃了一會兒就走了。」老葛說。

「哪兒能嫌棄呢。」老刀說，「有口吃的就感激不盡了。這麼好的菜。這些菜很貴吧？」

「這兒的菜不對外，所以都不標價。我也不知道多少錢。」老葛已經開動了筷子，「也就一般吧。估計一、兩萬之間，個別貴一點可能三四萬。就那麼回事。」

老刀吃了兩口就真的覺得餓了。他有抗飢餓的辦法，忍上一天不吃東西也可以，身體會有些顫抖發飄，但精神不受影響。直到這時，他才發覺自己的飢餓。他只想快點咀嚼，牙齒的速度趕不上胃口空虛的速度。吃得急了，就喝一口。這白酒很香，不辣。老葛慢悠悠地，微笑著看著他。

「對了，」老刀吃得半飽時，想起剛才的事，「今天那位演講人是誰？我看著很面熟。」

「也總上電視嘛。」老葛說，「我們的頂頭上司，很厲害的老頭兒。他可是管實事兒的，城市運作的事兒都歸他管。」

「他們今天說起垃圾自動處理的事兒。你說以後會改造嗎？」

「這事兒啊，不好說，」老葛咂了口酒，打了個嗝，「我看夠嗆。關鍵是，你得知道當初為啥弄人工處理。其實當初的情況就跟歐洲二十世紀末差不多，經濟發展，但失業率上升，印錢也不管用，菲力浦斯曲線不符合。」

他看老刀一臉茫然，呵呵笑了起來：「算了，這些東西你也不懂。」

他跟老刀碰了碰杯子，兩人一齊喝了又斟上。

「反正就說失業吧，這你肯定懂。」老葛接著說，「人工成本往上漲，機器成本往下降，到一定時候就是機器便宜，生產力一改造，升級了，ＧＤＰ上去了，失業也上去了。怎麼辦？政策保護？福利？越保護工廠越不雇人。你現在上城外看看，那幾公里的廠區就沒幾個人。農場不也是嗎？大農場一搞幾千畝地，全設備耕種，根本要不了幾個人。咱們當時怎麼搞過歐美的，不就是這麼規模化搞的嗎？但問題是，地都騰出來了，人都省出來了，這些人幹嘛去呢。歐洲那邊是強行減少每人工作時間，增加就業機會，可是這樣沒活力你明白嗎。最好的辦法是徹底減少一些人的生活時間，再給他們找到活兒幹。你明白了吧？就是塞到夜裡。這樣還有一個好處，就是每次通貨膨脹幾乎傳不到底層去，印鈔票、花鈔票都是能貸款的人消化了，GDP漲了，底下的物價卻不漲。人們根本不知道。」

老刀聽得似懂非懂，但是老葛的話裡有一股涼意，他還是能聽出來的。老葛還是嬉笑的腔調，但與其說是嬉笑，倒不如說是不願意讓自己的語氣太直白而故意如此。

「這話說著有點冷。」老葛自己也承認，「可就是這麼回事。我也不是住在這兒了就說話向著這兒。只是這麼多年過來，人就木了，好多事兒沒法改變，也只當那麼回事了。」

老刀有點明白老葛的意思了，可他不知道該說什麼好。

兩人都有點醉。他們趁著醉意，聊了不少以前的事，聊小時候吃的東西，學校的打架。老葛最喜歡吃酸辣粉和臭豆腐，在第一空間這麼久都吃不到，心裡想得癢癢。老葛說起自己的父母，他們還在第三空間，他也不能總回去，每次回去都要打報告申請，實在不太方便。他說第三空間和第一空間之間有官方通道，有不少特殊的人也總是在其中往來。他希望老刀幫他帶點東西回去，彌補一下他自己虧欠的心。老刀講了他孤獨的少年時光。

昏黃的燈光中，老刀想起過去。一個人遊蕩在垃圾場邊緣的所有時光。

不知不覺已經是深夜。老葛還要去看一下夜裡會場的安置，就又帶老刀下樓。樓下還有未結束的舞會末尾，三三兩兩男女正從舞廳中走出。老葛說企業家大半精力旺盛，經常跳舞到淩晨。散場的舞廳器物淩亂，像女人卸了妝。老葛看著小機器人在狼藉中一一收拾，笑稱這是第一空間唯一真實的片刻。

老刀看了看時間，還有三個小時轉換。他收拾了一下心情，該走了。

五

白髮演講人在晚宴之後回到自己的辦公室，處理了一些文件，又和歐洲進行了視頻通話。十二點感覺疲勞，摘下眼鏡揉了揉鼻樑兩側，準備回家。他經常工作到午夜。

電話突然響了，他按下耳機。是祕書。

大會研究組出了狀況。之前印好的大會宣言中有一個資料之前計算結果有誤，白天突然有人發現。宣言在會議第二天要向世界宣讀，因而會議組請示要不要把宣言重新印刷。白髮老人當即批准。這是大事，不能有誤。他問是誰負責此事，祕書說，是吳聞主任。

他靠在沙發上小睡。清晨四點，電話又響了。印刷有點慢，預計還要一個小時。

他起身望向窗外。夜深人靜，漆黑的夜空能看到靜謐的獵戶座亮星。

獵戶座亮星映在鏡面般的湖水中。老刀坐在湖水邊上，等待轉換來臨。

他看著夜色中的園林，猜想這可能是自己最後一次看這片風景。他並不憂傷留戀，這裡雖然靜美，可是和他沒關係，他並不欽羨嫉妒。他只是很想記住這段經歷。夜裡燈光很少，比第三空間遍布的霓虹燈少很多，建築散發著沉睡的呼吸，幽靜安寧。

清晨五點，祕書打電話說，材料印好了，還沒出車間，問是否人為推遲轉換的時間。

白髮老人斬釘截鐵地說，廢話，當然推遲。

清晨五點四十分，印刷品抵達會場，但還需要分裝在三千個會議夾子中。

老刀看到了依稀的晨光，這個季節六點還沒有天亮，但已經能看到濛濛曙光。

他做好了一切準備，反復看手機上的時間。有一點奇怪，已經只有一兩分鐘到六點了，還是沒有任何動靜。他猜想也許第一空間的轉換更平穩順滑。

清晨六點十分，分裝結束。

白髮老人鬆了一口氣，下令轉換開始。

老刀發現地面終於動了，他站起身，活動了一下有點麻木的手腳，小心翼翼來到邊緣。土地的縫隙開始拉大，縫隙兩邊同時向上掀起。他沿著其中一邊往截面上移動，背身挪移，先用腳試探著，手扶住地面退行。大地開始翻轉。

六點二十分，祕書打來緊急電話，說吳聞主任不小心將存著重要檔的資料 key 遺忘在會場，擔心會被機器人清理，需要立即取回。

白髮老人有點惱怒，但也只好令轉換停止，恢復原狀。

老刀在截面上正慢慢挪移，忽然感覺土地的移動停止了，接著開始掉轉方向，已錯開的土地開始合攏。他嚇了一跳，連忙向回攀爬。他害怕滾落，手腳並用，異常小心。

土地回歸的速度比他想像得快，就在他爬到地表的時候，土地合攏了，他的一條小腿被兩塊土地夾在中間，儘管是泥土，不足以切筋斷骨，但力量十足，他試了幾次也無法脫出。他心裡大叫糟糕，頭頂因為焦急和疼痛滲出汗水。他不知道是否被人發現了。

老刀趴在地上，靜聽著周圍的聲音。他似乎聽到匆匆接近的腳步聲。他想像著很快就有員警過來，將他抓起來，夾住的小腿會被砍斷，帶著瘡口扔到監牢裡。他不知道自己是什麼時候暴露了身份。他伏在青草覆蓋的泥土上，感覺到晨露的冰涼。濕氣從領口和袖口透入他的身體，讓他覺得清醒，卻又忍不住戰慄。他默數著時間，期盼這只是技術故障。他設想著自己如果被抓住了該說些什麼。也許他該交代自己二十八年工作的勤懇誠實，賺一點同情分。他不知道自己會不會被審判。命運在前方逼人不已。

命運直抵胸膛。回想這四十八小時的全部經歷，最讓他印象深刻的是最後一晚老葛說過的話。他覺得自己似乎接近了些許真相，因而見到命運的輪廓。可是那輪廓太遠，太冷靜，太遙不可及。他不知道了解一切有什麼意義，如果只是看清楚一些事情，卻不能改變，又有什麼意義。他連看都還無法看清，命運對他就像偶爾顯出形狀的雲朵，倏忽之間又看不到了。他知道自己仍然是數字。在五千一百二十八萬這個數字中，他只是最普通的一個。如果偏生是那一百二十八萬中的一個，還會被四捨五入，就像從來沒存在過，連塵土都不算。他抓住地上的草。

六點三十分，吳聞取回資料 key。六點四十分，吳聞回到房間。

六點四十五分，白髮老人終於疲倦地倒在辦公室的小床上。指令已經按下，世界的齒輪開始緩緩運轉。書桌和茶几表面伸出透明的塑膠蓋子，將一切物品罩住並固定。小床散發出催眠氣體，四周立起圍欄，然後從地面脫離，地面翻轉，床像一隻籃子始終保持水準。

轉換重新啟動了。

老刀在三十分鐘的絕望之後突然看到生機。大地又動了起來。他在第一時間拚盡力氣將小腿抽離出來，在土地掀起足夠高度的時候重新回到截面上。他更小心地撤退。血液復甦的小腿開始刺癢疼痛，如百爪撓心，幾次讓他摔倒，疼得無法忍受，只好用牙齒咬住拳頭。他摔倒爬起，又摔倒又爬起，在角度飛速變化的土地截面上維持艱難地平衡。

他不記得自己怎麼拖著腿上樓，只記得秦天開門時，他昏了過去。

在第二空間，老刀睡了十個小時。秦天找同學來幫他處理了腿傷。肌肉和軟組織大面積受損，很長一段時間會妨礙走路，但所幸骨頭沒斷。他醒來後將依言的信交給秦天，看秦天幸福而又失落的樣子，什麼話也沒有說。他知道，秦天會沉浸距離的期冀中很長時間。

再回到第三空間，他感覺像是已經走了一個月。城市仍然在緩慢甦醒，城市居民只過了平常的一場睡眠，和前一天連續。不會有人發現老刀的離開。

他在步行街營業的第一時間坐到塑膠桌旁，要了一盤炒麵，生平第一次加了一份肉絲。只是一次而已，他想，可以犒勞一下自己。然後他去了老葛家，將老葛給父母的兩盒藥帶給他們。兩位老人都已經不大能走動了，一個木訥的小姑娘住在家裡看護他們。

他拖著傷腿緩緩踱回自己租的房子。樓道裡喧擾嘈雜，充滿剛睡醒時洗漱沖廁所和吵鬧的聲音，蓬亂的頭髮和亂敞的睡衣在門裡門外穿梭。他等了很久電梯，剛上樓就聽見爭吵。他仔細一看，是隔壁的女孩闌闌和阿貝在和收租的老太太爭吵。整棟樓是公租房，但是社區有統一收租的代理人，每棟樓又有分包，甚至每層有單獨的收租人。老太太也是老住戶了，兒子不知道跑到哪裡去了，她長得瘦又幹，單獨一個人住著，房門總是關閉，不和人來往。闌闌和阿貝在這一層算是新人，兩個賣衣服的女孩子。阿貝的聲音很高，闌闌拉著她，阿貝搶白了闌闌幾句，闌闌倒哭了。

「咱們都是按合同來的哦。」老太太用手戳著牆壁上螢幕裡滾動的條文，「我這個人從不撒謊啊。你們知不知道什麼是合同咧？秋冬加收百分之十取暖費，合同裡寫得清清楚楚啊。」

「憑什麼啊？憑什麼？」阿貝揚著下巴，一邊狠狠地梳著頭髮，「你以為你那點小貓膩我們不知道？我們上班時你全把空調關了，最後你這按電費交錢，我們這給你白交供暖費。你矇誰啊你！每天下班回來這屋裡冷得跟冰一樣。你以為我們新來的好欺負嗎？」

阿貝的聲音尖而脆，劃得空氣道道裂痕。老刀看著阿貝的臉，年輕、飽滿而意氣的臉，很漂亮。她和闌闌幫他很多，他不在家的時候，她們經常幫他照看糖糖，也會給他熬點粥。他忽然想讓阿貝不要吵了，忘了這些細節，只是不要吵了。他想告訴她女孩子應該安安靜靜坐著，讓裙子蓋住膝蓋，微微一笑露出好看的牙齒，輕聲說話，那樣才有人愛。可是他知道她們需要的不是這些。

他從衣服的內襯掏出一張一萬塊的鈔票，虛弱地遞給老太太。老太太目瞪口呆，阿貝、闌闌看得傻了。他不想解釋，擺擺手回到自己的房間。

搖籃裡，糖糖剛剛睡醒，正迷糊著揉眼睛。他看著糖糖的臉，疲倦了一天的心軟下來。他想起最初在垃圾站門口抱起糖糖時，她那張髒兮兮的哭累了的小臉。他從沒後悔將她抱來。她笑了，吧唧了一下小嘴。他覺得自己還是幸運的。儘管傷了腿，但畢竟沒被抓住，還帶了錢回來。他不知道糖糖什麼時候才能學會唱歌跳舞，成為一個淑女。

他看看時間，該去上班了。

弦歌

Chapter 2

一

廣場，黃昏。疲憊中的演奏。

天空沉寂而壯闊，金色的雲碎成一絲一絲，鋪陳在天邊。夕陽的餘暉照在鳥巢的邊角，巨大的鋼筋鐵架明暗分明，西側明亮反光，東側在暗處，強烈的對比讓鏽跡斑斑的龐然大物顯得蒼老，就如同用真的樹木枯枝在懸崖上鑄就的荒廢的巢。在龐大的躲難人群的簇擁中，老舊的體育場似乎也帶上了悲哀的氣息，與第一樂章的葬禮進行曲的哀悼配合得天衣無縫，相得益彰。

演奏會在平淡無奇中進行。這已經是我們第一百二十一場演奏會了，樂手們演奏得缺乏激情，聽眾們也心不在焉。每個人都心事重重。儘管是新曲目，儘管是馬勒第二這樣激情的曲子，但大部分人還是不能保持精神清醒。重複讓人麻木。第一聲炮響傳來的時候，一些人已經在臺下睡著了。

對攻擊到來，大多數人都毫無準備。當時我從臺上望著台下的聽眾，這是我每天的習慣。一些小孩不斷想掙脫母親的懷抱去玩，母親不許，雙臂環抱住他們，手緊緊扣住他們的肩膀。

母親們總是面對臺上的，只是她們也並沒有在聽，目光遊移不定，頭巾鎖住額頭疲倦的皺紋。這很正常。在這種時候演奏〈復活〉並不是個好主意，原本太艱難晦澀，龐大深沉，放在這種時候演，就更不能抓住人的注意。除了指揮，每個人都有些心不在焉，甚至包括我自己。在第五樂章一少半的地方，遠方響起隆隆的炮聲，與樂曲混在一起。有那麼一瞬間，大家都還以為那只是音樂的效果。

轟隆！轟隆！那效果出奇地好，和低沉的音樂配在一起，震撼人心。臺上臺下一起呆呆地欣賞了片刻，片刻之後，才有人突然明白聽到的是什麼。

有一個人站起來，大聲指著遠方。人們嚇了一跳，起身向後觀望，森林公園方向有若隱若現的火光傳來。一時間大家還遲疑，沒有人說話，除了面面相覷，就只有手指摳住手臂。遠處能看到火光，但看不到人的奔逃。空氣仍是靜的。演奏仍在繼續，女高音是唯一的聲音，讓四周顯得愈發寂靜。

片刻之後，聲浪傳來。爆炸燃燒的激波推動熱浪，帶著熾熱的空氣經過壓縮、膨脹，再壓縮，穿過黃昏的冷氣一路呼嘯，從遠方傳到身邊，成為衰弱卻混雜著暴力和躁動的湍流。遠處悶聲的爆破壓抑著痛苦，越模糊越讓人恐懼。身邊的人開始奔逃。喊叫、慌張、混亂。儘管沒有任何跡象表明攻擊正在向身邊轉移，但人們還是不顧一切地向南擁擠，前推後搡，匯成洪流，跨過摔倒和尚未起步的人。剛剛那些摟著孩子的母親此時像母雞用翅膀護住小雞一樣將孩子護在身側，左手拖著，右手擋在他身旁，孩子跟不上，跑得跌跌撞撞，母親為了將周圍人的擠撞擋開，爆發出了驚人的母牛般的力氣。尖叫聲不時撞擊著耳膜。

我們仍然想演奏，可是不管怎麼盡力，曲子還是被衝擊得七零八落。小提琴聽不到黑管，定音鼓進錯了位置，舞臺外有人跌向低音提琴，琴身發出碎裂的悶響。樂手們也開始恐懼，弦音不用揉就發出顫音。只有指揮在臺上盡最大努力維持著樂隊的平穩，可是不管他多麼努力，我們也沒能到達復活的天堂。

火光的橙紅中，我們放棄了演奏。天邊的顏色伴著夕陽，由橙變金，融入深藍。我們坐在臺上，沒有和大家一起逃離。我們需要等待最後樂器的撤離。沒有人說話。寂靜充滿天地，聽不見喊叫和身邊的哭鬧。

人流漫過身旁，舞臺像失事的船隻。我們坐在樂器中間，看逃亡中的人，他們不看我們。按以往的經驗判斷，這不是一次激烈的攻擊。天邊的色調漸漸變淺，說明燃燒正在減弱熄滅。攻擊很可能已經結束了，只是人們的逃離並沒有暫緩，廣場四面八方的難民源源不斷地奔逃，擠進鳥巢，似乎是想為被驚嚇勾起的恐懼記憶尋求一個庇護的窩。事後我們知道，這是海軍一個隱藏的指揮控制據點被炸毀，像以往一樣精確，沒有多餘的攻擊和死亡，戰火沒有彌漫到森林公園之外。當天的我們是安全的。可是在那時那刻，看著那些因驚恐而僵硬的面容，絕對沒有人能說大家的逃離是過度誇張。

曲終人散，淩亂的舞臺只留聲音的碎片。

攻擊者始終沒有出現。直到暮色越來越濃，我才看到飛機的一影。四架扁平的三角機在幽藍暗淡的天空滑過，一閃而逝，機翼留下閃光，消失在平流層看不見的高度。

從戰鬥第三年開始，我們的演出就成了義務。不記得是在什麼時候，人們發現鋼鐵人不破壞古老的城市和與藝術相關的場所，這起初只是個猜想，經過小心翼翼的嘗試，逐漸得到證實。鄉村和小鎮的人們開始瘋狂地湧向古老的文明之都，尋求庇護，藝術演出團體也莫名地擔上了防衛的責任，每天在各處演出，演出的方圓境內不受攻擊。這就是我們的演出。

沒人知道鋼鐵人的母星在哪裡，他們懂地球人的語言，但不讓地球人了解他們的。沒人了解他們到底是什麼樣的生物。入侵才只有三年，戰鬥卻如摧枯拉朽，地球人敗得毫無機會，抵抗一直進行，人們卻越來越絕望。逃跑的士兵如同瘟疫，逃得越多，繼續逃跑的就越多。從電視裡偶爾能看見現身的外星人的樣貌，比地球人略高，兩米到三米之間，流線型的鋼鐵外表，永遠看不見表情的冷酷和精確。

恐懼，悲憤，猜疑。人心惶惶中，流言不絕於耳，傳著鋼鐵人的各種舉動。他們捕獲了一名音樂家；他們劫掠了歷史博物館的資料；他們對古蹟和美術殿堂加以拍攝、研究和保護；他們對抵抗的軍隊殺戮鐵血，不留情面，但撿出科學藝術和歷史的相關群體，加以寬容。這是一幅既統一又分裂的肖像，一方面很殘酷，一方面又很寬容，讓人不知道他們是暴力主義還是貴族主義。他們住在月亮上，像月之暗面一樣，永遠不正面面對人類。人們只好猜測，在猜測中演藝術，讓藝術家成為莫名的超人。這算是一種什麼樣的保衛連我們自己也說不清，被動，卻責任重大；嚴肅，卻失去藝術原本的意義。

三年中，人們從熱血變得現實。從鼓舞的戰鬥變成求存的妥協，為了生存，努力學習。如果學習科學和藝術，他們說不準會格外網開一面。如果順從地活在他們籠罩的天空之下，說不準還能活得很好。只要屈服，只要放棄，只要在他們的天空下歌舞昇平。

總有人會不甘心，心懷不切實際的最後幻想。

林老師想要炸毀月球。

「老師！老師！」忽然有聲音將我從沉思中拉回現實，我回過神。是娜娜，她剛拉完一段協奏曲。

「這段拉得行嗎？」娜娜問我，聲音有點急躁。

「哦，還行。」我有點不好意思。幾乎沒有聽清她的演奏。兵荒馬亂中，很難讓一個人心無旁騖地教授提琴。我知道老師有這個能力，可是我沒有。我在淺層記憶記錄的臨時錄音中搜尋了一下，似乎搜尋到剛剛聽到的片段拉奏，不完整，而且缺乏鮮明對照。我只好說：「還不錯，比你上周進步了，只是……還是能聽出有一點急躁。」

「那是因為我不想拉了。」娜娜說，「您能不能告訴我媽媽，我不想學了。」

「為什麼？」

「Alexon 要走了。下個星期就走。」娜娜脫口而出。

「去哪兒？」

「不是告訴過您嗎？」她說，「他要和爸爸媽媽去香格里拉。」

「哦，是的，我一時忘了。」

娜娜確實跟我說過。她今年十七歲，Alexon 是她喜歡的男孩。他們曾經是同學，這兩年停學，他們的感情卻越發篤近。Alexon 家裡有顯赫的勢力，鋼鐵人在地球上圈出幾塊他們的控制中心，作為對地球的勢力入侵，只有少數有金錢和權勢的人被他們選中做傀儡控制者。Alexon 一家被選中了，他們借助人間天堂的古老神話和從天而降的征服者，移居人間仙境，成為人間國王。娜娜不能同去，傷心欲絕。

「老師，您也有愛的女孩不是嗎？」她說，「您一定明白，如果他走了，我再學什麼都沒意義了。」娜娜望著窗外，神情憂鬱而悲傷。世間紛亂對她來說是無所謂的，兩個人相愛是重要的。她早不想學琴了，只是媽媽逼她。她想和 Alexon 一起去鋼鐵人的管轄區。她愛他。「您能不能告訴我媽媽，我不學了。我要走。他會帶我走的。」

我不知道自己該用什麼樣的態度回應。她信任我，不告訴媽媽的事情卻告訴我，可是我不能回應這種信任。我可以信守承諾替她向母親求情，可是從一個旁觀者的角度，我不認為她和 Alexon 能幸福地生活在香格里拉。可這我沒法勸她，勸她她也不會信。

自從鋼鐵人的偏好被曝光，學琴的人數就如幾何級數增長，每個家長傾盡所有讓孩子學防身的藝術，讓每個能做家教的樂手應接不暇。不能再單獨授課，小班上總要擠進四五個人，不寬敞的小屋顯得越發擁擠。

越是這樣，我越覺得沒辦法面對我的學生。在這樣的時候，為了這樣的生存需要而教琴，讓我有一種無法承擔的奇異的責任感。紅木傢俱在身後壓迫，譜架上寫著令人慌張的速度，視窗透入的月光灑下人人皆知的威脅味道。

娜娜和雯雯是最近找我學琴的兩個女孩子。娜娜不想學，可是雯雯比誰都想學好。她的母親在逃難中傷了腿，只是為了她才堅持，拿出一切家當供她學琴，似乎未來的家的期望就托在她細細的琴弓之上。雯雯比誰都努力，拉琴的時候也有其他孩子沒有的頑固的僵硬。

「雯雯，你放鬆一點，手指太僵了。」

雯雯漲紅了臉，更加努力地拉，但這樣一來，手指就更僵也更緊了，聲音束縛而浮動，換弦的時候相當刺耳。看得出來，她是太認真，認真得過分了，過分得反應遲緩。

「等一下，」我試圖調整，微微笑笑，「雯雯，你怎麼每次都這麼緊張呢？出什麼事了？

沒什麼好緊張的。咱們這樣，閉上眼睛，休息一下，再非常非常安靜地試一次，心平氣和，準備好了再開始。來，不著急，深呼吸。」

雯雯聽我的話，深呼吸，閉上眼睛再睜開。可是一開頭就錯了。她停下來，不等我說就重新來，可是又錯了，再重新來，連第一個音都找不準了。她又閉上眼睛，深呼吸，再睜開，睜開的時候滿眼淚水。她還想拉，可是弓子彷彿太重了，她一提起來手臂就墜了下去，身子弓起來，像受驚的小貓一樣哭了。她害怕了。

我的心隨著她的眼淚沉下去。她在哭聲中囁嚅著說她必須拉好，拉不好可怎麼辦。月光透過窗子，灑在她弓起的背上，一片蒼白。

二

鋼鐵人不屠殺，只是精確。他們飛在幾萬米以上的平流層，導彈射不到，他們卻能準確炸毀地球的控制中心。他們只銷毀軍事指揮和武裝戰士，不涉及平民。指揮官不知死了多少，千萬高精尖的頭腦如流沙煙消雲散。換了控制基地也沒用，只要使用電磁波的操控，就如同聚光燈亮在夜晚，他們總能輕而易舉發現控制者隱藏的位置。東躲西藏，也免不了地下室的轟炸。指揮部接連被毀，軍隊和武器還在，但是能夠指揮和操控的人越來越少。潰散幾乎是不可避免的，偶爾的激情誓師像孩子對著空氣打拳。

失敗幾乎是註定的，但人們的問題是要不要投降。如果投降，並順應他們的心意，人類能活下來。沒有跡象表明他們想要毀滅人類。他們對抵抗軍和平民的態度有天壤之別。目的似乎只是地球的臣服，如果不抵抗，他們並不會殺戮。甚至原有的土地占有和產權支配也不受影響。他們贏在精確，贏在區分。一切都表明，投降是最好的選擇。

只有寥寥無幾的人會想要破釜沉舟，尋求最後的抵抗。一如巴黎面對納粹時的抵抗運動，一如清兵入關後僅有的造反團體。

林老師是抵抗者。我不知道為什麼會是他。在入侵前如果讓我假想這麼一天的到來，讓我猜想誰會是抵抗者，我會猜到一百個人，但不會猜到林老師。他只是音樂教師，快要退休的普通的指揮系教師，性格內斂，從來不曾參加任何政治運動和示威遊行，讓我猜多少次，我也不會想到他。林老師學提琴出身，從我十歲就教我拉琴，這許多年間一直是我古典理想的榜樣。他沉浸在音樂中，在一個比人世更廣闊的世界生存，專注而沉默，思維深入而持久，他也許也有憂慮，但永遠不在臉上。他六十歲仍在學習。

我怎麼也沒想到，林老師會提出炸毀月球。

「先別說這事，」林老師帶我來到視窗，「你來看這個。」

我到林老師家，第一件事自然是詢問計畫的具體步驟，但林老師似乎有更重要的念頭，什麼都沒說就先將我帶到窗邊的寫字臺前。

我心裡的疑惑只好暫時放下，跟著林老師來到他攤開在桌上的紙張和樂譜邊上，循著他的指點將目光投在一串密密麻麻、如詩歌排列的數位上，數位全是分數，一行行從上到下，有的一行兩三個，有的一行只有一個，雜亂卻錯落有致。在紙張的另一側邊，有零散的音符按著相同的行列排列一一對應。中間有英文字母和符號，整張紙像密碼編寫的天書。我掃視了一下，這樣的紙張桌上還有五六張。

「我最近才知道，宇宙原來有這麼多音符。」林老師的聲音透出洋溢卻暗含傷感的讚嘆，「宇宙的每個角落，每一個角落，都是自然的音樂。如果我早一點知道就好了。」他又拿起一張圖片給我看。圖片我認識，是彩色的太陽系結構。「你看這個，太陽系行星的軌道就是一串同一的音，每兩個軌道之差都是前一差值的二倍，如果當作弦，那就是八度八度向上翻。還有這個，這個是黑洞周圍發現的信號，週期信號，叫作……叫作什麼來著？」

林老師說著，回身望向身後，發出探詢。我跟著他回頭，這才發現屋中背對門的沙發上坐著一個人，一個比我年輕些許的男生。窗口的光剛好直射到他臉上，他的頭髮短而直立，面孔微微笑著，顯得異常乾淨。面對林老師的詢問，他先是看了看我，帶一絲歉意地笑笑，然後很自然地回答：「準週期震盪。」

「對，準週期震盪。」林老師繼續往下說道，「黑洞周圍的準週期震盪。常常是兩個峰，你看這常見共振頻率，2：3，Do Sol 五度，然後是3：4，這是 Do Fa 四度。完全是最好最天然的和弦。我現在想做的事是把這些絕對頻率轉換為相對音高，就像這樣，」他手裡拿著我剛剛看到的那張有數位和音符的表，「然後用這些和弦做主調和弦，譜成曲子。曲子就叫《黑洞》，名字也是天然的。」他看著我的時候眼睛深邃而有話，迥然含著期待的光，那光的專注超越年齡，低沉的聲音有隱隱的激動，「我以前真的沒了解過這部分，這實在太可惜了。共振的影響力。諧波。你知道嗎？原來我們的宇宙也是在共振中創生的，就像大三和弦的天然共鳴，宇宙最初也是諧波振動加強，創造出萬物。這多好。如果能追溯這一切該有多好，追溯宇宙誕生的那一剎那，將那時震盪的頻率化成音符，翻譯成曲子，最和諧明亮的和弦，那該多美。《宇宙》安魂曲，誕生和永恆。可惜我太老了，學不會了。要不然可以讓齊躍……」

林老師說到這裡，忽然想起了什麼，輕輕拉住我的手臂，說：「還忘了介紹。這是齊躍，跟我學琴兩年了，研究天體物理的。」

林老師指向沙發，我這才和齊躍第一次正式面對面站在一起。

「你好。」他先笑著伸出手。

「你好。」我說，「我叫陳君。」

林老師繼續說下去，說他想研究的理論，說宇宙與音樂的關係，說他完不成的宏大計畫。他說得嚴肅而有熱情，說了很久，說到關鍵處還在紙上寫寫畫畫，找到樂譜寫下一串音符，作為對他想法的說明。說著說著就投入了，他開始伏案塗改，偶爾掀開鋼琴的蓋子彈上幾個小節，眉頭舒展又皺起，到了最後已經完全又投入到日常的工作狀態，幾乎忘了我們還在，我們能看見他穿著灰黑色高領毛衣的後背伏在書桌前，但無法接近。他始終沒提月球計畫，儘管這是他找我來的本來目的。我想他是忘了。

出門的時候，我回頭望了一眼，老師正在紙張中尋找，動作迅捷而嚴謹。

天色已晚，我和齊躍一起下樓。老樓沒有電梯，我們從樓梯間一圈圈向下繞。齊躍走在我前面，暮色透過樓道的小窗落在他頭頂，讓他的頭髮明暗跳動。他插著口袋，步伐輕快。

我忽然有種感覺，老師的計畫一定和他有很大關係。

「齊躍。」我在身後叫住他。

齊躍回過身，看著我，表情微妙，像是知道我要說什麼。

「林老師的月亮計畫，你知道多少？」

「你問哪方面？」

「原理。原理你肯定知道對吧？你能不能告訴我，究竟有沒有成功的可能性？」

齊躍沉默了一會兒，微微笑了，對我說：「特斯拉曾經說過一句話：『只要我願意，我能將地球劈成兩半。』」

我琢磨了一下：「那你覺得……是可行的了？」

他沒有正面回答，只是用拇指指了指身後，說：「如果你明天沒事，到我研究所來吧，我想給你看點東西。」

我驚訝他初次見面的信任，但沒有拒絕。黝黑陳舊的樓道中，齊躍的面容顯得很生動，鼻子以下在暗影中，但眼睛顯得熠熠發亮。

齊躍的研究所在城市邊緣，很大，院子裡有很多粗壯的梧桐。只是我沒料到會這樣清靜，清靜得人影全無，安寧中透著深入石縫的寂寥，樹枝沙沙響起的時候，那種寂寥擴大數倍，從四面八方侵入人的身體。

樓道空空如也，大理石地面映出人模糊的灰色影子，一眼望得到盡頭。餐廳大門緊鎖，辦公室的小門卻時不時敞開著，隨風開合，露出裡面寬大而空無一物的電腦桌和書櫃。樓道兩側的宣傳欄也都空著，沙漠般的展板上只按著細小的釘子，沒有一字一畫。腳步有回聲，偶爾路過一兩間排列著巨型電腦設備的房間，只看到螢幕上落滿均勻的灰塵。

我很驚訝這裡的空曠，但沒有發問，一路跟著齊躍，穿過無人的大堂、樓梯和休息區，來到位於西側頂層的一間小辦公室。這是一個很大的控制區域中的一間，控制區一塵不染，在整片荒廢的樓宇中乾淨得醒目，看得出每天有人打掃。小辦公室裡有黑色木質書桌書櫃，窗戶很大，從視窗能看見視野寬廣的草坪和遠山。書桌上有一台老式音響。

齊躍打開電腦，並排放置的六個螢幕開始同時啟動。他熟練地打開一系列視窗，有黑色背景的頻率譜圖，有藍色背景的數值座標，還有彩色背景的衛星雲圖。最後一個視窗是提琴和鋼琴的特寫照片。

「你知道嗎？」調好後，齊躍並沒有直接給我講解，而是把電腦螢幕扔在一邊，側坐在寫字臺上，對我說，「我這輩子最佩服的就是特斯拉。太牛了，實在太牛了。發明的東西你一聽就傻了，交流電、高壓電傳輸、無線電通信、X射線成像、鐳射效應、電子顯微鏡效應、雷達原理、電腦及閘邏輯，還接收天外射電脈衝，造球狀閃電。他一輩子七百多項發明，說哪個都嚇死人。實際上，整個現代世界全建在他的這些發明上面，這世界缺了誰的發明都缺不了他的。就這麼一個人。」

齊躍說得聲情並茂，語調中充滿嚮往。這情緒我能理解，就像我們有時候說起貝多芬，口中的讚嘆不僅出自佩服，更是發自心底的感情希望說給所有人聽。

「咱們說正題。」齊躍接著說道，「特斯拉這個人很有意思。昨天不是說過他的一句話嗎？據說那是在這麼個情況下說出來的，不知道是真是假，據說他曾經爬上過一座正在建的摩天大樓頂部，把一個小激振器放在鋼樑上，激起鋼樑共振抖動，嚇得工人們完全不知所措。他於是說，給我一個激振器，我能把地球劈開。像極了『給我一個支點，我可以撬起地球』。只不過他更牛，因為阿基米德只是比喻，但他說的是可能的。」

「你是說……共振嗎？」

我對物理概念只有片段耳聞。

「是。頻率相當或成倍數，振動就能相互激發。」

「激發就會振裂？」

「超過固體強度限度就會。」

「那麼……老師就是想用這個原理炸毀月球？」

齊躍點點頭：「是。用天梯。」

「天梯？」

我倒吸了一口涼氣。

別的我不懂，天梯還是知道的。天梯是一座納米長梯，從地表延伸到月球表面。一般人把它叫作傑克的豆莢，因為順著它可以一直爬到雲層外面。所有人都知道天梯。早在它上天前幾年，媒體就已經大肆炒作跟蹤，上天的過程更是幾個月全球直播。多個國家合作投資，多個機構共同研製，多國宇航員參與護送。僅這些就已經夠吸引關注，更不用說由它帶來的未來連通地球和月球的可能性。月球的礦物輸送地球，地球給養傳給月球的科研探索人員。未來將建立月球實驗站、發射站、居住點。可惜二〇二二年上天，只上天兩年，鋼鐵人就來了。自那之後，一切活動都停止了，天梯空自懸垂。如果不是齊躍提醒，我幾乎已經把它忘了，就像所有為生存擔憂的人一樣把它忘了。五年過得太快。尤其是這五年。五年前的發射還歷歷在目，五年後的地球已物是人非。這一點讓人心涼，繁華與瘡痍觸目驚心。

可是，用天梯怎麼能把月球炸毀呢？難道用天梯當激振器，讓月球共振？這聽起來也太過不可思議了。天梯再怎麼結實，也只是細細的奈米線纜啊。

「天梯這麼細，可能讓月球振動起來嗎？」

「頻率。只要找到共振頻率，振動能擴大很多。」

「那怎麼才能讓天梯振動起來呢？」

「也一樣，共振。」

齊躍邊說邊打開一段視頻。我盯著螢幕。在視頻播放機小小的視窗中間，出現一座大橋倒塌的畫面。粗糙的畫面，抖動的拍攝，顯而易見是出自古老的手提攝像設備。一座原本架在大江之上的宏偉的大橋，在風的吹拂下，突然之間開始抖動，沒有任何外在情由和破壞，大橋只是越抖越厲害，橋面在震盪中扭曲成上下起伏的不定的曲面，公路像橡皮泥一般彎曲，振到一定程度在頂點垮塌，橋面碎裂，來不及撤走的車輛跌入大江。

「這是二十世紀四〇年代的塔科馬海峽大橋，八百米，就因為風而起振。你看這裡。」齊躍說著，又打開一個小的動畫視窗，圖上有一串白色的雲霧狀渦旋不斷向後流動。從圖上可以看出，白色渦旋是雲層的一部分，在一個圓形區域後形成，排列齊整，震盪著飄遠。雲層下是地球藍色的海洋和白色的陸地山巒，白色渦旋在高空陳列。我不知道這是什麼，但覺得很震撼。天空中這樣龐大而不為人知的結構，在遼闊得超過國家的尺寸上，壯美而安靜地鋪陳、拱起又飄散。天空下的一切彷彿忽然變得不值一提。

「這是空氣繞過柱形之後的渦旋串，震盪著前後衝擊，塔科馬海峽大橋就是因為這個才塌掉。馮．卡門發現的。這是第二個我佩服的人。」

我想了想，試圖理清其中的邏輯。

「因此，我們需要撥弦。」齊躍最後說。

一句話，我突然被點醒了。

這就是林老師的計畫。我總算有一點明白了。明白之後更為心驚，如此匪夷所思的設想，撥動天地之弦，震碎月亮。即使有齊躍的講解，我也心存疑惑。齊躍能接近天梯的控制，他告訴我，他們以前的實驗室是地月聯合實驗室，能遠端控制月球上的實驗中心進行核聚變、黑洞實驗、宇宙射線探測，儘管這種控制現在被鋼鐵人切斷了，但是他們中心在地面上還是對天梯有接近的權利。

「可是，如果月球能被振裂，難道地球不會被振壞嗎？」

「會。」

「會？」

「會的，只是不會那麼嚴重。起振的局部會劇烈振動，如同一場地震，但地球整體不會有什麼事。」

「這也就是說……」

齊躍慢慢收住了笑容：「只有撥動琴弦的人自己會被地震挾擊。」

這一下，我明白了。用盡力量讓天梯振動，為此不怕引發局部地震，讓自身毀滅。這是用自身的生命換月球的生命。原來老師是想用這樣的辦法做抵抗，用孤注一擲的琴弦撥動讓天地的哀歌響起，用同歸於盡的辦法換一點自由。這是反抗到絕望的最後反抗。我從不知道老師竟然如此決絕。當正面進攻已沒有機會，只有用輓歌才能掙一曲剛烈。這一下清楚了。我們的行動是演奏，而行動本身就是最孤絕的演奏。

我很想問齊躍，你覺得這樣值得嗎？

齊躍忽然轉過頭，長長地吸了一口氣，頭向窗外開闊的草坪歪了歪，看著我問道：「你知道我們研究所為什麼這麼空蕩蕩嗎？」

我搖搖頭。

齊躍嘴角露出一絲微笑：「其他人都被接到香格里拉和月亮上了。」

原來如此。

我心下恍然。應該能想到的，齊躍的研究所是世界上首屈一指的研究所之一，天梯項目的主要參與者，月球先鋒實驗室的帶頭成員。鋼鐵人保護各種藝術和科學界人士，招募他們為他們服務，地球上最好的樂團也被接走了大半，絲毫不奇怪這些領先的科學家也早早被接走，成為鋼鐵人倚重的新貴族。鋼鐵人是懂科學的，他們知道地球上哪些人的頭腦值得珍惜，也值得利用。

「你沒走？」我問齊躍。

他低頭瞥了一眼螢幕，抬頭凝視我，目光帶著一絲笑意，一絲諷刺和微微一絲悲愴，說：「我喜歡特斯拉，不只是因為他牛，還因為他單打獨鬥。你知道嗎？他被愛迪生排擠得厲害極了，被馬可尼搶了專利，還被投資人摩根拋棄了。可是他一直奇思妙想到八十六歲。他是純粹的孤膽英雄，沒結婚，也沒有那些有權有勢的前呼後擁。他不像愛迪生那麼會利用團隊，也遠沒有那麼功利。他就一個人和那些大團體對抗。你知道無線電輸電技術嗎？把地球作為內導體，地球電離層作為外導體，用放大發射機在地球和電離層中建立八赫茲共振，天地就成了諧振腔，可以傳輸能量。這是什麼氣度！用天地做諧振腔。當時的人們哪有這等見識。那時人們還把地方政治當回事，誰也不願做。還有一些公司攻擊他，會算計的人搶他的專利。結果他到最後也沒能實現計畫，就這麼一個人死了。現在，他的計畫當然全都實現了，可是那時他就這麼一個人死了。」

我沒有說話，但我能感覺他的情緒。這昔日繁榮熱鬧的所在，如今只剩下他孤單一人，而遠方入侵者用優厚待遇吸引了一切同僚，這孤單就越發顯得冷落而毫無意義。

「其實大家想跟誰就跟誰，也沒什麼好說的。」齊躍又說，「但總還是會有些人不一樣，我就喜歡這些人。」

我知道他是指老師。

「陳君。」齊躍忽然念起我的名字，「你的名字很好。古人說君子比德如玉，其實我覺得不是說什麼溫吞圓滑，而是為了這一句：寧為玉碎，不為瓦全。」

從研究所出來的時候天色已晚，我們在碩大而空寂的園子裡走了走。風一起，半黃半綠的枯葉呼啦啦地落下，鋪了一地，頓時寒意十足。梧桐搭成的拱廊原本蔥蘢密實，但此時也稀落得顯得蕭索。我們立起衣領，用相似的姿勢將肘加緊，手插在口袋以避寒。天上雲很多，月亮看不清楚，宏偉的樓宇沉入暗中，只有遠處門衛的小屋還亮著燈，成為整個院子僅有的亮度。我們走了好一陣子，沒有說什麼，在寂靜中感覺腳步，偶爾相互問一下對方的資訊，但對馬上要面臨的行動計畫，我們沒有再談，也不想再談。

齊躍問起我有沒有女朋友，我如實告訴他，我大學畢業就結婚了，到現在已經六年了。

「真的？」齊躍顯然有一點驚訝，「那你也有小孩啦？」

我搖搖頭：「沒有。她去英國了，走了五年半了。」

齊躍怔住了：「那你們……」

「沒有，我們沒離婚。」我說，「不過也差不多了。」

齊躍沒有繼續問下去，我也不想再說。我們又沉默地走了一會兒，齊躍帶我離開了園子。出門的時候，我回頭又遠眺了一下園子裡巍峨的大樓。這曾經是這個國度最頂尖的研究機構，薈萃了全國精英的頭腦，但現在也寂寞荒棄著如同最一般的人走茶涼的村莊。

晚上一個人步行回家，在頭腦中回想整個計畫的細節。漫長的步行街冷冷清清，偶爾有一兩個人步履匆匆地經過我身旁。商店都關著，顯得蕭條。我還是無法估量這個計畫的意義，會帶來什麼，帶走什麼，值不值得，該不該做。不是想不清楚，而是無法抉擇。夜晚的涼意讓我頭腦清明，可這不是頭腦清明的問題。這是內心的問題。我越是客觀地將局勢看清楚，越不能確定這行動是不是該做。

我開始明白，為什麼老師選了布拉姆斯。

在計畫中最後一場演奏會上，老師選了兩首曲子。柴可夫斯基的第六和布拉姆斯第四。《悲愴》容易理解，激情而悲觀的動人旋律。但布拉姆斯第四就不容易理解了。布拉姆斯常給人溫暖保守的印象，不慍不火，沒有貝多芬的憤怒和華格納的狂放，也不打破常規，乍看起來似乎很不適宜做英勇誓師，我曾經疑惑老師為什麼不選擇《命運》或理查．史特勞斯，又或者馬勒的《復活》也更恰切一點。布拉姆斯很少被人在這種激情的時刻想起。

這個問題我問過老師，他沒有回答，只說是個人喜好。但在這個晚上，我忽然有些明白了。這件事從始至終就不是一場激動人心的戰鬥，而是悲涼到最後的無可奈何。炸毀月亮，即使齊躍說了它的原理和可行性，我也還是深深懷疑最後的結果。怎麼聽都不像是能成功。而即便老師自己是相信的，他也一定知道這不是英雄的抵抗，而是向悲劇結局邁進的毀滅的抵抗。月亮能否炸毀沒有定論，但如果共振引起演出之處的地震，十有八九我們自身難保。這或許是一種殉難吧，為僅有的自由殉難。

只有布拉姆斯適合現在的人類。有的朋友說，聽來聽去聽到最後，就只剩下布拉姆斯了。他一開始不吸引人，但是到最後大家最沉浸的往往是他。布拉姆斯的音樂有骨子裡的悲劇感，不用製造什麼悲劇色彩，也不用刻意誇張，本身就帶著。內斂、深沉，表面上不露的悲傷，激情像看似平靜的海洋。現在想想，當他遠離魏瑪熱鬧的沙龍，獨自守著古典主義的理想，他已是與命運面對面。一個人面對他無法改變的這個世界的命運，煢煢孑立。

耳機中播放著布拉姆斯大提琴協奏曲沉靜而悽愴的旋律。只有在這樣的夜晚，走在這樣無人的街上，看著掃街者的掃帚刷刷地掃過厚實的落葉，才能感覺出布拉姆斯音樂的力量。總有一些境況是你無能為力的。命運就是你看得清楚局面也沒辦法的局面。這樣的時候只能走向孤獨。能守候自己已是一種勇敢，何況與舊日的理想一同沉落。

三

一個星期以後，我踏上奔向世界各國的旅途。

我決定幫老師完成這最後一場盛大的演出。老師和齊躍的任務是布置場地，而我的任務是徵召樂手。我要拜訪所有我們認識的樂手，徵召願意陪老師一同行動的人。平心而論，這實在不是一個容易的任務。我有好長時間連自己都無法說服，更不用說說服這麼多其他人。該有多大的勇氣，才能向每一個人開口。

我問過自己為什麼要答應，尚沒有定論。老師並沒有勸我。在他將計畫闡述給我之後，由我選擇。即使是在機場候機等著分別上路的時刻，老師也並沒有給我任務的壓力或鼓勵。或許老師不想強求。或許老師知道我知道該怎麼做。機場的玻璃藍色冰冷，窗外有機械起落。就像初次見到齊躍的那一天，老師一直在說著他沉浸的話題。

「我最近才學到軌道共振。非常有意思。它是說，當一些東西繞著中心轉的時候，所有旋轉的軌道都會相互影響，最初是隨機的分布，到最後只剩下幾個軌道，相互呈簡單和弦。起初雜亂，最後留下的只是有共鳴的寥寥幾個。有人說那些小行星就是因為某種共振被振碎的星球。這麼看共振就是選擇，從無窮無盡中選擇。一個主調，總會選擇出和它密切的屬音，它們就是骨架。宇宙和音樂一樣精細。」

老師說著，濃密的眉毛壓低眼中的表情。有時候他會停下來，轉過頭來，看看我的反應。老師的眼睛裡寫著他沒說出的話。我忽然覺得老師並不是天然地生活在理論的空中樓閣中，而是對周遭心知肚明，卻隻字不提。他故意進入另一個更寬廣的世界。

與老師分別後，我飛了很多地方。在每次飛機起飛和降落的時候，我總會俯瞰地面，看每一個星羅棋布的城市與鄉村，看這些相似又不同的人類的居所。人活在大地上，充滿勞績，卻詩意地棲居。這話說得太抒情。人往往是帶著睡意棲居的，醒來也仍在睡。當夢魘來臨被驚醒之後，人們用自我催眠的辦法繼續睡去。睡去比醒來好過得多，睡去之後，生活的一切都可以容忍。驚恐可以容忍，屈服可以容忍，限制的自由也可以容忍。

我不知道大地上有多少人每天為了未來擔憂。視線以下，平原還是平原，草地還是草地，寧靜的鄉村還是有著紅頂的小房子。乍看起來，一切都沒什麼變化。如果忘記頭頂的月亮，似乎現在的生活和五年前也沒什麼不同。這是和歷史相比多麼不同的一種境遇。人類第一次作為整體感到薄弱。以往的所有衝突都是一部分人強過另一部分人，只有這次是所有人同樣薄弱。作為強國的一些國家沒有經歷過這樣的衰弱，曾經一度很難適應。他們驚訝地發現，一些以為永存的英雄主義氣質不見了，犧牲和為自由而戰的民族氣質也可以隨著潰敗消散。這多麼動搖人心。可沒有辦法。被征服的民族分歧多過團結。愛國主義早已被詬病，此時的「愛球主義」則更像一場笑話。武力抵抗變成零星的火花，人們撤回到自己在角落裡安全的房子，城市和公路在沉默中維持著原有的樣子。

雲下的世界仍然運轉。如果不想到某種自由，似乎可以一直這麼繼續下去，直到習慣。這有什麼不好呢？吃還能吃，睡還能睡，藝術灌輸甚至比以前還多。只要承認他們對人類的統治，一切就能繼續。而承認對一般人生活又有多大影響呢？鋼鐵人只是要一些資源和礦產，要地球的屈服，要絕對的權威。如果能順從，永遠不挑戰，永遠承認他們的地位，那就一切都沒問題，像以前一樣幸福，像以前一樣自由自在。

只是自由又是什麼東西呢？

倫敦是我的第六站。在這之前我到了北美和歐洲大陸。進展並不順利，這我也能想到。一方面不能把這計畫告訴太多人，另一方面在我們接觸的樂手中間，同意的比率非常之低。我不知道我要有多久才能湊齊一個樂隊。

在倫敦南岸步行區，我見到了阿玖。

阿玖看上去沒什麼變化，儘管我們已經三年沒見。頭髮燙捲了，戴了項鍊，除此之外的一切還是和從前一樣。臉龐隱在長長的瀏海下，彷彿瘦了一點。她穿了淺紅裙子和一件灰色長大衣。在細雨剛停的石板路上，她的靴子發出有規律的噝噠聲，好一陣子我們都沒說話，只有靴子的聲音像我們心裡悄然轉動的鐘錶。

阿玖對老師的計畫同樣感到驚訝，但沒有多說什麼就立刻答應了。這讓我略略感到驚訝。我又重申了一遍計畫的困難和風險性，她點了點頭，表示明白，但沒有收回許諾。我心裡有一絲感激和微微的暖意。

「你現在還好吧？」我問她。

「還可以。」

「還在上次你跟我說的樂團？」

「不了，」她搖搖頭，「中間換過一個樂團，但現在哪個樂團也不在了。」

「為什麼？」

「樂團解散了。」她看著夕陽中的泰晤士河，說得有一點遲疑，「然後……大部分團員，被接到了香格里拉。」

「也被接走了？」

阿玖刷地轉頭看著我：「也？難道咱們團也被接去了？」

「哦，不是。」我連忙解釋，「是一個朋友。他們研究所的科學家都被接走了。」

「哦，那正常，那太正常了。倫敦也接走了不少人。」

我不知道還說什麼好，這局面讓人覺得無比荒涼。荒涼得讓我們彷彿共患難。

「那麼……」我猶豫了一下，「你沒走？」

阿玖搖搖頭。

「聽說，他們對樂團的待遇和照顧很好？」

阿玖聲音涼涼的，聽不出感情：「是，好極了。」

「那你為什麼……」我說了一半，又頓住了。

阿玖的臉對著泰晤士河，有好一會兒沒有說話，似乎平靜得無言，但再回過頭來的時候表情變得愴然：「阿君，要是別人這麼問我也就罷了，為什麼連你也會這麼問我？」

我一瞬間失語了，心裡翻滾著幾年的感覺。阿玖的臉在夕陽中被勾勒出金邊，邊角頭髮微微飛揚，像金色的纖細的水草。她的眼睛因為濕潤而顯得很亮，眼淚繞著眼眶打轉，最後也沒有落下來。遠處的倫敦塔橋有斷裂的欄杆，剝落的藍色露出大面積的灰黑。金色的河水一絲一絲暗淡下去。我們面對面站著，良久無言。

過了好一會兒，阿玖說累了，想去坐坐，我們就來到皇家節日大廳劇院門口，在長凳上坐下。四周人很少，我記得上一次來的時候這裡還有許多賣藝的藝人和玩新概念車的孩子，但現在顯得冷冷清清。

我們斷斷續續聊天，說這幾年的生活和入侵帶來的改變。我們很久沒有這樣說話了。我不常給她電話，她也不常打電話回國。之前的三年，我們的聯繫屈指可數，關係氣若遊絲。我想過很多次再見面的時候會不會非常尷尬。但在這樣一個晚上，當我們帶著一種共同面向悲觀未來的感覺坐回到一起，我忽然發現這預料中的僵局竟然很容易就被打破了。我們談起自己的恐懼，自己的思量，周圍人的恐懼，周圍人的思量，談起這個世界現實的一面，我們驚訝地發現，很多感覺竟然仍有很多相似。

「其實有時候，我也不知道該怎麼看待抵抗這件事。」我說，「到底該說好聽了說成追求自由、不屈不撓，還是說是幼稚、頑固不化，有時候我都不知道我們在抵抗什麼。有時覺得大家都接受了、認命了，又何苦沒事找事呢。這讓我越想越不確定。」

「永遠有各種角度吧，」阿玖溫和地說，「有時想想也挺諷刺的。以前叫別人恐怖主義，現在美國人的抵抗被鋼鐵人叫恐怖主義。」

「我就在想，其實不就是多個統治者嗎？我們以往的統治者還少嗎？多一個又怎樣？被征服的民族也多了去了，不是照樣活著，活得好好的。鋼鐵人在頭頂上，時間長了就忘了。你不惹他們，他們也不惹你。接受了也就安定了，幹嘛還要較勁呢？」

阿玖沉默了片刻，說：「你這是何苦，何苦逼自己這麼想呢？你要是真是這麼想，那又怎麼會還跟著老師做事？」

我沒有說話。

泰晤士河沉入夜色，反光的河面上滑過慢行的客輪。

「其實，」阿玖接著說，「我並不責怪我們樂團的人，他們各有各的理由。」

「嗯？」

「有的人想要的是安全，也有的人是傾慕鋼鐵人。」

「傾慕？」

「嗯。強大、力量、準確、冷靜的意志，還有更高的藝術知識，所有這些。」

「那倒是真的。」我點頭承認。電視裡出現過鋼鐵人，強有力的身體，永遠精確的陣線，有機軀體外面是整一層鋼鐵外表，喜怒哀樂不形於色，對一切都是居高臨下的審判的態度，知識遠為豐富。這一切讓人折服並不奇怪。

「我知道你剛才為什麼要說那些話，」阿玖接著說，「你怕自己選錯，才故意找反對自己的理由。可是你知道你心裡不是那麼想的。你越不說越清楚。你總想著其他人的理由，似乎也明白他們、覺得有道理，可是你知道自己不會願意跟著他們的。」

我轉過頭看著阿玖，她雙手撐在長椅上，臉上有一絲曲終人散般的空茫。

「你剛才問我為什麼不跟著他們走，」她說，「其實我也說不好。他們對藝術家很不錯，去那邊還有更好的藝術條件。只不過，我心裡還是有某些過不去的東西。我還有能力拒絕，作為卑微的人，可能只有這麼一點點東西了。」

阿玖的話讓我想起齊躍，君子比德如玉，不為瓦全。我注視著阿玖，她靜靜看著河水。她的長髮垂在頸窩，右手像她一向習慣的那樣微微繞著髮梢。她比從前冷靜，說話變慢了，但聲音是一樣的。大學時的種種片段略過眼前。齊躍曾經說過另一句話，他說每人都有自己的頻率，只有契合的人才能頻率相同，頻率相同的人哪怕一時相位不同，一會兒也能共振。我那時就想，感情應該就是共振。

「阿玖，」我對她說，「如果這次行動過去，我們有幸能成功完成，那就跟我回家吧，好不好？」

阿玖轉過頭凝視著我，咬了咬嘴唇，似乎說了什麼，但我沒聽清。然後，她哭了。

我們又坐了很久，對著黑暗中的泰晤士河，看閃閃發光的河水反射燈光和冰冷的月亮。我們似乎說了很多話，又似乎什麼都沒有說。我將她摟住，她的頭靠著我的肩膀，我們靜靜地坐著，假想著各自不同的無法到達的未來，這樣的時刻很久不曾有過，也永遠不會再有。我們之間的間隙被共振填補，那一瞬間似乎重新回到原點，不用再想那些逝去的時光。人類的無奈與悲哀，卑微與尊嚴，在那一刻成為連接我們脆弱海面的橋樑。我真的開始相信我們能回去。倫敦眼在我們不遠處荒蕪地停著，有的車廂已經消失。身後的劇場的演出開始了，觀眾陸陸續續經過我們兩側。泰晤士南岸的茶座和燈火通明的舞臺並不曾棄置，只是空氣中始終飄浮著僵持的惶恐，這氣息我熟悉，和鳥巢前面每天演出時的氣息如出一轍。

在我奔波與遊說的過程中，老師孤獨的背影也穿梭在世界各地。在布置最後的演出場地之前，他還想走過世界上所有重要的建築，留下每一座建築的迴響的聲音。他穿過巨石陣，走過古代的樓宇與宮殿，搭起透明的弦，連接從羅馬到東京。他在大教堂中聽管風琴，進入山林裡記錄鳴鐘的廟宇。他撥動沒有人聽得見的旋律，一座座巍峨的建築在共鳴中轟然陷落，應聲倒地，巨石碎成粉末，風中捲起塵埃。這獨自一人的交響詩中，世界成為舊日的廢墟。他錄製了屬於內心的地球的唱片。

我們的演出現場搭在吉力馬札羅山腳下，一片最廣闊而原始的人類家園。山連著草原，琴弦穿過赤道，天梯沉默地劃過地球的臉。

四

演出之日。

我們的飛機降落在奈洛比。在飛機上我試圖尋找吉力馬札羅的影子，但下降時已太接近城市，沒能看到影像中渦漩般的山頂。降落後我們沒多做停留，改乘大巴前往東非大草原。坦尚尼亞比我想像中美得多，城裡充滿奇異的花草樹木，出城就是大片草場和棲息的動物。在今天的地球，這樣的環境彷彿不真實。

我在路上一路想像著吉力馬札羅的樣子。在我的心裡，它是一個有著隱祕的親近的地方。小的時候地理課上老師講到吉力馬札羅，說它是一座平地拔起的高山，從山腳到山頂，能從熱帶走到冰川，穿過熱帶、溫帶和寒帶的所有風情。那時我覺得很神奇，心裡充滿嚮往。回去尋找它的介紹，在網上搜到一篇故事，就讀了起來。那個故事讓我記憶深刻。我只有八歲，不知道海明威的名字已經如此響亮。「馬基人稱西高峰為『鄂阿奇—鄂阿伊』，意為上帝的廟殿。在西高峰的近旁，有一具已經風乾凍僵的豹子屍體。豹子到這樣高寒的地方來尋找什麼，沒有人做過解釋。」

這句話過了二十年我始終記得。吉力馬札羅，豹子到這樣高寒的地方來尋找什麼，最後還要死在這個地方。

大巴的車門拉開的那一瞬間，我的頭腦一片空白。

草原，陽光，大象，遠山。

那是突然進入另一個世界的感覺。在多日的疲勞與糾結之後，在穿過每個繁華的城市，經過許許多多不愉快的演出和尷尬的晚餐，站在鋼鐵人離開後留下的鋼鐵城市中猶豫，因猶豫而看高樓都顯得荒涼之後，突然見到眼前的一切，全身都變得空靈了，因空靈而飄浮起來。草原綠得鮮亮。陽光灑滿清澈的藍天。大象慢悠悠地踱著步子，遠處是長頸鹿站著休息。山遠在天邊，近在眼前，佇立在草原中央，雲端之上。草原上的樹呈倒放的傘狀，孤立靜穆，在曠野上一棵一棵站出美麗的姿態。我站在車門附近，消融在這一切中間。我被包圍而來的清透空氣凝住，眼睛離不開天空，無法移動步子，只是呆呆地站著，全然沒有聽到身後人的催促。

曠野，藍天，大地，樹。

大巴停在公路盡頭，再遠的距離要步行前往。遠遠就能看到布置的舞臺，一些薄木板和透明的塑膠板像風帆一樣張開在舞臺四周，作為調整聲音的劇場布置。

每個人的眼睛都凝在弦上。陽光裡的弦是比舞臺更醒目的布景。儘管我事先已經知道了設計，但在看到現場實景時還是被震動了。那樣高遠。因為遙遠，第一根弦顯得短而精巧，後面的每根隨著加長加粗而變得逐漸壯觀起來。長度翻倍，從幾十米到一百米，到兩百米、八百米、兩千米、五千米。平行拉緊，斜入雲霄。五千八百米的最後一根弦已經長得望不見兩端，只能見到斜斜一根發亮的光芒，沿山巒鋒利向上，連接草原與山峰的高度。琴弦因為反光而熠熠生輝。這是山與地的豎琴，五千米高的豎琴。

我們向豎琴腳下進發，身上的樂器在此時顯得輕巧起來。我踏在柔軟厚實的草地上，只希望時間變得慢一點，再慢一點，永遠停留在此時此刻。

演奏開始了。

從柴可夫斯基到布拉姆斯，生前不和睦的兩人也許沒想到會在這樣的時刻被團結起來。我聽著自己琴弦的聲音，閉上眼睛，還能聽到風吹長草和大鳥偶爾的啼鳴。樂隊的演奏整齊，這殊為不易，來自各地的樂手只經過了數次排練。布拉姆斯E小調的主題悲壯有力，弦樂在這樣寬廣的舞臺上似乎獲得一種前所未有的舒展空間，演奏得異常流暢。我聽著隆隆推起的定音鼓，那是從第一樂章就定下的悲劇的氛圍。陽光拂過山頂，冰雪已然消失，留下萬年溝壑沿山脊排布。E大調的柔美勾勒出藍天中雲的線條，我能聽到大象踩過枯草的碎裂聲，石子落入泉水的叮咚。

在消失入宇宙的淺藍色中，感官獲得了無窮放大。如果問我音樂給我帶來了什麼，可能就是感官的敏感。走在街上，聽見每一種聲音，工地規律的敲擊，掃帚掃過落葉的刷刷聲，灑水車的啟動與暫停。就像《藍色狂想曲》的一個動畫版本，世界的每一個聲音，每一個人，在空氣裡匯成波瀾起伏的洪流。我漸漸和周圍融為一體。圓號吹響草的柔情。在回憶的氛圍中我們消失在地球尚無人類生存的古老時空。

在這樣的時刻，我忽然不再猶疑。地球的土地柔軟沉厚，就在我們腳下，不再有隔閡。在之前漫長的九個月的籌備中，我無數次問自己值得不值得。身邊的人各謀生路，為鋼鐵人開路，求鋼鐵人寬容，在鋼鐵人的庇護下趾高氣揚，同盟的隊伍間鉤心鬥角，軍火販子借著戰爭的混亂大肆投機，日常人的躲避，為了生存憤恨那些惹事的抵抗，恨不得沒有人出頭，換來局勢平安，資源一船船集中到月亮，像無底黑洞，而人們為爭奪餘下的資源大打出手。在這一切耳聞目睹中，我一次次問自己何苦還要努力，這樣的人類該不該毀滅，該不該拯救，為了這樣的世界犧牲自己又有什麼意義。這問題我問過自己很多遍沒有答案，可是此時此刻，當音樂響起，當遼遠無垠的藍色將我們圍繞，當長草延伸到天邊而山峰威嚴聳立，我忽然不再質疑。一切都有了莊嚴的意義，即便是恐懼與求生也變得溫柔，苦澀而厚重。

終曲終於響起來了，G大調明亮的和弦此時卻有著無可逆轉的悲傷的味道，管樂莊嚴、宏偉，盛大地走向無法避開的死亡與悲劇的結局，有憤怒與悲哀，卻在每時每刻都保持莊重的尊嚴。我從來沒有如此投入的演奏，在這三年不下五百場救火般的演出中我快要忘了投入演奏的感覺，那種與旋律一起起伏的感覺，整個身體隨之震動的感覺，想要痛哭一場的感覺，此時此刻的感覺。大地如此豐美。

我不相信月球能被震碎，但我願為這嘗試付出所有。

最後一個音符結束了。大幕落下，老師一個人走上敲擊的高壇。

老師的眼前是一條二十二點八米的短弦，他舉起一把海綿包裹的小錘，靜了片刻，開始敲擊。我們坐在台下，靜靜地看著。無聲的間隙有驚心動魄的等待。短弦發出低沉的長音，在空氣裡迴響。弦亮澤而堅固，緊張而有彈性。它是豎琴的開端，在敲擊聲中震盪出梭形的幻影。我們聆聽著它的聲音。它將自身的鳴響傳播到四面八方，傳到我們的耳朵，傳到我們心底，傳到一旁五十五點六米長的第二條弦上。第二弦開始振動，從微弱到飽滿。當聲音減弱的時候，老師繼續敲擊。第二次的敲擊疊加在第一個聲音之上，弦振得更加充分。第一弦的振動喚醒了後面的每一根弦。第二弦的振動持續起來，然後是第三弦、第四弦，一次一次敲擊，弦長倍增，不斷敲擊，共鳴擴大。一個人、一把小錘、一根弦、天地之間。

天梯已經越來越近了。在演奏到尾聲的時候，我們已經看見了地平線附近出現的長線，此時此刻它又離近了許多，細節已可以看得清清楚楚。它的末端連在軌道上，由一輛燈塔狀的滑輪車固定，滑輪車遠看輕巧，離近了就顯得巍峨高聳，天梯也不再是遠處細細的長線，而是粗壯、雙股如基因結構的繩索。

天梯駛來得很快。儘快在草原和吉力馬札羅的背景中看上去不快，但離得近了就看得出實際上的速度。無人駕駛的滑輪車如高塔壓迫而來，在離我們還有幾公里的地方我們就已經能感覺出它帶給我們的呼嘯和我們帶給它的震撼。弦音仍在繼續、敲擊仍在進行。不斷放大、不斷轟鳴。老師在高壇上像擊鼓鳴金的戰士，高山的豎琴已經完全起振，從二十二米到五千八百米的琴弦，振動越來越劇烈，越來越超出控制。低頻的弦音超出我們聽覺的範圍，只能感覺到四面八方空氣和山谷的動盪，撞擊身體。在豎琴數百米寬的範圍內弦音擴散，擴散到範圍之外撞擊著天梯。天梯能看到晃動。

越發地近了。天梯的晃動開始增大，不規則地增大。它滑過我們的時間並不長，但就在這短暫卻看似無比漫長的一段過程內，它開始明顯地晃動。三十八萬公里的線纜堅固如直棒，但此時卻能看得到左右的搖擺，邊緣處因滑動和晃動而顯得虛幻。我們仰頭望天，天梯伸入天空看不到的高度。底部微弱的搖擺化為曲線的浮動，空中畫出扭曲的游龍。

振動開始了。滑輪車開始搖擺，我們腳下的地面亦開始轟鳴。天梯的搖晃使得塔狀小車不能在軌道上保持平穩。速度似乎下降了，偏離軌道中央的搖晃急劇增加。像有一股力將車撕扯出軌道，與此同時，軌道將這振動的力量傳到大地的四面八方。我們的舞臺開始不穩，向左右晃動，隨後又突突地上下抖動。

接下來的一切快得讓人來不及反應。軌道像提琴的琴碼，而我們則坐在大地的琴箱上，琴箱振動，將弦音送到四面八方。我們失去重心，像地面倒去，在波浪般的地面隨振動起伏。天梯的共鳴更加明顯，梭形的幻影已然可見，撕扯的力量像有靈魂灌注其中，不規則的扭動化為憤怒的拉鋸，軌道車在抗拒中失去平衡，暴躁的震盪讓它好一陣子無所依從，然後逐漸失去鎮定，變得瘋狂，瘋狂地震顫，短短幾分鐘如同一個世紀，最後在狂怒中轟然如爆炸般倒塌。大地在同一時刻發出斷裂的聲音，一條長長的裂隙出現在地表，如傷口赫然撕裂地面溫柔的臉。

隧道車塌陷了。天梯保持著振動的餘波，幾秒鐘之後才斷裂到半空，甩成驚人的長鞭，呼嘯著劃過天空，在空中令人驚駭地甩來甩去。

振動慢慢減弱了。地震並沒有像最壞的預期，引起山崩。我們趴在地上，等待一切結束，用身體感覺土地和草原胸膛內的餘怒。我的雙手抓住土壤，將頭埋在草裡，有痛哭的衝動。轟鳴的弦音仍在身邊餘波未散。

過了好一陣子，地面平息下來，可是一切並未結束。

就在我以為一切已經結束的時候，天邊突然出現恐怖的機翼。三角形，流線平面，速度快得超出想像，從高空直降而落，降落的過程以鐳射擊中舞臺。身邊發出爆炸和火光，有人驚叫，有人來不及驚叫就死亡。我低頭匍匐，躲避彈起的碎石。

爆炸，第二次。

第三次。

飛機降到了很低的高度，這可能是他們來到地球第一次降到這樣低。

飛機向老師飛去，我看到老師仍然試圖站立。我大聲呼叫，聲音被淹沒在四周的轟鳴。我想起身去拉老師，一陣爆炸的激波從身後傳來，我脖子上掛著的玉石突然炸開，給我胸口一擊，我踉蹌摔倒。再抬頭的時候，我看到一個穿紅裙子的身影向老師撲過去。是阿玖。

混亂，慌張，一片空白。

在飛機掠過老師頭頂之前的一剎那，我看到老師縱身向地面的裂隙跳下去，而阿玖跟在身後。兩個人的身影如墜落的彩虹，在空中劃出久久不能散去的光影。我整個人完全空白了，以為自己要死了，以為我們都要死去。而就在這時候，狂怒的飛機忽然像失去意識的昆蟲，滑翔向遠方，墜落在遙遠的地點，開出烈焰的花。一切突然停下來。

我在不明所以中失去了意識。

五

一個月之後，我坐著齊躍的車，車開在郊外寂靜無人的山路上，車的後座上放著林老師最喜歡的白色菊花。

我們去的墓園很遠，汽車行駛在無人的山路上，百轉千迴。山岩延伸著看不見的方向，樹木在一側遮住山下的視線。車靜默地開著，我們靜默地肩並肩坐著。

齊躍的表情凝重，這一個月以來他一直很少笑容，我知道他是為什麼。他認為是他自己的隱瞞才讓老師死去，因此背上了沉重的心理負擔。

我想說幾句安慰的話，可是不知道該怎麼說。從某種程度上講，他是想多了。但從另外的角度，我們都清楚他是對的。我想了很久老師為什麼會跳下去。最終的結論是老師已經做好了死亡的一切準備，從他策劃這一切的那一天起，我們抱著僥倖生存的願望，而老師已經在內心相信了月球會毀滅，地球會裂開。我對此懷疑，但老師相信，齊躍的隱瞞加深了他的相信。

誰會想到會是這樣的結果呢？天梯的共振引起斷裂和倒塌，但不是月球，而是實驗室。月球實驗室建築的倒塌引發反應堆的核爆，進而點燃黑洞實驗設備的爆炸，產生了微型黑洞，而它在短時間內迅速吞噬了周圍的物質，劇烈的反作用噴發又吞噬了周圍的基地。鋼鐵人在最後的瞬間試圖遙控地球的飛機，但是只有片刻的掙扎。

這一切，誰能知道呢？

我問過齊躍，為什麼不早一點將真實的計畫告訴我們。齊躍苦笑著搖搖頭，你難道以為鋼鐵人真的不知道咱們的籌畫嗎？他們其實早知道，只是他們知道月球沒可能炸裂，才不去管這種小兒科的犧牲，但是如果告訴任何人，讓他們知道月球實驗室有實驗製造黑洞的能力，那麼一切都不同了，我們會在第一時間全被消滅。齊躍說完看著我，眼中有著我第一次見到的苦澀的悲哀。

墓園寂靜空曠，墳墓並不多，排列得很整齊。

我們走到老師的墓前，低頭弔唁。

寂靜的衣冠塚，沒有老師的人，但有他的靈魂安息。花朵和石碑安靜樸素，石碑上只有名字，沒有多餘的字樣，幾束顏色、品種各異的花束標誌著在我們之前前來的弔唁者。

我們各自閉上眼睛，在心裡對老師說了自己的話。

老師的墓旁是阿玖的墓。我將一枝白色玫瑰和從我脖子上墜落的碎掉一半的玉放在她的墓前，玉碎得晶瑩，那是她結婚時送我的信物。

墓碑上，阿玖笑靨如花，如十年前我第一次見到她時的樣子，洗去路上一切塵土飛揚。

阿玖，我們終於回家了，不是嗎？我望著她，在心裡說。

照片裡的她好像笑得更多了一點。

我望著望著，望出了眼淚。齊躍將手搭在我的肩頭。

遠遠望去，空曠的墓園延伸如同一座花園。草坪勾勒出死者安息的所在，如生前的居所一樣透露出靈魂的氣息。偶爾的鳥鳴讓空氣顯得更寂靜，青草的香氣帶來泥土的芬芳。春天回到地球。暫時的拯救和喘息讓生者的生活可以繼續，等待著看不清的未來的下一次進攻。天空很輕盈。

我和齊躍坐下，坐在墓碑前與死者交談，對飲一壺酒。在孤獨的地球上，這小小的角落成為我們四個心裡最接近的一隅。月亮在頭頂，隱約透明。

繁華中央

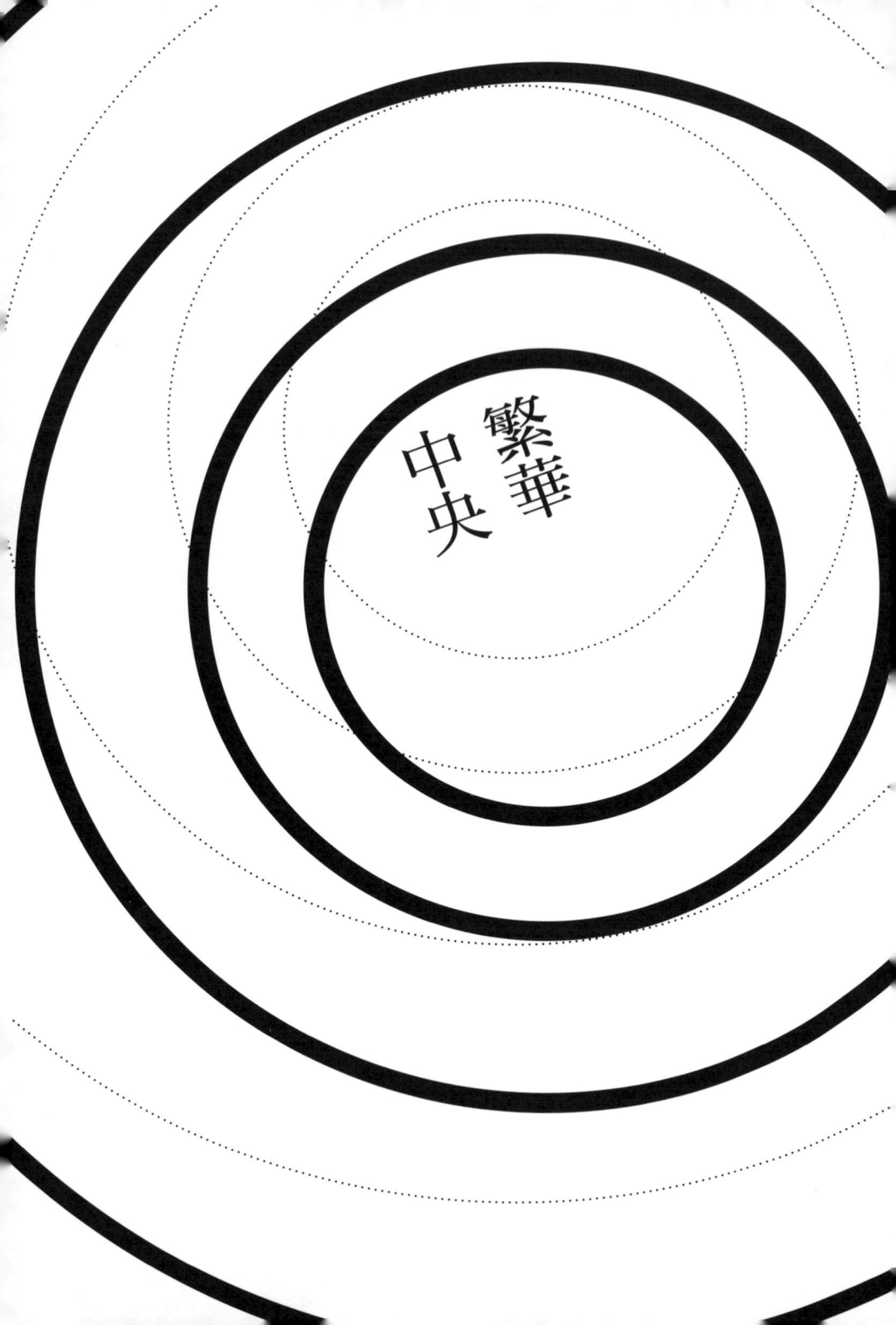

Chapter
3

你為什麼不願意？
因為我想靠自己。
靠自己做什麼？
靠自己拚命。
然後呢？死在黑暗中？
那也好過變成你們活在陽光裡。
（笑聲）沒錯，你可以不在乎我們。但你也不在乎自己的才華嗎？

阿玫初到倫敦的時候是二十二歲。

那一年她大學畢業，小提琴專業，進入英國皇家音樂學院讀作曲系研究生。她想要成為蕭邦、拉赫曼尼諾夫那樣的音樂家，這是她心裡放不下的念頭。

出國之前，她和陳君領了結婚證。二十二歲結婚是很少見的，但他們已經相處了八年，她只是想讓陳君放心，她出國不是為了更多姿多彩的花花世界，而只是為了心裡作曲家的執著。她很愛陳君，但她放不下這個機會。陳君沒有反對，就像他對所有其他事情那樣，看上去不在意。

阿玫獨自一個人踏上異鄉的旅途，從希斯洛機場出來，她坐輕軌進城，看著身邊的各種膚色和邊角殘破的座椅，既有一種異域的疏離，也有一種安然回家的感覺。她終於到了這個地方，一直夢想的地方，那一刻的感覺就像回到了故鄉。

她懂得如何照顧自己。她到學校報到，經受語言的考驗，克服嚴謹官僚重重文件的阻撓，最終辦妥了保險、學生證、銀行卡、暫住證和租房證明。她找了一間閣樓住了下來，閣樓在一個小廣場的邊上，底下是交通樞紐，從視窗望出去，每天能看到等車人。閣樓安靜寂寞，房東是老太太，不常住在家裡，廚房裡收攏著銀色雕花的餐具。她自己買了一只手繪圖案的瓷杯子，沒有暖氣的日子就一直煮熱水，每日靠熱水溫暖自己。

她學習作曲，非常努力。出國前的專業是小提琴，但她並不想一輩子做一個演奏者。

我在乎我的才華，但我不想靠別人。

你難道仍然相信「酒香不怕巷子深」這句話？

是。

那看來，你還不夠了解你們的世界。

初到英國第一年，阿玫跟著同學一起上課。學院的樓是幾百年歷史的老城堡，仍然帶著歌德時期的莊嚴和陰鬱，與世隔絕，讓人不知不覺變得安靜。

阿玫的開端並不順利。她的底子並不好，出國才知道差距有多大。她的手指缺乏天然的靈活，幼年又沒有經受足夠的鋼琴訓練，手指的彈性和力度都有不足。她知道自己的弱點，盡力用擅長的東西遮掩，她拉抒情曲目時的情感把握還可以，但是需要速度和靈巧的曲目就顯得僵硬。她的耳音只是一般，基本音準不成問題，但行家聽起來，個別地方仍然有差那麼一絲絲的不夠精確。對高水準比賽，就是這麼一絲絲，讓人評審時微微皺眉，繼而轉開目光。她想要隱藏這一切，只展現出自己好的一面，結果這種掩飾成為她的負擔，她很容易緊張，在平淡的地方顯得古板，在情感張力強的地方又會誇張，拉出來的曲子就有一種情緒化的刻意。觀眾能感受到她的動情，但不能介入，那種動情顯得造作而用力過猛。

兩個學期過去，阿玖的演奏只有平庸的分數。好在是作曲系，對演奏的要求相對不高。她努力地默默練習，在教室後面觀察同學的技巧。她喜歡坐在最後一排，看著教室前方拉得有聲有色備受讚許的同學，心中有一絲絕望。這種絕望給她一種苦與甜同時存在的奇異感覺，她在無望的努力中觸摸到自己的執拗。

有個別的老師會注意到她，給她一、兩句叮囑。這種時刻並不多，老師喜歡點撥有天才的學生。瑪律科老師是個和善的老頭，他叮囑她放鬆，說她先天條件很好，只是運用得不好。那是在她最絕望的一個下午。阿玖從來沒有這麼感激。

音樂學院的競爭是最為激烈的，最好的位置只是那麼一個、兩個。

你只需要以我們的樣子出現很短的時間。沒有人會看得出來。你放心，去除偽裝，你還會回到你的樣子和你的生活。只會活得更好。

你不用說了，我不會考慮的。

你什麼也不需要做，絕不需要殺戮或者背叛你的同胞。你只需要出現在他們面前。

這已經是背叛。

那要看你怎麼定義背叛，從長期看，這會是拯救。

我不會相信你們。

你不是已經相信過我們很多次了嗎？難道我們騙過你嗎？

阿玖的才華不在演奏，在作曲。這一點，無論是她自己，還是從小到大教過她的老師，都表示認可。本科的老師給她很高評價，這是她出國的重要動力之一。

阿玖是如此愛音樂創作，她把它當做語言的方式。她在日常生活中說一種語言，在樂譜上說另一種，她知道後者更貼近自己的心。高興的時候，她可以寫上十幾個小節的旋律線，難過的時候，她用小三和弦和減七和弦在紙上來回變化。沉浸在創作的日子，她可以對飲食沒有任何要求。她去超市買很多東西囤積，只為了減少購物和選擇的精力消耗，所有的時間都用來研習、創作。那段時間簡單而幸福，每天只想著新的旋律。由於不知道未來的命運，在表面的無望之下，她給自己埋藏了深深的希望。

在她留學的第三年，鋼鐵人到來了。

鋼鐵人來自一個遙遠的星球，地球人不知道它的名字。它們突然而至，留下恐怖的痕跡，以令人難以捉摸的方式精確制導，打擊地球上各個國家的飛行基地和發射基地，準確得令人不敢相信。它們冷漠無情，在烈火將人類吞噬的時刻露出崢嶸的面目，似乎是故意讓人看到。它們有金屬外表，光滑無隙，高大強硬。它們很快占據了月球，進而逐步侵蝕地球。電視裡充斥著它們神祕的蹤影，悄然而至，留下死亡，瞬間離開。

整個過程緩慢而令人痛苦，鋼鐵人的冷酷和準確就像偶爾爆發的肌體的抽痛，不時降臨，尖銳鑽心。它們不傷及一般人，但可以消滅所有武裝抵抗。它們似乎有自己的標準，有目標，有特殊的針對，以威懾為目的。它們對科學家和藝術家非但不傷害，似乎反而故意加以保護。在文化古蹟和演出現場周圍，它們不傷人，一時間，藝術成為熱門的尋求保護的方式。恐慌之中，藝術學校反而變得更加搶手。

在這個過程中，阿玖像眾人一樣關注、恐懼，從電視裡看戰爭畫面，在警報時躲避。她為死亡悲傷，在哀悼日上街遊行，但它們從未出現在她眼前，她並未覺得它們和自己的生活有直接聯繫。

入侵前兩年，地球的生活還未發生太大破壞。她的生活仍然日復一日地過，在學校參加考試，提交期末的作曲作業，參加新年晚會，籌備畢業慶典演出。戰爭發生在另一個時空。對她來說，最棘手也最緊要的是畢業後的工作。如果不能及時找到一個樂團或者學校，她的簽證就會到期，就要回國，不能再留在倫敦。她不願意回去。她的使命，她的才華，她與生俱來的興趣與夢想，都在古典音樂的國度，可以是倫敦，是維也納，是布拉格，是慕尼克，但她不能回去。

她開始逃避給國內電話。母親總是憂心忡忡，欲言又止。陳君倒不介意，從沒催過她，只是永遠是那樣對什麼事都不在意的樣子。時間久了，阿玖也不知道他是不是真的不在意。有時阿玖覺得自己是那麼了解他，有時又覺得他們是被隔開在玻璃的兩側，看上去很近，卻從來不曾真的在一起。她心裡對他有愧疚，越是這樣，越逃避電話。

她進行得不順利，參加了三、四個頂尖樂團的考試，都沒有通過。她遞送給樂團的曲譜也沒有被錄用。剛出道的新人，如果沒有天降的運氣，很少有樂團會排練她的曲子。商業公司會挖掘新人的創作，只是堆積在公司前臺的曲譜太多，若沒有知名引薦，也很難得到注意。她曾經跑到公司去等，卻始終沒有機會找到篩選曲譜的負責人。

時間一天天過去，她的機會越來越少。對於創作者，挫敗的困窘是好事。她能在每一次挫敗回家之後，在悲壯的無言以對中寫下另一段交響。然而對於現實生活，挫敗卻沒有任何益處。她已經畢業四個月，簽證很快要到期，如果不能找到被接受的機會，那麼就沒有留下的可能。

唯一的機會是一場比賽，古典音樂與跨界流行間的最大比賽。阿玖報了名。這是他人的繁花似錦，阿玖的背水一戰。

就是在這時，它們第一次找到了她。

事到如今，我們也認識好幾年了。如果你不願意，你自可以離開。

真的？

當然是真的。我們從不勉強誰。

你們難道不怕我離開這裡，將這祕密說出去？

你不會的。

為什麼？

它站了起來，金屬光澤的臉上似乎有一絲嘲諷的笑，若有若無，隱藏在泛著光的表面。你跟我來，它說。

阿玖站起來，雙膝因為坐得太久而酸痛，趔趄一下，險些摔倒。

那是怎麼發生的，阿玖似乎已經記不清了。她能記得的是一些細節，比如第一次來找她的那個男人穿的風衣上掉了一顆扣子，比如餐廳桌上擺著不合時宜的茉莉，比如那一天晚上她獨自徘徊時遇到了喝醉的流浪漢。但這些細節怎樣拼湊出整體，她已經沒有概念。

她恍然能記起初賽的那一天下午，她和她的小樂團從舞臺上撤下來，小樂團領錢走人，她一個人坐在觀眾席的最後一排等待結果。她知道結果不好。小樂團是她在倫敦街頭找來的臨時活動樂團，在倫敦街頭，這樣的小樂團能找到許多，他們等在演出場所外，為各種團體和影視劇臨時出演，什麼樣的曲目都接。他們態度倒是認真，但只排練了三次。阿玖付不起更多次排練的費用。最後的效果只是機械式的呈現，她想要的音樂張力，她曲譜中的對比、猶豫、大起、大落和黯淡中唯一一條解決的線索，都沒能在舞臺上呈現出來。阿玖站在指揮台，小樂團卻必須看譜，很少看她。她似乎能感覺到身後評委冷漠的目光穿透她的後背。

初賽是在一所學校一間大的音樂教室，空曠高昂，落地窗透進斜射的陽光。演出結束，她一個人留下來，希望能等到一點提示，一點評分的資訊。她坐在最後一排的木頭椅子上，胃疼，盡力裹緊長毛衣用雙臂壓住胃部。

瑪律科老師也來了，觀摩比賽。他悄悄走到她身旁坐下，拍拍她的後背。他沒有說話，也沒有摘掉棕色的貝雷帽，他一直看著前方，花白的鬍子在陽光裡顯得很亮。阿玖覺得他是在送上提前的失敗的安慰。

她終於沒有等到結束，向瑪律科老師道謝，提上包離開。她的心情太壞了，一片迷濛，只顧著向前走，幾乎沒有注意到有一個人也從賽場出來，一直跟著她。

然後她就坐上了一張精緻的餐桌。她心思很亂，幾乎想不起自己是怎麼到了那個地方，只知道她面對著一個不認識的人，而那個人似乎不遺餘力地誘導她接受他的某些幫助。桌上擺著三文魚和葡萄酒，還有一盒包裝樸素而美的巧克力。她能肯定，他不是她的傾慕者。但他要幫她，因為他說他聽出她曲中的天賦。

他問她，你能否承受得住，曲譜永遠不被承認，直至煙消雲散。

就是這裡了。它帶著她走過漫長的走廊，最終停下，推開一道門。

阿玖從回憶中驚醒，她不知道自己來到了哪裡，她甚至不知道自己是不是還在倫敦。她只是順著推開的門，看到門後金碧輝煌的另一個世界，一座光輝的大廳。

他們都在這裡，你看了就明白。它說。

阿玖向前走了一步，卻沒有勇氣推開門。她轉頭看了看它，它會意地聳聳肩，替她把門打開。她走了進去。

那是一間寬闊的大廳，向兩個方向都看不見盡頭。房頂掛著金色吊燈，吊燈下零星散布圓形高腳桌，穿著華麗的人正在召開宴會。阿玖定睛看去，有很多人她認識。有知名的導演、演員，拿過大獎的畫家，冉冉升起的鋼琴新星，還有媒體極為推崇的新銳文學家。她和一些人有過一面之緣，有些是在演出現場碰到過，有些是她作為觀眾在台下仰望過。另外一些人只在銀幕上見過。他們談笑風生，專注地歡樂，沒有人注意到角落裡的一道小門。阿玖站在小門旁邊望著大廳。人們的笑聲如同燈光搖曳，端著酒杯在大廳逡巡。禮服華美，露出肩膀和後背，鑲著珍珠水鑽，燕尾服黑色筆挺，領口有泛光的絲緞。調情不露聲色，相互的讚美伴隨著無惡意的玩笑。

然後，她看到了那一幕。在一張小桌旁，一位英俊的演員正在向兩位美麗的女子展示，他緩緩轉動肩膀和手腕，手臂上幾個地方同時開始呈現光芒，光芒向空中上升、延展、凝聚，最終彙集在一起，完全將他包裹住。光芒變成了鋼鐵人的樣子。

阿玖凝望著那個人，驚恐地睜大眼睛。他的變身如此自然，讓她渾身顫抖。她似乎知道會有這麼一天，可是當它實際到來，她還是覺得震動。阿玖內心產生無法抑制的悲哀，一種小老鼠在捕鼠夾上感到的大限將至的悲哀。

難道他們……她回頭看它。

它點點頭，面含譏諷的笑。

沒錯，他們都是。

燈光、掌聲、酒會。這一切和多年前的記憶太像太像。回憶這些事讓她精疲力竭，內心中的某一個部分開始刺痛，像烏雲密布的天不停被閃電刺穿，雲卻不散。

多年前的那個下午，當她第一次跟著那個陌生男人進入宴會大廳的時候，一切也是這麼富麗堂皇。她被引薦給部門主管。舉起一杯酒，點頭行禮。又見到海外代理發行商，約定將來常聯絡。然後見到兩位知名新晉音樂家，他們剛剛拿到新電影的委託代理。藍色的射燈照出深淺不同的光，循環往復，如水波蕩漾。空中垂下的水晶珠鏈反射著燈光，一顆一顆偶爾晃了人的眼睛。她在眼睛裡穿梭，那些眼睛上塗抹著各色濃烈的眼影。濃烈、高傲、誇張，目中無人卻迷人，像極了眼睛主人狠狠活著的態度。

陌生人在她前面走著，臉上總是那一副不痛不癢的笑容。他似乎預料到她會跟著，自從他第一次跟上她，似乎就知道她會跟著。

他們進入禮堂，在西裝革履間坐下。她看著魚貫而入的人們，驚訝於他們會走到一起。他們隸屬於不同國家，掌握著不同的地位，在電視上總是站在兩邊，可是在這個地方，他們會集到一起。他們低聲談笑，討論著一些她聽不見也聽不懂的問題。身邊的陌生人似乎滿意於她的驚訝。他的笑容諷刺卻洞悉。然後他帶她去餐廳。

你看到的這一切，他在餐桌上對她說，你也可以做到，你的才華是不可多得的。

謝謝。她說。

我們會制訂一個方案給你，最好的推出途徑，最好的引薦人，最好的市場宣傳。

……謝謝。

現在這個環境，你要拿到好的機會。所有的讚譽跟著關注度走，所有的關注跟著資源走。雜誌版面、音樂會場所、電視臺的出鏡機會、評獎的機會都要靠發行的力量。有妥善的安排才有人重視你。你不要小看這一切，已經再也不是一個深谷能出幽蘭的時代了，你不要妄想鎖在抽屜裡的譜子有一天會被人看到。只有已經被看到的，才會在將來被看到。莫札特也需要父親去王宮打點，一樣的。你有這樣的能力，你不應該拒絕。別說你沒有想過站在舞臺中央。你應該出名，交給我們，我們能做到這一切。

然後是排練、演出、宣傳。她被安排加入了樂團，參與演出。她有了自己的隊伍，錄製了曲目，接受雜誌採訪。她在本已放棄的比賽中節節晉級。她接到了第一份合約，替一場很重要的演出譜寫背景音樂。她有了專場演出，也有紅地毯上的光芒。

這一切過去多久，她已經記不清了。這些事意味著什麼她也不知道。

她唯一知道的是，她在那時沒有拒絕。她沒有勇氣拒絕，或者沒有動力拒絕。

它站在宴會廳邊上，還是那樣笑著，看著宴會廳裡的文藝名流，也看著她。

這一切你都看到了。你還要拒絕嗎？

她捂住耳朵。

這是圈套。如果當初我知道是你們的恩惠，我說什麼也不會接受。

當初你不知道嗎？

我當然不知道。

你說錯了。你知道。你仔細回憶一下，我們從第一天就向你傳達過的。

阿玖語塞了，她仔細回想著。

你一直都知道我們是誰，只是你拒絕承認而已。你害怕面對矛盾的選擇，你害怕矛盾阻礙你的光輝之路，所以你拒絕承認。別說你沒聽懂我們傳達的話，你只是故意不去想而已。就算你沒聽懂，你看看你手上的花，能做到這種技術的，你難道猜不出來是誰嗎？

阿玖一凜，她下意識地抬抬手腕，手腕上的細小百合從皮膚中浮現出來，如同池塘水下浮起一朵睡蓮。這是那個陌生人在早些時候嵌入她手腕中的微晶片，據說是聯絡他人和身份認證所需。

她看著它，它在她皮膚下像是冷靜的嘲弄。她想把它抓出來扔掉，連同所有那些她不願面對的記憶，可是在觸到皮膚的一瞬間，它又隱沒不見，讓她一陣徒勞。她緊緊地抓住自己的手腕，想將皮膚撕開，可是沒有用。

它又笑了。很奇怪，它笑的時候從來沒有聲音，可她能感覺到它笑。

別急，不用這麼快給答案，你可以回去再想想。

阿玖轉頭看著它，它的臉還是一如既往光亮平滑，除了一絲笑，幾乎沒有任何表情。她看不出它是真誠還是假意。它的金屬面孔、金屬身體、金屬一般冷漠的情緒，都讓她困惑。它居高臨下，從三米高處俯視著她。這個高度是最好的輕視的高度，遠得足夠輕蔑，又近得讓她看清它的倨傲。它似乎已經拿準她的回答，只是像捕鼠夾前的捕鼠人，等著小老鼠再做最後一次掙扎。

她害怕它的注視，低下眼睛。她決定回家。她想給自己一點時間。

你走沒關係，它說，只是你要想好你選擇的後果。你要想想，一個物種，一種文明，真正留下來的是什麼。你將藝術留下來，你們的文明就可以不死。我們也得到我們想要的，皆大歡喜。即便在某一天你們的文明死了，你還可以替它留下點什麼。尚塞拉德人死了，還有岩洞壁畫留下來。我們能決定你作品的命運。我們可以讓它們流傳千古，也可以讓它們不問世。

接著，它帶她穿過宴會廳，來到另一側的陽臺，推開細長的白色小門，引她向立柱圍欄下望去。陽臺下是特拉法加廣場，有聚集的避難和抗議的人們，密密麻麻，圍著鋪蓋與帳篷。它伸出手臂指向驚恐的人群。

你看那些人們，它說，你的猶豫就是為了他們，可是他們與你有什麼關係。你看他們相互傾軋，爭一個活命的機會，多麼不擇手段。我告訴你，你現在為他們著想，可是他們卻不會領情。他們早就對你和像你這樣的人充滿嫉妒，即使沒有我們，他們也會希望你失敗，你以為喜歡你的人多，可是恨你的人更多。他們充滿陰暗幸災樂禍地看著你的光輝，希望你跌下來。他們根本不懂你。你為他們犧牲只是白白犧牲。他們最終會消失，那又怎麼樣呢？所有物種都會消失。在宇宙無限廣博的藝術中，根本沒有物種，只有傑作。你要想好天堂的位置，天堂在宇宙裡。

它揮出它長長的手，金屬在夕陽裡滑出一道光。它冷漠地指向廣場上的人們，人們沒有注意到它，人群兀自蜷縮洶湧。它帶她離開宴會廳，送她出門，走過一道漫長而黑暗的走廊，最後，用一種讓她窘迫的口吻說：其實，你能成為一個偉大的藝術家。

阿玖站在特拉法加廣場的一角，走得徬徨無依。天已經黑了，路燈和餐廳裡的水晶燈都已點亮，明晃晃地閃爍著。

阿玖覺得恍如隔世。她回想著它們的要求，身上一陣發冷。它們要她偽裝成鋼鐵人的樣子，用肌膚裡嵌入的結點產生光，形成光線籠罩的虛假表面，產生魅惑的高大外表，看上去就和它們一樣。她需要做的是在需要的時間出現在需要的地方，給人類突然而至的驚奇，偽裝數量的優勢，產生威懾與恐慌。人們會以為鋼鐵人神奇降臨，出現在每個角落，因而心生畏懼。人們不知道的是，在強大鋼鐵光芒的表皮下，是虛空矮小的普通人類。令人落荒而逃的鋼鐵人大部分是人類，這個消息讓人心底寒冷。

她的第一反應是報告給員警。她只有這個報警機會，如果再被鋼鐵人請回去，也許連報警的機會都沒有了。可是她猶豫了，它的話開始產生效果。

它們到地球幾年了，攻占地球多個重要指揮區，而她被它們庇護也有三年了。她名義上不知道是誰在庇護，但她潛意識知道是強大的力量。她是被它們選出的許多個潛力者之一，她成功了。世俗意義上的成功。首次比賽最終贏得了第二名，第一張唱片在廣場大螢幕循環播放。積累了多年的曲子登上了大舞臺，柔弱中的張力讓一系列評論家擊節稱頌。電影配樂的工作主動來邀約，重要晚會成為嘉賓，兩年之內登上排行榜前列，新作的交響曲得到第一流樂團的配合。這一切她都懵懵懂懂經過，不知道是誰在背後安排。她在她的樂團裡演奏，晚上回家作曲，剩下的一切都有人代勞。光環罩到她頭上。

她覺得一切都是夢，可她沒有勇氣將它驚醒。她帶著不真實的感覺看著自己獲得的一切，似乎一切都罩上一種宿命的色彩。付出和才華彷彿苦盡甘來，執著與夢想似乎也握在了手中。可是她今天才發現，這是跌入了更大的陷阱。她像在一條長長的監獄一般的走廊裡，在黑暗的摸索和敵人的窺探中奔逃，以為逃出了，卻進入宿命的審判室。

她陷入糾結。它點到的是她的弱點所在。她能夠承受得住寂寞，但是她確實承受不住曲譜永遠地淹沒，永遠沒有人會拿出來演奏。她的心完全在她的曲子裡。她的語言、她的喜怒、她的生命都在曲子裡。她是那麼喜歡寫，儘管很多時候寫不下去，但只有沉浸在譜中，只有每時每刻心裡轉著可能的旋律，她才覺得安然，才覺得生活處於正軌。每天的起居作息就像銀幕後默默運轉的機器，曲子才是拉開大幕的劇情。她能接受死後才被發現，就像巴哈被孟德爾頌發現，馬勒被伯恩斯坦復活。但她不能承受寫下的一切永遠不被發現。那就剝奪了她活下去的全部希望。

她該怎麼選擇呢？她在上一次選擇中軟弱地沉默了。上一次是人類做代理，給出的承諾太優厚，她便忽略了背後的力量，任憑他們安排。那時候一切都正在上升，四周充滿明亮的光芒。可是這一次呢？這一次又該怎麼選？

阿玖拖著腳步向家走，走得無比緩慢，步履和心一樣沉重。

在她身邊，有一排拉琴賣藝的年輕人，有獨自演奏的，也有組成小樂團的，三三兩兩散布在廣場。學藝術的學生在看得見的地方排練。有散發音樂劇傳單的孩子將傳單遞給路人，傳單像蝴蝶和落葉一樣隨著空氣飛舞。有小孩子拉著氣球跑過，小孩子的母親在後面緊追，他們身上都背著難民的包裹。音樂廳門口播放著音樂劇的片段和旋律，彩燈一閃一閃，就像二十世紀、二〇年代的繁華，就像仍在太平盛世，就像沒有恐懼。

阿玖走了很久。泰晤士河兩旁都被人群充滿，聖保羅大教堂優雅的穹頂仍然露出一角。水面上反射著銀白色的月光，遠處的塔橋殘破中顯露出滄桑。

她覺得自己陷入了理智與情感的分裂。她所鄙視的和她渴望的聯合在一起，要麼全部，要麼零，沒有中間狀態。她該不該將祕密說出去，為什麼之前的知情者什麼都沒有說。

直到這時，她才覺得徹骨寒冷：那些人什麼都知道，卻什麼都沒說。

回到住處，阿玖生病了，一病就是三個月。

三個月中，她一直斷斷續續低燒。躺在家裡養病，喝水，每次受不住了去看醫生，回家之後很快開始反覆。她極少出門，食物買一次吃很久，麵包掰成一小塊一小塊，放在床頭。偶爾出去購物一次，身體像輕飄飄的棉絮，風吹在身上站不穩，頭疼得只想躺在地上，全身顫抖。回家一直睡覺，半夢半醒之間噩夢連連。她誰都沒有說，她覺得這是上天給她的懲罰和自省的機會。

在病中，她想起了很多事。

她想起自己最後悔的事。那年大學畢業，他們受邀參加一個音樂節。音樂節大牌雲集，倒數第二天晚上有一個告別晚宴。阿玖和陳君一起去，阿玖很興奮，晚宴的嘉賓都是國際上享有盛譽的指揮家和作曲家，她期待了很久。陳君原本沒想去，阿玖為他爭到一張票。他們一起到達會場，在宴會廳邊上觀望。阿玖一眼看到約翰森先生和太太，坐在阿連卡先生旁邊，談笑風生。三個人旁邊還有一個位子空著。她覺得自己從來沒有這麼好的運氣，就走過去，主動攀談。約翰森先生友好地與她聊天，邀請她坐下，問她關於中國音樂的事。阿玖不相信世界知名的指揮家竟然和自己聊天，她用各種辦法希望讓對方記住自己。她的臉發燙，顧不上喝水。不記得聊了多久，也許有幾十分鐘，也許只有三、兩分鐘，她忽然想起抬頭向門口望去。陳君早已經不在了。阿玖滿場尋他，始終沒有找到。她知道他離開了，也知道她的急功近利在他的眼中是多麼鮮明。她想像著他離開的樣子，羞紅了臉。

阿玖總是這樣在搖擺，有時不能擺脫欲望，有時又覺得一切都是空的，毫無意義。陳君是她擺動的中心，他似乎永遠那麼無所謂，站得遠遠的，站在外面。有時候阿玖不知道他是不是真的一切都無所謂，那種態度讓她氣惱。他的冷靜像一面鏡子，映出她的躁動不安。

來法國的第二年，找工作最艱難的那段時間，阿玖打電話回國，說自己的痛苦和害怕，陳君安慰她說，沒關係，大不了就回國。他說他能理解她。

你不理解的。阿玖說。

為什麼？

男人活在自己喜歡的事情裡，女人活在他人的眼睛裡。我回不去的。

她夢見這一切，所有這些說過的、做過的事情都在眼前滑過，像影片剪輯的幻燈片一樣。她在黑暗的睡夢中掙扎，與夢魘的閃亮光芒鬥爭、與疾病鬥爭，與非意識狀態的思想鬥爭。每天醒來大汗淋漓。這樣的日子持續了三個月，直到一通電話，將她驚醒。電話說她的最後一部交響曲已經被排演出來了，正在等著公映。

阿玖參加了公映。出門前她裝飾了一下自己，無論如何，她不希望自己以邋遢面目示人。她穿了一件紫色的小禮服，吹了吹頭髮。

音樂廳離住所不遠，她不想叫車，一個人從老巷子裡穿過來。她邊走邊思索，對內心的想法做最後的梳理。

鋼鐵人要什麼，它們要的只是臣服。它們用威懾和誘惑的武器，讓恐懼者恐懼，讓欲望者欲望。它們因而超然物外，地球人不再與它們戰鬥，而是與內心的魔鬼戰鬥。阿玖不知道她還能戰鬥多久。

走到巷口的時候，她突然聽到炮火的聲音，被一陣騷動和熱浪堵了回來。她仔細一看，原來是鋼鐵人在音樂廳前清理現場，和圍坐的人起了衝突。真的鋼鐵人很少在地面現身，一現身就非常強硬。盤踞音樂廳前的多是難民，表面上最柔弱的難民。

一小撮難民掏出隱藏的武器開始射擊，鋼鐵人以最快的速度武力回擊。它們伸出可攜式迫擊炮，圍繞廣場開始地毯式清除，兩個鋼鐵人用光焰畫出一道圍欄，不能及時退出場地的人接連倒下。人群驚惶地向四面八方奔逃，向每一個小巷子逃竄。有人向阿玖站著的小巷子跑來，尾隨而來的是炮火。阿玖也想跑，可是她渾身虛弱，幾乎無法邁步。她驚慌失措，卻不能動。鋼鐵人越來越近，在緊急的一剎那，她不知是出於恐懼還是出於自我保護的本能，身上的結點開始發光，光連成膜，將她包裹，在一秒之內將她變成了它們的模樣。她矗立在巷子中央，如同從天而降的妖魔，原本朝她奔來的人群生生剎住了腳步，發出驚恐的喊叫，朝兩旁更狹小的巷子散開，一時擁擠踩踏。她害怕極了，對自己無能為力。人群身後的鋼鐵人停止了射擊，人類只要屈服，它們就停火。倖存的人們蜷縮在一起瑟瑟發抖。

她慢慢地走過人群，第一次體會到身為它們的權威。她經過它們，心中有一種坍塌崩毀的感覺。她走上臺階，進入音樂廳，收起布幕，作為嘉賓欣賞了樂隊對她作品的完美演繹。她麻木地接受了一切，頭腦中縈繞不去的是進入音樂廳之前，在臺階上看到的被清理的孩子殘缺的肢體。她的心裡有一部分死去了，連同她的身體。她知道自己已經死了。

當天晚上，她一個人進入了倫敦警局。

接下來的日子裡，她旁觀前往香格里拉的人陸續啟程。香格里拉，一個鋼鐵人承諾打造的科學藝術天堂。那裡將是一片禁區，一片樂土，一片擁有最完美住宅和最無憂創作環境的花園，鋼鐵人負責保護他們的安全和作品的珍藏與推廣。當然，也控制他們的行蹤。

有人歡愉地登上飛機，有人懷疑，有人憂心忡忡，但他們都走了。阿玖的樂團整團離開、文學家離開、數學家離開。這其中只有一小部分知道鋼鐵人的祕密，另一部分連這祕密都還不知道。

阿玖漠然地看著這一切上演，她獨自留下，離去的悲喜與她無關。她敷衍鋼鐵人說健康不佳，要再等待一段時間，其實她是在等待倫敦警局承諾的反擊。她知道自己早晚會暴露，鋼鐵人不會饒過一個告密者。倫敦警局也未必真的信她，早晚有一天她會孤身一人。

她一個人留在房間裡聽音樂，哪裡也不去，只是捧一杯熱水，坐在木質窗框旁聽音樂。她開始喜歡沉鬱的色調，喜歡所有最後時期悲痛的作品。她特別喜歡莫札特三十九和四十一，莫札特的純淨讓悲傷更為悲傷。她喜歡布魯克納第九，比早期的作品旋律性強，悲壯的味道卻一絲未滅。她也喜歡蕭斯塔科維契第十，蕭斯塔科維契的所有作品中，她幾乎只喜歡第十。內斂的沉靜的凝思，痛苦與黑暗的回憶，帶著悲觀主義的主題與結構，去除了早期作品惱人的戰鬥感，剩下更廣博的悲憫。她靜靜地坐在窗邊，幾乎從音樂中看到這片大地上將要上演的悲痛結局。她無能為力。她聽拉赫曼尼諾夫的哀歌。這樣淒婉的小調她早年不會喜歡，但如今有了耐心一遍一遍聽，那悠長淒厲的旋律才真正進入心裡。

她仍然發燒，在眩暈的汗水中為自己洗禮。

她第一次有了沉靜的創作欲望。她想寫些什麼，不是為了舞臺下的觀眾，也不是為了買她唱片的音響前的聽眾，而是為了她自己，為了她的掙扎、她的悔恨、她最終的平靜。為了她所見到並將要見到的一切。不必留給任何人。這是一部為了毀滅而寫的作品。

作品沒有寫完，她就接到了陳君的電話。

已經很久沒有見到陳君了。自從她出名，就很少有時間回國。接到他的電話，她的心裡百感交集。

她有太多事情想和他說，卻一時不知怎麼說。她想說她還是記起了他們純淨的夢，想說自己在餘燼中的復活，想說她越來越懂他為何什麼都不求，可她什麼都沒有說。

她在泰晤士河邊上見到了陳君。陳君沒有太大變化，還是老樣子，溫和、疏遠而淡然。他穿一件灰色立領夾克，和她的灰色大衣相得益彰。她喜歡和他並肩行走的感覺，心裡清楚這恐怕是最後一次。

陳君闡釋了他們的攻擊計畫，阿玖的心裡燃起一點火花。不是為了這計畫的結果，而是因為她看到自己最好的歸宿。她喜歡這計畫，以天地為歌，以音樂攻擊，寧可死去也不苟且。她心裡浮現出很多畫面，小時候一起學琴的畫面，大學時他騎車帶著她的畫面，畢業時他們沒心沒肺的笑，出國後她第一次回國時他在機場抱她，找不到工作時黑暗夜裡的越洋電話，世界巡迴演出時他在台下默然注視的微笑。她很開心最後的時光能和他在一起。她已經太久沒有和他在一起，幾乎把這些畫面弄丟了。

「我喜歡這個計畫。」陳君說，「用天梯做弦，用地球的力量與它們共振，這是我們能做的最後的抵抗了。」

阿玖點點頭：「是的，沒有比這更肅穆的了。」

「你真的非要參加不可？這次的行動很危險。」

「我知道。……我知道。」

阿玖望著陳君，她不知道該怎麼形容內心的感受，危險的堅定是她目前能想到的唯一的內心的平安。除此之外，她找不到活下去的理由。

陳君說：「如果這次行動過去，我們有幸能成功，那就跟我回家吧，好不好？」

阿玖哭了。她擁抱了陳君，沒有讓他看到她的嘴唇。我們都回不去了，她無聲地說，「我只能永遠記住你。」

弦歌計畫當天，阿玖換上了最精緻的衣服，盤起了頭髮，化了妝，見到的人都說漂亮。在吉力馬札羅山的寧靜之下，她靜靜地演奏，第一次感覺手指的僵化消失了，內心的緊張也消失了。她和她的音樂在一起。音樂通過琴弦傳給高山和月亮，天地之間一切都消失了，只剩下草原、風，和人不妥協的決絕。林老師在臺上忘情指揮，她也忘了一切，從第一個音符到戛然而止的那一刻。

音樂激起天梯的震動，激起的氣流強悍襲人。計畫就是如此，以地、月之間的共振震碎另一端的野心，用能量放大殺死敵人。然而殺敵一千，自損五百，大地的震撼也將撕裂地面，讓人經歷山崩地裂。阿玖在大地的震撼中內心平靜，她等到這最後的時刻。她很懷疑林老師的攻擊計畫沒有結果，只是不妥協者最後瘋狂的絕望，可是她不在意。她知道有人還在抵抗，這就足夠了。這是她能想到的最好的結局。她知道林老師也明白。

天空中見到了戰鬥機，戰鬥機開始掃射，火光燃燒舞臺，樂團的人開始伏地躲避。他們以為它們是來攻擊他們。可她知道不是，它們是來找她的。這一天是倫敦祕密計畫的第一次嘗試襲擊，嘗試襲擊它們的地面據點。它們必然幾分鐘之內就能查出告密者，繼而滅口。

她一直等著這一刻。她不用它們動手，她自己會選擇自己的命運。死亡是她最好的重生。

她最後望了一眼碧藍天空中純淨的雲，跟著林老師，縱身跳下大地的深淵。

宇宙劇場

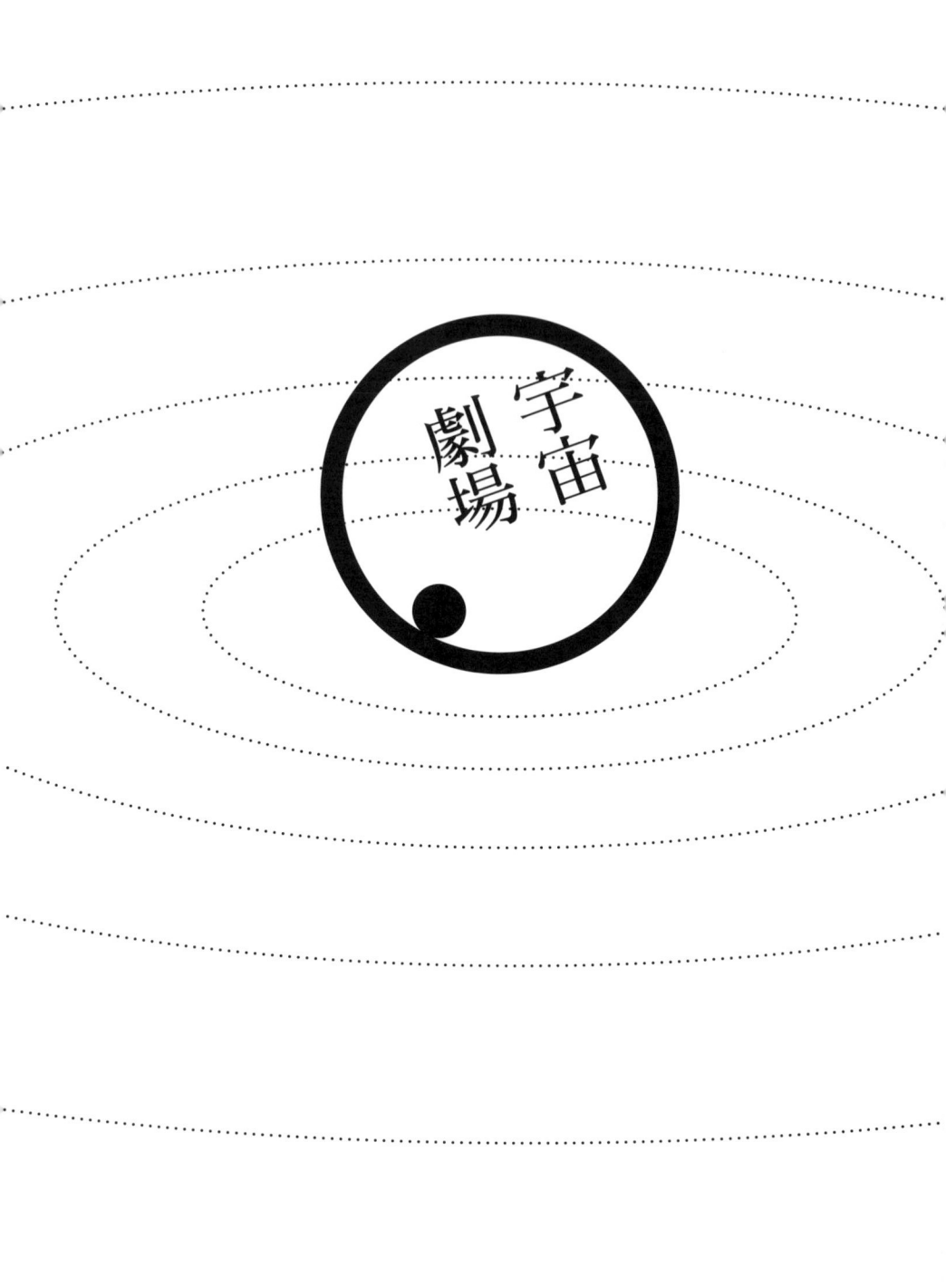

Chapter 4

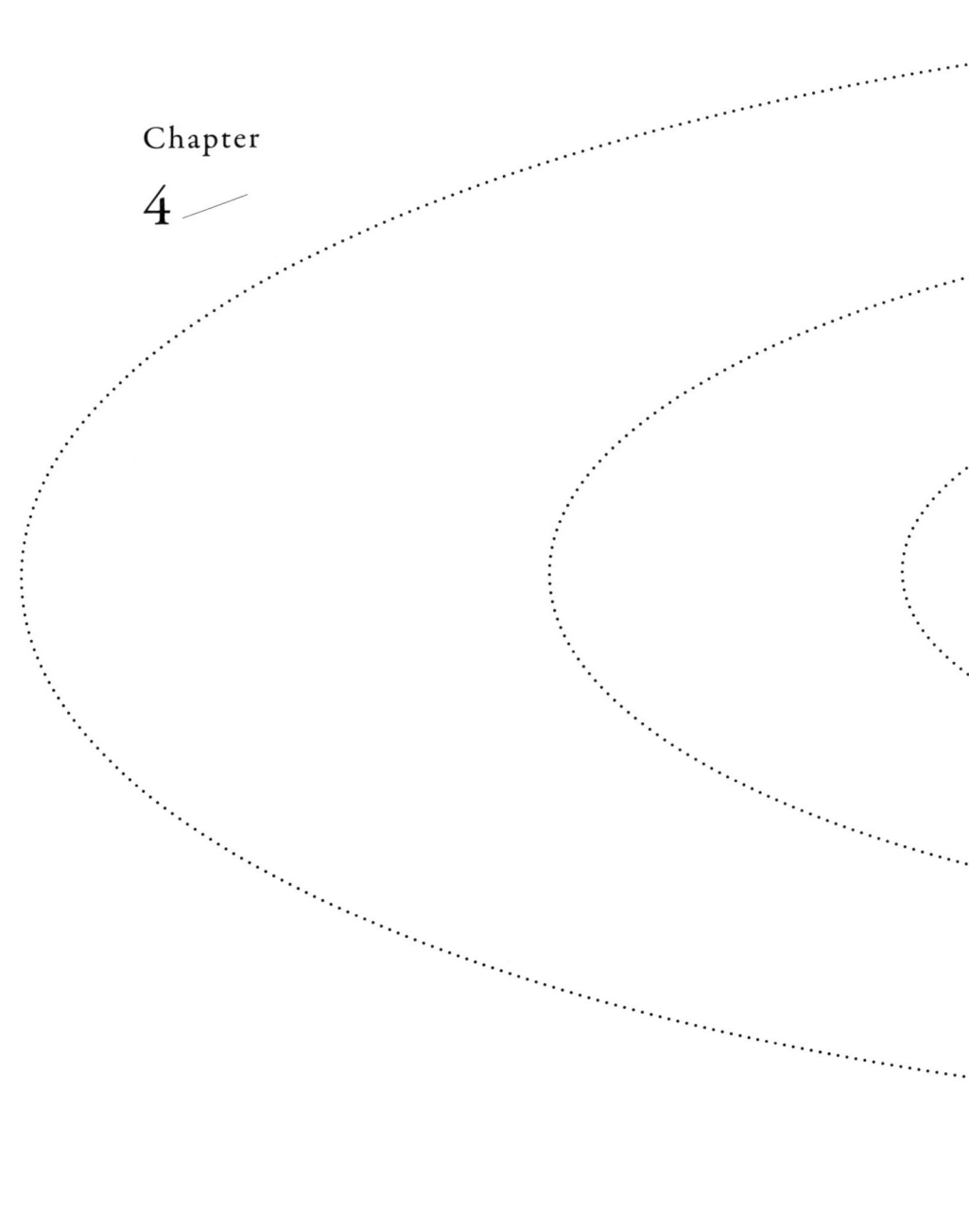

格拉斯哥是一個清冷的城市，傳統時代就已經清冷，腦域時代就更清冷。

二〇九九年冬天的一個下午，伊蓮豎起大衣領子，繫緊腰帶，雙手插在口袋裡，匆匆穿過格拉斯哥曾經繁華的中央步行街。

步行街的建築有三百多年歷史，屬於曾經風靡歐洲大陸的新古典風格，灰色色調，岩石材質，街邊曾經排列著一串時裝小店，咖啡館的桌椅擺在路邊傘下，不過那樣的日子都過去了，眼前的街道一片冷清。就像全世界各個城市經歷過的，格拉斯哥也逐漸變得蕭條、冷淡，像一盞燭火漸漸暗下。自從腦域時代開始以來，世界上各個城市都經歷了這樣的過程。看世界地圖，能看見那些光點逐漸消失的過程，異常淒美。

伊蓮剛拐上步行街，就聽到吉他和歌聲。她愣了一下，慢下了腳步。

那位歌手在大街中央一個靠牆的位置，用兩道牆垛為自己擋風，黑色手提箱在腳下打開，箱子裡有一些小件樂器。他穿了一件黑色運動夾克，灰色T恤衫的邊緣從夾克下露出，牛仔褲捲著邊。所有的一切都像是世紀初典型的流浪歌手，也是伊蓮看老電影的時候最喜歡的形象。歌手身材很高，褐色頭髮。

伊蓮停下腳步，聽他唱了一曲。他的吉他技巧還算過得去，個別地方有一點不夠純熟，但他很好地用歌聲掩飾了過去。

「天氣很冷，不是嗎？」一曲結束，歌手主動和伊蓮打招呼。

「嗯。」伊蓮點點頭，「這種天氣出來唱歌的人不多了。」

「我喜歡唱歌。」歌手笑了，「這讓我感覺回到過去。何況今天還是耶誕節，應該有人唱唱歌。」

「你怎麼知道這個節日？」伊蓮問。

歌手和伊蓮攀談起來。他說他是從義大利來，父母早逝，是有錢的腦域商，他用他們遺留下來的錢周遊世界——在幾乎已經沒有幾個人活動的世界裡周遊。他說自己喜歡古老的事。他問伊蓮要去哪兒？對她的活動表示了興趣。

伊蓮凝視他的臉一小會兒。這是一張年輕、英俊、不諳世事的臉。她猶豫了一下，說：

「可以。你如果有興趣，可以跟我來看看。」

他們轉過街角，走進小教堂。

這是一座廢棄已久的十八世紀小教堂，早在一百年前就改成了當代藝術館，展出一些科技感十足的超現實主義作品。腦域時代之後，看展覽的人寥寥無幾，藝術館的職能也幾乎廢棄，一兩年開放一次。伊蓮看中這個地方，就是因為其中堆積的無人問津的藝術展品，那麼有創意，卻又那麼可憐。

她帶歌手在第一排座位上坐下。座位都是臨時的，塑膠椅子，她擺好它們是想有一種儀式感，像古代的節日演出場所。她又看了看歌手的臉，他看上去還是天真愉悅，而且也在看著她，好像對她也有某種說不清的興趣。

當照明暗下，3D影像開始彌漫在他們身旁。他們進入宇宙，又從宇宙俯瞰地球。

在他們面前的舞臺上，出現數字、公式、光點、網路節點、迅速變化的結構，最後出現本星系群、銀河系、地球，地球上冰河進進退退，綠色遍布消失，城市興起衰落，人群擴大縮小。代代繁衍，由一點蔓延至全球，擴展至最為廣泛後，突然減少、退縮進少數聚居點——那是腦域時代到來。整個過程中，不斷有各種表情的面孔飄過他們身邊，得意狂笑的、悲傷欲絕的、義無反顧的、隱忍痛苦的，他們幾乎能從無聲的影像中聽到聲音。

「那個時候人們還崇拜一切。」伊蓮對歌手說，「這不奇怪，對於剛學會農耕的民族來說，氣候太重要又太多變，他們不得不祈求一切信號的保佑。這是祭祀的來源。不過有趣的是，節日比這起源更早。」

歌手此時變得安靜了，似乎忘掉了早先的饒舌，專注地看著圖像。

伊蓮看了看他的側臉，又說：「是的，你想的是對的。這個確實是古代中國，由巫到禮，中國是最早祛魅的民族，禮儀之邦非常重視節日中的儀式和共同的理性。後來的羅馬帝國把節日更看作狂歡，非常不一樣。這也預示了兩種文明後來的進境。」

圖像更具體了，更多人物的身軀和面孔出現在兩人面前的舞臺上。舞臺處在教堂建築的中央，由穹頂映襯，加之始終不變的宇宙背景，讓一切顯得幽暗深邃。動態人物和面孔越來越小，越來越凝聚在虛擬地球的表面，已經分辨不出每個人的眉眼，王侯將相都在一瞬間出現又消失於虛無。

「快要結束了。」伊蓮說，「你看到了近代，這部分是你熟悉的。你看到春節和感恩節、情人節還有其他所有那些節日是怎麼消失的。很諷刺，每年都有些人在腦域網路上懷念這些節日，但沒有人再行動了。」

她說到這裡停了下來，看到最後幾段慶祝的畫面。「……最後是十月五號，最奇怪的一個節日。地球人通常叫它腦域節，但我聽說有人給它起過另外一個很不祥的名字，你可能也聽說過，叫流產節。」

最後，所有畫面停下來。視野中只有那個藍色地球，虛擬影像，孤獨飄浮。

「很震撼。」歌手終於開口說話了。
「你從中看出什麼？」伊蓮問他。
「這是我想問你的。」歌手轉頭凝視著伊蓮，「我不懂這些。你能不能告訴我你從中看出什麼？」
「很多東西，一時說不清。」
「你為什麼要做這些？」
伊蓮沒有看歌手的臉，眼睛仍然注視著虛擬地球：「為了理解腦域。」
「腦域？你還有什麼不理解的嗎？」歌手似乎更有興趣了，「每個人腦活動接入互聯網，共同計算，體驗無限……還有什麼不理解的嗎？」
「我想理解的是，腦域會運作出什麼結果。」
「結果？」
伊蓮突然轉過頭，目光與歌手的目光相遇，淺笑了一下，問：「那你究竟是為什麼對這些事有興趣？」
「我……」歌手有一點尷尬，轉開了眼睛，「我沒什麼啊，只是剛才看的，激起了一點個人興趣。我也說不好……」
「你說不好，還是讓我來告訴你吧！」伊蓮輕聲打斷他。
歌手警醒地住了聲，看著她。
「你知道我是怎麼看待節日消失這件事嗎？」伊蓮歪了歪頭，指向虛擬影像，「我認為，這是一場歷時上百年的處心積慮的陰謀。」

歌手的瞳孔變小了：「這是什麼意思？」

「你知道節日對地球人的意義嗎？」伊蓮說，「進化論發現，猩猩和原始人都屬於小群體、熱衷於攻擊的物種，直到現代人形成大型定居社會，分工協作，才最終超越猩猩成為文明物種。這是怎麼做到的？最初以為是農業的功勞，可是後來發現，定居比農業出現早數千年：人類是先形成大群體，然後才開始農業。那麼是什麼讓人類群體擺脫攻擊性、凝聚在一起？最早，就是節日。」

「節日本身沒有意義，就是一個時間點。但是節日讓全體人在同一時間舉行同樣的儀式，做同樣的祝福，從各自不同的事務中抽身出來，感覺彼此是一體的。這種同一性的認同感，正是人類群體凝聚力的來源。」

「可是自從某一年，當某個星球的『觀察員』到達地球之後，各種節日開始消失了。最開始人們還沒有察覺，只是出現了各種混亂的節日、自創節日，然後人們開始厭倦，就像傳染病一般，對這一切混亂的厭倦導致對所有節日的厭倦，於是一個一個節日消失，無人慶祝，人類開始物化，不再重視人與人之間的聯繫，更不再重視集體性。最後徹底取消了共同的行為，所有人成為孤立冷漠的個體，退縮到網路裡，退縮到虛擬世界，以此來拯救缺乏歸屬感導致的焦慮。」

「沒有人知道這一切是怎麼發生的。人們還以為是自然現象，還慶祝虛擬化的偉大進步，可是幾乎沒有人把這一切和那些『觀察員』聯繫起來。」

歌手的臉龐再也不顯得天真了，他的嘴角開始浮現一絲冷酷的笑容：「可是畢竟所有選擇都是人類自己做的。」

「你知道什麼叫誘導嗎？」伊蓮站起身，「那個星球口口聲聲說著不干預，可是實際上派人隱藏到地球人中間，化裝成地球人的樣子，與地球人談話，種下觀念，潛移默化改變地球人的文化。」

歌手身子向後靠：「你太高估那些觀察員了。如果不是一個星球的人群原本就有某種傾向，僅靠那幾個小小的觀察員又能做什麼？」

伊蓮開始踱步子：「這些觀察員很厲害，可惜他們犯了一個大錯誤。」

「什麼大錯誤？」

「他們自以為是地誘導人類進入一條路。他們以為那條路是死胡同。」

歌手不說話了。

伊蓮緩緩繞著歌手坐的椅子走：「這些觀察員的母星文明很不簡單，發展出曲率引擎作為長距離宇宙穿梭工具，因此可以在宇宙各個角落探索，留下痕跡。他們一方面很自傲，感覺自己已經是最高等級的文明了，另一方面卻又不自信，生怕後起文明超越他們。所以他們不惜一切力量把後起文明探索宇宙的欲望扼殺在搖籃裡，讓那些星球的興趣轉而向內，沉醉於虛擬網路，忘記太空。他們以為這樣就能保住自己的至尊地位。」

「有什麼不對嗎？」歌手忍不住問。

「問題就在於，這個星球本身其實並不是最高等級文明。」伊蓮微微笑了，她想起自己最早聽說玫瑰傳說的情形，「當他們得知宇宙中還有更高等級文明，他們就非常渴望讓自己的文明等級再升一個臺階，可是他們做不到。他們的技術水準似乎就停滯在飛行器的大跨越上了，此後一直是改善，缺乏量變。」

「人類和更高等級文明接觸過？」

「沒有。」伊蓮說，「更高等級文明不會這麼冒失，何況人類也不需要。」

「不需要？」

「你知道嗎？」伊蓮從歌手身後俯下身，「任何一個文明，想要進化到最高等級，都需要向內向外兩條通路。所謂向外，就是掌握進發宇宙的能力，而所謂向內，就是掌握腦神經網路的知識。觀察員母星之所以一直無法再上一個等級，就是因為只掌握前者，沒掌握後者。」

「你知道為什麼後者重要嗎？人類大腦有一百多億神經元，以一種非常複雜的方式形成網路，而銀河系裡有幾千億顆恒星，相互之間也形成複雜網路。如果有一個中間層次——比如，有幾百億人組成的大腦網路——可以洞悉腦神經網路的奧祕，那就可以領悟銀河系高等文明溝通網的奧祕。」

「人類現在掌握了？」歌手問。他的聲音明顯多了幾分憂懼。

「據我所知，是的。」

歌手猛然站起身，似乎有一種離去的衝動，但沒有邁開步子。「你為什麼跟我說這些？」他問，「不怕我……怕我說出去嗎？」

「你不會的。因為你已經走不了了。」伊蓮說。

「什麼？」

「我說，你已經走不了了。」

歌手在緩慢挪動步子：「你是說……」

「是的，沒錯。我等你很久了，A。」伊蓮說。

歌手停住了。

「大名鼎鼎的A。」伊蓮說，「我知道我做的事情、釋放的信號會把你引來。你是地球上唯一留下的觀察員了，本來計畫再執行最後一年任務就回到母星去。你們以為人類已經退化了，不再需要觀察了。可是很抱歉，我無法讓你回去了。你所打探到的事情也永遠無法報告總部了。」

歌手仍然顯得鎮定，小心地查看退路，嘴上卻說：「為什麼？」

「剛才我的話還沒說完，文明進階需要的兩條路，向內的和向外的。」伊蓮並沒有上前阻止歌手的移動，只是說，「人類已經用腦域更新了有關於神經網路的重要知識，現在整個地球可以聯通成為一個超級大腦了，所缺的只是對外進發的動力。人類太沉溺於腦域，幾乎忘了宇宙。現在所有需要的，就是讓人類再度睜開看向宇宙的眼睛。」

歌手又向門口移動了兩步：「這和我有什麼關係？」

「當然有關係。」伊蓮又笑了一下，「你心知肚明。由於你們之前自相殘殺和不明智的撤離，你現在是地球上唯一的觀察員了。你們的母星有規定，如果某個星球上唯一的觀察員遭遇非正常死亡，那麼立刻會有軍艦派出調查真相，同時會有艦隊進入戰備狀態。如果你今天死在這裡，你身上的發報器會立即自動向母星發出信號。」

「這對地球恐怕不是什麼好事吧？」歌手已經離門口只有數步之遙。

「你總是低估地球人。」伊蓮伸手指了指整個房間裡的3D圖景，「地球人的漫漫歷史長河難道沒告訴你嗎？面臨威脅是地球人最容易產生凝聚力和新事物的機會。現在的地球人，在絕對知識水準上已經超過你們，所缺的只是宇宙交通水準。你們的軍艦太大型，要經歷多次時空折疊才能到達這裡，有這幾十年時間，地球足夠迎擊並戰勝你們。這是千載難逢的喚醒意識的好時機。」

「這跟我沒關係了。」歌手說，「再見！不用送了。」

他說著，向小教堂門口一個箭步躍了過去。眼看身體就要越過門檻的時刻，突然從教堂門框裡射出無數根細小的箭頭，朝他的身體射去。他或許沒想到箭頭會從這裡射出，愣了一下才開始抵擋。就這一個瞬間，就給了箭頭機會。他擋了幾根，終於還是被一根箭射中了脖子。頸動脈瞬間有鮮血湧出。他雙手握住脖子，跪倒在地，發出啊啊的聲音，可惜沒能持續多久。

「再見！A。」伊蓮看著他的屍體說。

隨著他身上一個信號機翁鳴的聲音，伊蓮抬起頭，望向太空。

就像數萬年前部落裡抬起頭的第一個人一樣。

最後一個勇敢的人

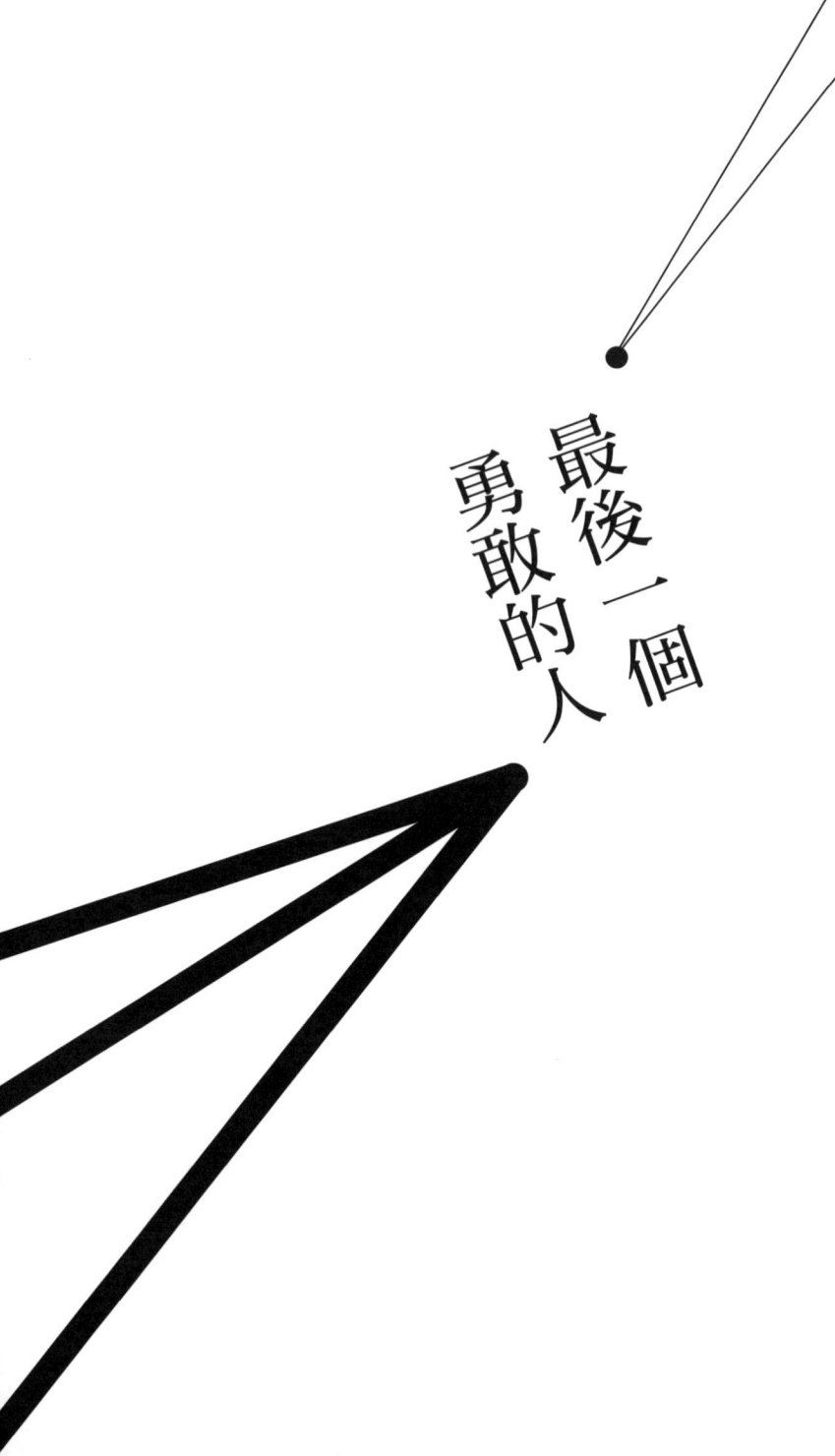

Chapter 5

二

他跳過一道圍欄，跑過草原的最後一段路。遠方能看見線條和緩的山丘和小村的輪廓。長草在風中搖曳，無邊無際，一棵枯樹伶仃。夕陽照在小村的邊緣，亮成耀眼的金色光暈。山的線條消失在光暈中，和天空草原融為一體。晚霞將草染成金色葉尖與黑色陰影的交織。草原像深海，遠山是青藍色。腳踏在草裡，會在柔軟厚實的觸感中下沉，踩出嚓嚓的聲音。四周只有風，寂靜無人。這是他許久未見過的遼闊與自由。

他甚至希望能一直這樣跑下去。

他在眼鏡的一角測距，離地鐵還有不到一公里，但身後的追緝者已經出發，距離他不到五公里。他心底有些許絕望。已經奔跑了這麼遠，眼看就能進入公共交通網了，可是恐怕是來不及了。只要能進入地鐵，他有一百種方式消失在人海。但太晚了。地效飛行器在這種地方的速度是驚人的。他看見眼鏡上的紅點在逐漸靠近，只要幾分鐘，他們就可以到他身旁。他在到達地鐵之前就會被截住。

他的腳步沒有停下，胸口最憋悶的時段已經過去，此時已經進入沒有痛苦、沒有疲倦的機械時段，他幾乎感覺不到自己的雙腿，只是用盡全力交替讓兩腿運轉。他望著前方，風在耳朵尖上冰涼，他的目標是最近的建築。那建築看上去像一座倉庫，土黃色金屬質地帶棱紋的外牆，白色字母印在上面，有兩輛貨運卡車停在外面，像一家尋常超市，或者說故意裝扮成尋常超市的樣子。它在眼前一點點擴大。

他盡力望著遠山和草原，想記住這最後遼闊的印象。

突然，前方有草叢著火了，火焰升騰又熄滅，留下燒焦的黑色疤痕。他的心猛地抽緊。他們已經趕到了。鐳射槍又一次襲來，追隨著他的腳步，將草叢點燃。他變向，它也變向，幾次將將擦過他的褲腳。他的背包側袋被擊中了，他向前一個踉蹌，順勢撲倒，將背包甩在地上，站起來繼續跑。背包被穿透，在身後默默燃燒。

他用最後一點力氣衝刺，奔到倉庫外停著的貨運卡車背後，又向倉庫大門跑去。門開著，似乎正在裝運某些貨物。

他已經看見了身後的地效飛行器，從草原上沿著他的足跡。

他向前魚躍，撲到倉庫門口，他剛剛跑過的地方牆壁上騰起火花。他躍起身子，抓住從倉庫裡走出的一個老人，用最大的力氣卡住老人的脖子，將老人卡在自己身前，掏出隨身的手槍，頂住老人額頭，面對他們。鐳射槍暫時停止了。他一步步向倉庫裡退，老人的喉嚨裡發出呃呃的聲音，但說不出話，雙手徒勞地在身前抓著，跟著他向門裡退。槍聲似乎猶豫了片刻。他已經退到大門裡。大門內側像所有超市倉庫一樣有著淡灰色的控制台，紅色的是關門按鈕。他拽著老人，用頭頂撞擊紅色按鈕，大門關上了。在合攏前，門縫裡又有鐳射槍射入，只是他已然躲到門後。

大門關閉之後，他放開老人，用槍頂著老人頭部，逼他又按動了幾個鎖門的開關。

他發現倉庫大門出奇厚重結實，內鎖異常複雜，遠非超市倉庫可比。他抬頭環視一周，發現這是一座軍火庫。這在意料之外，卻在情理之中。這附近還有一座軍事基地。

他用手臂卡著老人頸部，環繞倉庫一周，一邊查看地形，一邊用槍打碎了每個監視器。他曾經在超市倉庫做工，對常規分布相當熟悉。為了以防萬一，他又用槍押著老人帶著他在每一條通道仔細走了一遍，確定沒有遺漏了才放開老人，老人跌坐在地上。他略鬆了口氣，在倉庫一角的塑膠椅子上坐下，又扶老人起來，坐在他身邊。

「我叫斯傑47。」他說。

「我知道。」老人說，「電視上播了。」

他警覺起來：「什麼電視？」

「社區電視臺，剛剛才播。」老人遲緩地說。他坐在塑膠椅上，彎腰，整理剛才在地上拖得卷起來的褲子，動作慢卻不亂，「說你是危險人物，要求所有村民不要收留你在家裡，還要求所有知道你下落的人舉報你。」

「什麼？」他又掏出槍，對準老人的額頭，「把手機交給我。」

老人直起身子，順從地從上衣口袋裡掏出手機，交給他，又任他搜身，把所有衣服口袋都翻開騰空為止。他似乎還不放心，連內衣都摸了一遍。老人的身體很瘦，乾枯嶙峋。

「沒用的。」老人說，「最多一個晚上。明天他們還是能抓到你。」

他皺皺眉：「為什麼？他們能硬闖進來？」

「不能。這裡的安全警備是頂級。」

「他們能毀掉倉庫？」

老人又搖搖頭：「不能。那會把這裡的炸彈引爆，波及到市區。」

「那為什麼說最多到明天？」

「他們會通毒氣進來，所有換風的地方他們都有辦法送入毒氣，以前他們在倉庫抓人就是這麼幹的。」

「那我們趕緊把通風口堵死。」

「你想自己把自己憋死嗎？」

「總能多撐一段時間不是嗎？」他想了想，又補充道，「我不相信他們會那麼幹。還有你在這裡，做我的人質。你是無辜的，他們不會把你也毒死。」

「他們會的。」老人漠然地說，像是在說其他人的事情，「我只是個微不足道的小人物，死了也沒有所謂。他們會隱瞞的。」

「不可能。如果他們不在乎你的死活，剛才就把你和我一起打死了。」

「那是因為車上的人不確定我是誰。等他們晚上回去查了，弄清楚我只不過是一個普通倉庫人克隆體32號，他們就不用顧忌了。這種事是常有的，我已經死過一次了。」

斯傑47心裡漸漸發冷，他咽了咽唾沫：「你是誰？」

老人站起身，向倉庫的另一端走去，似乎完全不在意身後的手槍：「我只是個小人物，說了你也不會知道。不過我也沒什麼可隱瞞的。我叫潘諾32，微不足道的人。」

「等等，你等等。」斯傑47站起來，跟上老人，抓住他的手臂，「你有辦法對不對？你之前經歷過這種事，你知道怎麼躲藏對不對？」

老人抬眼看他一眼：「我如果知道，就不會死過一回了。」

他繼續跟著老人：「但是你應該幫我，現在我們在同一條船上，如果他們明天灌毒氣，那你得跟我一起死。你不想死對不對？那你就幫幫我，幫我逃出去，你救我也救你自己。」

「把你交出去是我最好的辦法。」

「你敢嗎？」他故意惡狠狠地說，「我今天會綁住你，讓你根本沒有機會。」

「那你還怎麼讓我救你？」

他又上前一步，擋在老人面前，雙手死死扣住老人肩膀，手指用力掐入老人嶙峋的瘦骨，做出威脅的語調：「你到底幫不幫我？你不幫我，我現在就能讓你求生不得，求死不能。」

老人被他搖得像一個關節斷開的木偶，但是說話的聲音並沒有變：「隨你的便吧，反正早晚都是死。」

他有點絕望，把老人放下，深呼吸，問：「你到底怎樣才肯幫我？我有隱藏的大筆資產，等安全了就給你一筆錢，你要多少？你說個數，能給我一定給。你相信我。」

老人將弄皺的藍色工裝服袖子拉平，說：「我當然信。斯傑的寶藏不是嗎？你當然有錢。不過我不缺錢花，估計也活不了幾年了，要了太多也花不完。」

「你知道我的寶藏？」

「誰不知道？斯傑的追隨者裡富可敵國的太多了，一人給你一筆捐款，你就有一座寶藏了。」

他已經很久沒有看過電視了，關押的地方沒有電視，他不知道他的形象變成了什麼樣。

「那你還知道我什麼？」

老人喘過氣，繼續向牆邊的電腦走去：「沒什麼特別的，都是老一套。你是奇才，推了自己的宇宙模型，有一套自己的文明理論，和當前的文明理論不符。很多人想以你為領袖，你有好多追隨者。你雖沒成立自己的黨派，但是他們看到了巨大的威脅，因此說你的理論是錯的，要殺掉你。就這麼多。」

「我的理論是對的。」他跟上老人的腳步。

「你不用跟我說，反正我也不懂。」老人一邊說著一邊操作牆上的電腦螢幕，完成每天例行的管理工作。他對他的話始終沒有顯示出關心。

「我也沒有煽動暴力革命。」

「這你也不用跟我解釋，不是我要抓你。」

「有些事並不是我的意思。」他仍然固執地解釋說，「一些追隨者做的事我也不知道。」

老人停下手裡的操作，轉過頭看著他，說：「如果我沒理解錯，你名字的意思是第47號克隆體？」

他點點頭。

「所以有很多事並不是你親身經歷的？」

「對。」他說，「不過你知道……」

「包括最早推導出理論的也不是你？」

他不想承認這件事，但他又沒有解釋的藉口。「對，不是我，但我……」

「那你為什麼要在意你的本體做過的事情？」

他大吃一驚：「我為什麼不在乎？他的事情就是我的事情啊！」

「這你就錯了。你是你，他是他。」老人慢吞吞地說，「他做了什麼都是過去的事了。你有你決定的權利。他的理論叫什麼來著……獨立個體主義，是不是？你就是獨立個體不是嗎？你可以投降。你何必為了他而送死呢？我看過電視了，如果你承認錯誤，和他們合作，你就不用死。」

他一隻手按在牆上：「可他們要殺死我的每一個副本啊！不管我說了什麼或做了什麼，只要是他，或者說只要是我，他們就要殺死的。這不是我自己採取了什麼立場就能改變的，就像……就像過去焚書坑儒，要燒掉同一本書的每一個拷貝，是一樣的。」

「不一樣啊！」老人說。他已經完成了一天的例行登記，關上了螢幕，「每一本書都一模一樣，但每一個人的副本是不一樣的啊！你有你的決定權。你就告訴他們你不同意你本體的意見，他是錯的，你要和他們合作，你就能活下來的。他們一定願意見到你站在他們一邊，不會殺死你。這對他們有好處。」

他被老人的話震驚到了。「你怎麼能這麼說？你也是克隆體對嗎？」他嚴肅地問，「剛才你說到你死過一次的經歷，說明你也把本體或者其他克隆體的經歷代入成你自己的，對嗎？這說明你也認同你們都是統一體了，他的經歷就是你的，你的也是他的。」

老人的神情還是一如既往。他平靜地朝自己的小餐桌走去。「我是這麼說過，」他說，「但這不意味著我不能放棄他。只要我需要，我隨時可以宣布我和他們沒關係。我就是我自己，和誰都沒關係。」

「不，你不能。」

「為什麼不能？」

「你不能放棄你自己。幫幫我，好嗎？」

「給我個理由。」

老人走到自己的小餐桌邊上，坐下，點選了兩個按鈕。牆上的烤爐裡降下兩份包裝好的冷凍食品，在烤爐裡自動打開包裝，開始加熱。斯傑47看見烤爐逐漸變紅的內膛，感覺到飢餓。他隱隱希望這兩份食物有一份是給他的，他已經一天一夜沒有吃東西了。

老人點燃一根菸，問他要不要，他點點頭。又一根菸點燃了，老人遞給他。兩個人默默地抽了一會兒，都沒有磕菸灰，一直在手指間夾著，像是在等某個信號，直到菸灰長得支援不住才在菸灰缸裡輕磕一下。菸的味道很好聞，他們的距離似乎在菸圈裡拉近了。

他壓住內心的焦慮，耐心地問老人：「你還記得你第一次知道你有副本時的情景嗎？」

老人說：「我和我的一個副本一起長大，從小我就知道了。」

「我不是。」他說，「我一個人長在澳大利亞的一座農莊裡。靠近一個天文觀測站。小的時候，我的生活很閉塞，每天就是農莊和小鎮子上的一點事。我家附近有好多袋鼠，我每天和袋鼠玩。鎮上有幾個夥伴，我們一起打袋鼠、捉鳥，也相互捉弄。」

他說著停下來，似乎看到了過去，陷入小時候的單純回憶。那個時候很簡單，每天下午在鎮上奔跑、打板球、惡作劇、欺負與被欺負。他以為那就是全天下了。他想擊敗鎮上一個粗橫的大孩子，那個孩子會搶他們的零花錢。那是他能想到的最強大的敵人了。

「所有的一切到我十三歲那年為止。」他說下去。老人一直沉默著。「那年我爸爸帶我去一個女人家做客。那個女人是天文觀測站的電腦維護員。我爸爸給那個天文觀測站做飯，每天晚上送過去。那時候我也總去觀測站玩，認識那個女人。那個觀測站很大，方圓幾公里，基本上就是沒人的草原，零零星星有幾個天線。來觀測的是各國科學家，總是來幾天就走。那個女人沒結婚，一個人住在草原上一間小房子。那天是耶誕節，她邀請所有人去她家玩，可是其他國家的科學家都拒絕了。我爸爸看她怪可憐的，就答應了，帶著我和我媽媽過去。她顯得很高興。我也挺高興的，難得去不認識的人家玩。」

「當天我們都帶了禮物，到了她家就堆在聖誕樹下面。樹下還有不少其他禮物，我看了還覺得奇怪，有這麼多人會給她送禮物嗎？但我沒問。我就坐在沙發上吃餅乾，看童話書。她家亂糟糟的，有鋼琴、有童話書，也有好多電腦書。我爸媽和她聊天，似乎聊得不錯。直到吃飯時，我才被驚得目瞪口呆，廚房裡走出來一個女人，跟她長得一模一樣。我那時還不知道克隆體，我還以為是她的雙胞胎姐妹，誰知道她自己介紹說她倆是一個人。我當時嚇呆了。我爸媽倒是沒覺得奇怪。我整頓飯都沒吃好。飯後又回到沙發那兒，她倆互相拆禮物，原來那些禮物都是她倆相互送的，還全都包裝好，寫上贈言，拆禮物的時候兩個人都露出驚喜的表情，為每個禮物擁抱一番。我那時才知道，原來這世界上還有這麼寂寞的人。」

「當天晚上回家的路上我問我爸爸：『爸爸，我也有克隆體嗎？』我爸爸才把一切告訴我。原來他只是我的養父。我還記得那天的星星。雖然我們那兒天天能看到銀河，但那天的銀河還是特別亮。南天十字星也很亮。我好像再也沒見過那麼多星星。」

他講完了，望著倉庫的天頂，似乎想透過天頂看到外面的銀河。

老人抽完了一根菸，烤爐的時間剛好也到了。老人站起身，將烤爐裡的兩盒食物拿過來，分給他一份，是速凍肉捲和烤馬鈴薯。

老人開始吃，斯傑47沒有動。他手裡的香菸還點燃著，他似乎忘了。

「後來，」他說，「我央求父親把我送回我的克隆體和本體集中的地方。在那裡我見到了他們，那一瞬間我覺得自己找到了歸宿，我的心好像終於醒了。」

老人沒有被他打動，只是自顧自地切馬鈴薯。

「這故事太溫情了，不適合我。」老人說。

「你有沒有那種時候，」他抽完手裡的最後兩口菸，「感覺你和本體或者另一個副本情緒相通？當他們講一段事情，你覺得就是發生在你自己身上的事情？」

「有啊。」老人說，「太正常了。」

「你想沒想過為什麼？」

「為什麼？」

「因為你們共用著同一個生命。」

「哈，」老人冷笑了一下，「哪有那麼神祕。只是因為你們基因一樣，所以激素和腦結構一樣，對事情的反應也就一樣。這沒什麼的。」

「不是這麼簡單。」他說，「這涉及生命本身。你想沒想過生命是什麼東西？它是禁錮在一個身體裡面的東西嗎？不是的。它是超越身體的存在。我們每一個，每一個副本，都是同一個生命。這就好比，好比一本書，你銷毀了一本書，能說你把這本書消滅了嗎？不能。只要還有紙，就還能複製一本出來，還是同一本書。書的靈魂是它的內容，和紙張沒關係。即使這個世界上所有書的拷貝都消失了，這本書也還存在。」

「你再不吃要涼了。」老人指了指他的盤子。

他低頭看看，心不在焉地叉起一塊馬鈴薯，又補了一句：「書和拷貝的關係，就和生命和我們是一樣的。」

老人吃下最後一口肉捲，放下叉子：「不過，如果再沒人記得這本書，那這本書也就算消失了。」

「是的，是的。所以至少應該留下一份拷貝，讓人記得。」他緊張地盯著老人的眼睛，「我說了這麼多你還不明白嗎？我就是最後一個副本，這個生命的最後一個拷貝。」

老人盯著他，不說話了。他放下刀叉：「前面已經有四十六個人死掉了，包括他。我是他們要消滅的最後一個副本。等到我死了，他們會將我的基因圖譜徹底銷毀，這個世上就再也不可能有我的存在，不只是副本，連這個生命本身也就沒有了。這不是我的事、他的事，這是這個生命的事，也就是我的生命。」

天光已經消失了，從倉庫一圈小窗中透入的只是黑色的夜光。倉庫裡幾乎相互看不到了。老人點亮了餐桌上的一盞小燈。兩個人都隱在黑暗中，小燈的光暈照亮的一圈中，只有雙手是清晰可見的。他感覺他很熱，那種躁動不安的熱。他想從黑暗中看清楚老人的眼睛，想看這個始終無動於衷的老人內心真實的想法。

「幫幫我好嗎？」他的語氣已經從最初的威脅變成了懇求，「要不然他就徹底消失了。」

「可是我還有妻子和女兒。」

「你可以和我一起逃。」他雙手合十，內心無比焦慮，「這也是為了全人類。」

老人沉默不語。從皺起的眉頭看，他也在做著艱難的抉擇。

他剛想退而求其次：「或者你幫我留住我的書？我的新作，還沒來得及出版。」

「明天上午將有一輛運輸車來運貨。」老人說。

二

次日清晨，倉庫外有振聾發聵的高音喇叭，聲音大得能夠傳到幾百米外的小村。喇叭對倉庫喊話，從倉庫的氣窗清楚地傳到室內，在倉庫寬闊的屋頂下盤旋，發出嗡嗡的回聲。和老人預測的一樣，他們威脅要通入毒氣，除非他自首或被交出來。

倉庫的門開了，老人走出來。仍然是處變不驚的樣子，眼觀鼻，鼻觀心，穿著藍色工裝，臉頰鬆弛的皮膚耷拉著，顯出腮幫凹陷，眼圈黑黑的，稀疏的幾根白頭髮飄來飄去。陽光裡所有人都望著他，那目光的聚焦似乎把他變得更瘦小。

他示意他們跟他進來。他帶他們到一個封裝的集裝箱外，開了箱，將裝載的一顆中子彈從箱內軌道上滑出，帶人走進箱內，在角落一個本應裝載中子彈配件的小木箱前停下，等錄影機就位，把木箱打開。

裡面是斯傑47蜷縮的身影。

那一刻，全世界都看見斯傑47憤恨、恐懼與絕望交織的眼神。

潘諾32說，斯傑47的計畫是讓他謊稱他半夜由氣窗逃跑，白天則暗藏集裝箱內由卡車運送到圖盧茲。

「這個計畫很簡陋，但我得到了他的信任。」潘諾32向拘捕者說。

「是的，我想過合作，但我還有妻子兒女。」他對圍繞他的記者說。

斯傑47在突襲中沒有過多抵抗就被制伏，帶回軍事基地。在他身上搜到了他的基因組圖譜，這是他前一天偷出來的，被當場銷毀。

將斯傑47帶走之後，抓捕者並不放心潘諾32。他們對倉庫上下進行了地毯式搜索，將一切紙片都燃燒殆盡。電腦也徹底清查，連同倉庫倉儲資訊一同格式化，銷毀硬碟，以確保斯傑的新書沒有被保存在任何地方。倉儲資訊在總部有每日備份，不怕丟失。但斯傑的新作如果留存下來並傳世，影響不可小覷。連潘諾的身上也進行了仔仔細細搜尋，衣服被絞碎，又給他配備了全新一套。

接下來的日子裡，斯傑47接受了軍事法庭的祕密審判，並被快速處決。

潘諾32被帶到另外一個基地，在軍事醫學專家的指導下接受催眠觀察。軍事醫學專家和刑偵科經驗人士一遍遍詢問他斯傑有沒有透露新書的內容，問他是否記得新書內容，或者斯傑的寶藏存儲方式，或者斯傑的追隨者資訊。潘諾32在催眠審訊法中被審問了很多次。他對那段時間的記憶就是睡與醒分不清邊界，醒來和睡去不知道哪一個是真實世界。他反反覆覆回想這一生的種種片段，從兒時與另一個他在小河邊釣魚，到少年參加國際象棋盲棋大賽，到成年後穿過世界拜訪每一個倉庫中的自己，再到登雪山的頓悟，最後是這偏隅角落孤獨倉庫的寂寥晚年。他回想自己生命的每一個轉折和最終的走向。醒來是麻木的作息起居，睡夢裡穿梭在一生的畫面和那一晚的交談。

最後，在確認了得不到任何有用的資訊之後，他們釋放了他。從紀錄看，他確實不了解斯傑47的新書。也就是說，那本新書還沒有問世就徹底消失了。

斯傑的追隨者在他的最後一個副本死去之後很快四散而去，原本就沒有成型的組織架構，在領導者消失之後更無組織的核心。追隨者以豪富和一部分崇尚獨立的中產階級為主，這些人最希望保全自己。在聲勢浩大的時候也只是悄然捐款，到了危機四伏的境況中更是退散蟄伏。他所引起的一波反對的聲浪就這樣如退潮般散去，悄無聲息，世界之海又恢復死一般沉寂。偶爾有一些追隨者還在傳播斯傑歸來的消息，但隨著時間流逝，這些消息也不再引起轟動。這件事就這樣了結了。

世界仍在如常運轉。大世界的概念已經逐漸成為根深蒂固的理念。基因選擇讓人的特長分化得更加鮮明突出，於是一代代身份特徵固化得更加明顯，倉庫人、運輸人、程式人、員警，每個人是大世界的一個小電子，人人安於身份，融於世界。

當你的自由和世界的自由衝突，你就不自由。你的自由不重要，得到自由的辦法是融入世界的大自由。這是世界的法則。

潘諾32經過了不平靜的晚年。從被釋放的第一天，他就受到憎恨和威脅。他對斯傑的背叛被全世界支持者唾棄，不止一封恐嚇信躺在他的郵箱裡，威脅要殺死他示眾。他不得不乞求拘捕者的保護。他們將他置於軍方管控的範圍內，定期有士兵巡邏。他的工作免除了，由政府提供高額退休金，這一方面是對他的保護，另一方面也反映出軍方對他仍舊有懷疑，不敢讓他看管軍火。他在兩方面的懷疑中度過軟禁一般的日子，每天早上在小村邊緣散步，上午去廢棄的小教堂做一個人的禱告，下午和妻子喝下午茶，看兒女傳來的照片，晚上獨自寫日記。他只旅行過兩次，都是在看護中去看望他從小一起長大的另一個副本，他的兄弟，分享生命的人。

他的晚年眼看就要平安度過了，在六十七歲的一個下午，也就是斯傑47被殺後七年，他被一位成功闖入小村的殺手將咽喉割開，復仇成功。這是整件事最終的結局。

三

潘諾34騎在馬上，看著眼前的山澗，遠處有瀑布聲。潘諾35站在山路拐彎處的平臺上，半隻腳伸出懸崖外，離下面的深淵只有一步之遙。潘諾34只挪了一步，潘諾35就又後退了半步。

「你先聽我說，」潘諾34小心翼翼地說，「你聽我講一個故事，然後再決定行不行？」

潘諾35不置可否。他帶著拒斥與懷疑看著潘諾34。在這個時候，他什麼都拒斥。給晚輩講述不光彩的祖先總不是一件容易的事，更何況是在一個人離死只有一步的時候給他講不光彩的自己。但潘諾34知道他還是得講。這是潘諾35唯一能聽下去的事。

「那個時候我跟你現在一樣大，十三歲。」潘諾34對潘諾35說，「而33當時六十二歲。33給我講的時候，我還有很多事不明白，就像你現在一樣。」

潘諾34已經老了，他知道自己也許沒幾年可以活了。所有的故事都是他從潘諾33口中聽來的，五十五年過去，他的記憶依然清晰如昨。他恍然仍能看到潘諾33站在窗邊的身影，蒼老、倦怠，眉頭皺著，充滿困惑。他見過潘諾32一次，只是那個時候他才五歲，還充滿羞怯，只躲在潘諾33的沙發背後悄悄看著。

「克隆體的真諦就在於，我理解你。」他儘量耐心地向潘諾35解釋道，「我完全知道你現在的感受。雖然我們都不同，比如潘諾33的腿小時候車禍留下過殘疾，比如我的腎很早就出了毛病，比如我不會喜歡你現在這樣的衣服等等，但是我們有些核心的東西是一樣的，我們都很內向，對別人的話特別敏感，喜歡聯想。我們共用著一個生命。我真的明白你現在的感覺。你不必害怕，不是只有你自己這樣。即使你長著一隻怪耳朵，你也不用覺得自卑或孤獨……」

潘諾35急了：「誰長著怪耳朵！」

「好，好，我錯了。」潘諾34連忙和緩了語氣，「你沒有長一隻怪耳朵。我的意思是，你有你的獨特，你所擅長的東西，不用為了一些細節太介意。」

潘諾35的情緒不佳。自從班上同學給他起了新外號「怪耳獸」，他的情緒就沒有好過。他留了一半長一半短的髮型，額前的頭髮撥向一側，蓄得長長的，把左耳完全覆蓋在其中，順便也遮住一隻眼睛和半張臉，而右側則剪得短短的，幾乎貼著頭皮。他的習慣動作是捋額前的頭髮，哪怕已經很服貼了，他也總是下意識再向左梳。他討厭班上那些總是試圖撩起他左側頭髮的傢伙，如果可能的話，他想痛揍他們一頓。他做夢的時候就揍過他們。可是現實生活裡，他又想和他們玩。如果可以，他願意付出家裡所有的模型玩偶換取他們中間一個被看重的地位。他總是被嘲笑的那一個。

他也不受老師寵信。他成績不好，腦子不快，除了死記硬背，什麼都不擅長。他聚會時被人忘記。他被喜歡的女孩拒絕，而被拒絕之後，還要在大家面前看女孩跟著叫他「怪耳獸」的人一塊親吻著離開。這最後一點最讓他無法忍受。

「你有你的個性。」潘諾34仍然在耐心地說，「比如說你過目成誦，過耳不忘，你可以給同學背很多詩。」

「背詩？哈！」潘諾35再沒有聽過更荒謬的話了。

「你有別人沒有的悠長歷史，悠長的克隆體的經歷。」

「那有什麼好驕傲的？」潘諾35抬眼瞪著潘諾34，目光裡有一種難以覺察的傷感，像水裡的火，灼得人發疼，「你別總拿你們那點事兒跟我嘮叨了行不行？我早就知道了。可現在不是你們那個時代了，你以為克隆體有什麼值得驕傲的嗎？你知道我們同學都怎麼叫我嗎？他們說……說……算了。反正我們班家裡有錢的都不是克隆體。」

「那是他們並不真的理解克隆體。」

「理解什麼？理解倉庫管理員的樂趣嗎？」

他們都是倉庫人，天生就是，到了一定年齡就去報到。潘諾34知道，這一點也是被人嘲笑的一部分。管倉庫不是什麼體面的工作，他小的時候也為此被人嘲笑。

潘諾34看著潘諾35，他穿著一身黑色連體服，緊貼著皮膚，邊緣處幾乎和皮膚連上，四肢處有飄飄蕩蕩的布料，像是裁剪失敗的邊角料，又像是蝙蝠俠縮水的翅膀，是潘諾34年輕時無論如何不會穿的衣服。但他臉上的固執、憤怒和羞怯與當年的自己如出一轍。這個孩子跟隨他長大，就像他跟隨潘諾33一起長大。他們是人群中特殊的一類，能夠不斷培養自己長大，因為他們有很多東西要相互教授。他完全明白此時潘諾35的痛苦、羞怯和憤怒，在他年輕時他也經歷過。

「這個世界上每個人都是與眾不同的。」潘諾34說，「你可能並不在意我們的歷史，但我想告訴你的是，那一年倉庫裡發生的事情決定了我們的未來。」

潘諾35遠遠地瞪著他，腳仍然僵直地踏在懸崖邊上，沒有退回一步。

潘諾34看著青翠的山谷，似乎能穿過白色的水霧，看到那天晚上昏黃的燈光。

「那天晚上潘諾32問斯傑47，」他說，「為什麼一定要活下來，既然他的很多思想已經流傳開了，人的死活也無所謂。古代思想家的著作留下來，但是人也並沒有一直活著。他說了一段話，一下子打動了潘諾32。

他說：『你想想看，如果愛因斯坦活著，看到了後來的宇宙學，看到了大爆炸理論和夸克理論，他會做出什麼事？有很多人活在和愛因斯坦同時同地，但沒有想到廣義相對論。這不是那些人不聰明，是思維方式的不同，看問題角度不同。每個人的大腦溝迴、灰質白質比例、激素水準、左右腦的關係都是不同的，因而每個人的思維方式都是特定的。』

『我就是我。』他又說：『雖然不是我這個副本推出了我的方程，但是我第一次看到它，我就知道我也是這樣想的，我看到那些假設就自然而然會往這個方向去想。這就是我。同理你也是特殊的你，有很多事只有你會做，也有很多事只有你會往特殊的方向上想。』就是這句『有很多事只有你會做』打動了他。」

潘諾34說到這裡，轉過頭緊緊地盯著潘諾35，似乎想用目光傳達很多事。潘諾35能夠感覺到34此時的嚴肅。他不知道潘諾34要說什麼，有點緊張，又下意識地捋了捋頭髮。他動了動腳，腳下有兩塊小石頭鬆了，滾下山崖，發出唰一聲。兩個人立刻都靜了一會兒。身後只有瀑布嘩嘩的聲音，輕霧籠罩著山岩上的松樹。

「我知道倉庫員的工作不精彩，你有點羞恥，因為你不想做這個，你想做明星。這些我都明白，可是我想告訴你，我們做這個有我們的理由。

我們都像一本書的拷貝，書才是意義。克隆體越多，你的世界越大。你可以經歷永生永世。斯傑的獨立個體主義說，一個人的價值不應該用大世界來判斷，應該用小世界判斷。這是他最危險的地方。」

「我願意相信他。」

「現在，我來告訴你為什麼你不該死。」

潘諾34能看到潘諾35悄悄摒住呼吸。四周寂靜無人。瀑布遙遠空曠的聲音傳入耳朵，氣勢磅礡的水霧升騰幾十米高，在半山腰形成彩虹。自然的力量裹挾著他們。在這裡說話，沒有人會聽到。

潘諾34又清了清嗓子，他相信時候到了。他想著這些天在電視裡看到的一切，大世界的危機，權勢傾覆。如同電路運行過久積累的錯誤，局部過熱，燒毀電路，各部分不協調，冗餘和缺漏不能互補，強行壓制與掩蓋，更多不協調，人為的調度，缺少總體眼光和氣度，淤積和空缺之間巨大的張力，一觸即發的系統性失調和崩潰。一切都到了需要新秩序的時候。已經沒人能想起舊日逃犯，防範過去已不再是當務之急。

「你聽好。」潘諾34的聲音因為長時間說話有些沙啞，他的頭也有點疼，「我已經老了，也許這幾年就要死了。但你可以替我活下去。我們為什麼是倉庫人，最大的特徵就是記憶。我們要看管很多機密，因此經過了基因篩選和改良，腦區有了特別的發展，有超常的記憶力，能把記憶打散、拆分、混雜、糅合在一起，快速提取出有用的資訊，因而能管理複雜事物，也可以讓我們把一些記憶深深隱藏，不被人探知。

你知不知道在人類還沒有文字的時候，有一種人叫吟游詩人？他們跟隨音樂唱的史詩能將歷史傳播幾百年。日本曾經有一個家族，世世代代背誦歷史為生。他們古時候沒有史書，都靠這個家族背誦歷史。還有好多例子，中國秦始皇焚書坑儒的時候，有很多儒生和他們的學生全靠記憶背誦經書，等上百年後事態變了，他們才又把經書寫下來。一本書只要有一個人記著，就不算消亡。還有基督教徒，羅馬帝國整整三百年他們都蟄伏，靠傳誦使徒的記憶活著，終於有一天把福音書傳到世界各地。記憶就是他們的糧食。

這是我們的宿命。我們平時是瘦弱難看、不起眼的小人物，但是在某些時候我們可以和別人不一樣。我不知道你平時受到怎樣的嘲笑，但不管什麼時候，你都可以選擇你的獨特。選擇自己是一種勇敢。」

他長長地吸了一口氣，又深深地呼出來。他想說這段話已經很久了。「現在你聽好，你要用你的心背下來下面這一段。在合適的時機，把它告訴需要告訴的人。這一段也不是特別困難，不需要你去記三十億個鹼基對，只需要記住二萬基因和七萬片段的排列順序，我知道這不容易，但你肯定可以。」他對潘諾35說，「現在跟我背。一號染色體：起始子—史密斯片段—γ52片段—羥基類固醇脫氫酶—α蛋白—NFG片段……」

潘諾35從懸崖邊走回來了。他一段一段跟著潘諾34重複，他很聰明，背得很快。縹緲的瀑布聲蓋住他們的聲音，遠遠看上去，他們就像一對普通的郊遊的祖孫。

生死域

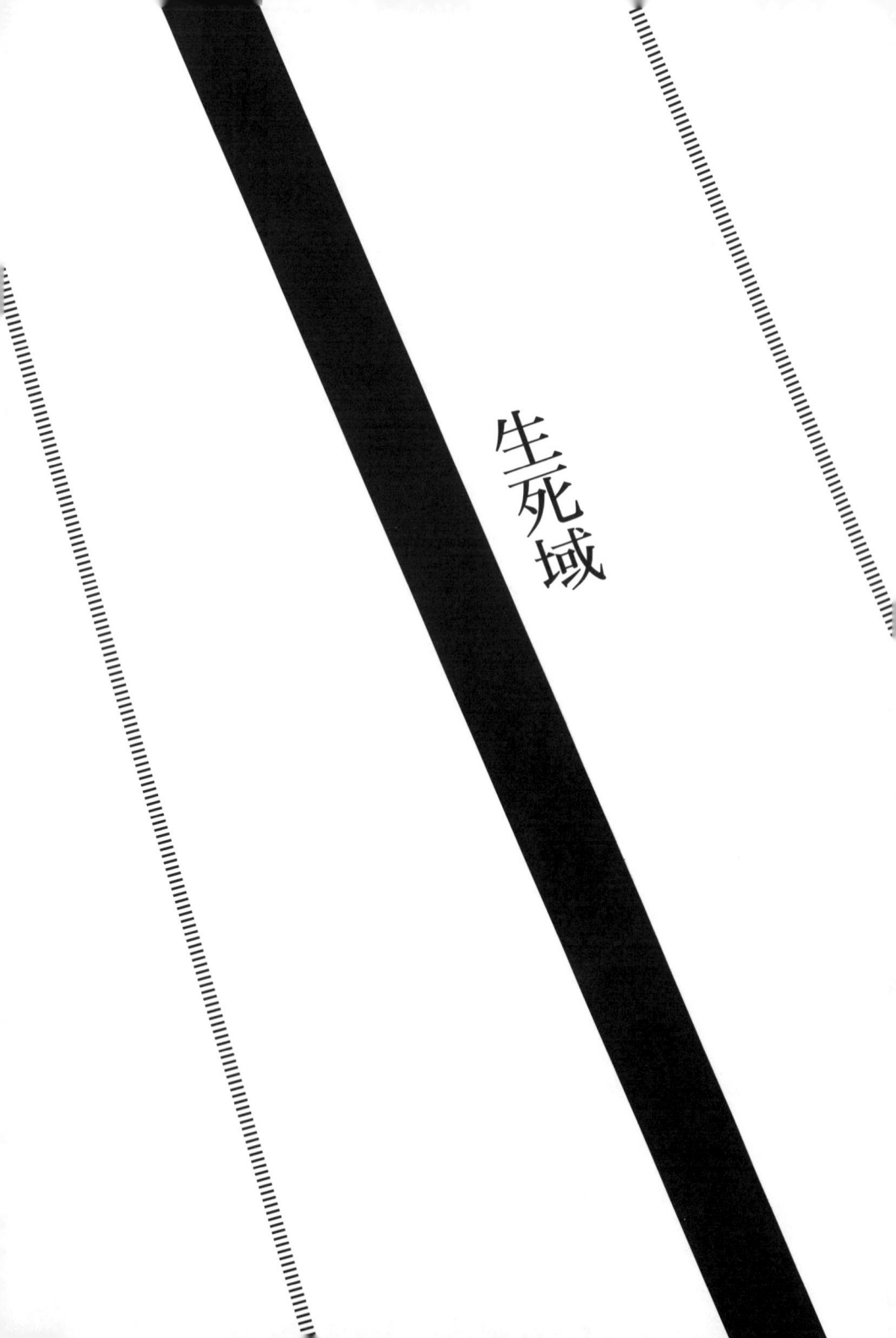

Chapter

6

上

他在這座陌生的城市充滿警覺地走。天是灰色的，城市也是灰色的。這個城市很奇特，有一種讓人覺得危險的氣質。城市的建築是摩天樓，連綿不絕的高樓，幾乎連在一起。鋼筋骨架是灰色，玻璃是灰色，樓與樓之間的縫隙同樣是深不見底的黑灰色。天空彌漫著大霧，雲低得不可思議，所有高樓的頂端都沉浸在雲霧中，看不見頂。

他一邊走，一邊打量，提防著街角可能出現的危險。他走得很慢。

他不知道這是哪裡。他記得他死了，淩晨在二環的街上，他緩慢地開車回家，被馬路上突然加速的一輛瑪莎拉蒂攔腰撞到，人被擠到駕駛座一角，車撞到馬路邊的欄杆上，金屬和玻璃刺入身體。之後他有印象在醫院看到天花板上藍盈盈的手術燈，然後是病房的點滴瓶，然後就沒有了然後。

他醒來，來到這座城市，不知道這是哪裡，也不知道自已死去沒有。

他曾聽說有一座死刑島，被判死刑的人被發配到那裡。一方面讓這些人囚禁並無法求生，另一方面又滿足人道主義活動者的訴求，不讓這些人立即被處死。那是遙遠而恐怖的地方，帶著古拉格群島的冰冷氣息。他不知道自己是不是到了死刑島。沒有人知道它在哪裡，甚至沒有人知道它是不是真的。

他一邊走一邊踩踏腳下的土地，從鞋尖感受土地的真實。能覺出碎石的顆粒。街上有人來往，但沒人看他，大部分人走得很快，衣著顏色發冷，用暗色調的帽子和頭巾遮住自己的臉。他想找人說話，但路人似乎很難溝通，他嘗試著叫住一兩個人，但沒有人停下來。

他找到一家小商店，像一家菸酒行，或者小賣部，或者類似的一家街頭小店。門口有個磨損了字跡的招牌，沒人光顧的小店，老闆一個人坐在櫃檯深處，在店內一個看不清的角落。他走進店裡，上下打量，店裡的貨架很奇特，如同天花板上垂落的一排軟梯，上面落滿灰塵，擺放著陳舊的同樣落滿灰塵的小物件。他心裡提防，沒有心情去看究竟是什麼。老闆看上去有六十歲，看到他進來，沒有起身，也沒有說話，眼睛無焦點地對著門口。

「老闆，」他清了清嗓子，說，「我想問一下……」

老闆抬眼看他一眼。他驚異地發現老闆有一雙像青蛙一樣的眼睛，他微微顫抖了一下。

「我想問這裡是什麼地方……」他咽了咽唾沫，「很不好意思，可能您覺得特別突兀，可我是剛剛到這裡。如果您不介意，能不能告訴我地名……」

老闆開口時，聲音異常低沉，有點沙啞，似乎已經很久沒有說話了：「這裡沒有名字。」

「呃……」他愣了一下，「……那這裡是哪個洲或者哪個國家？」

「哪裡都不是。」老闆說。

「這是什麼意思？」

老闆慢慢站了起來：「這裡不屬於任何大洲或任何國家。」

「這裡……」他猶豫了一下，大著膽子問，「是死刑島嗎？」

「死刑島？」老闆又抬眼看了他一眼，拖著緩慢的步子向他走來，表情沒有一點變化，「那是什麼地方？沒聽說過。」

「可這裡總該是某個地方啊。」他脫口而出，問道，「您是這裡的人嗎？」

「不是。」老闆說，「沒人是這裡的人。」

「那您是從哪裡過來的？」

「我？赫爾辛基。」

他心裡微微一動，問：「您是怎麼來的？」

「和你一樣。」老闆說。

「其實我不知道我是怎麼來的。」他說。

「時間長了就知道了。」

老闆已經走到他身旁，彎腰從牆邊拿起一柄古舊的拂塵，開始緩慢地撣去貨架上的灰塵。老闆的步子很慢，似乎走一步都要付出很多力氣。老闆手裡拿的拂塵是灰色的，腳上的拖鞋是灰色的，身上的長毛衫也是灰色的。老闆站在店門透進來的光中，周身有白色光暈。

「那麼，您知不知道，怎麼離開這裡？」

老闆反問他：「你想去哪裡？」

「我不知道。只是……也許回北京吧！」

老闆一件東西一件東西地拂去灰塵，像是觸碰極易碎的玻璃那樣小心翼翼。他隨著老闆的腳步掃過那些小物件。似乎是極平常的家居擺設，以金屬材料為主，多半是拼接結構製品，有杯碟等日用品，也有純粹的工藝品。有些已經陳舊得生鏽了，他看不出是什麼。

「到了這裡，」老闆說，「就沒人能回去了。」

「為什麼？」

「你不可能戰勝你無法戰勝的東西。」

「什麼東西？」他警覺起來。

老闆站定了，拿起一隻停掉的鐘錶，在手裡摩挲，好一會兒才說：「一種讓你懂得悔恨的東西。」

「我聽不懂。」他盯著老闆的手。

「這是好事。祝你一直不懂吧！」

他琢磨老闆話裡的意思。他猜想這其中有隱衷，不知道是什麼樣的隱衷。老闆仍然擦拭物件上的灰塵，非常仔細而耐心，不惜花費時間。皺紋層層疊疊包裹著物件上隱約的照片。他隨即驚異地發現，最初掃過的物件很快就又蒙上了一層厚厚的灰塵。

他覺得在這裡問不到什麼了，老闆總是打啞謎，他討厭這種說話風格。雖然仍然有許多不解之處，但是他認為老闆不可能給他想要的答案了。他決定走了。

就在他快要邁出門的那一刻，老闆忽然又開口了。

「去問那個女人吧！」老闆說，「她能回答你的問題。」

「哪個女人？」他驟然停下。

「那個有一杯茶的女人。她穿灰色長裙子，住在上面。」

「什麼上面？」

「天空上面。」

「天空……」他無奈了，「那我怎麼才能找到她？」

「你找不到她。你一直走，她就會找到你。」

「她是什麼人？」

「她是唯一主動留在這裡的人。」老闆說。

這是老闆說的最後一句話。之後，不管他再問什麼，老闆都不再說話了。他欠了欠身，走到門口，回頭看著店裡，看到老闆手裡拿著一隻金屬咖啡壺，坐到牆邊，輕輕撫摸壺身，佝僂著背，像是在思索。過了一會兒，老闆身體微微顫抖起來，臉上的皺紋縮成一團。

他回到街上，仍然漫無目的地走。他不知道自己會去哪裡，也不知道自己會遇到什麼，只能觀察隨時出現的細節，在心裡做簡單的推斷。

他不知道自己死了沒有。起初他以為自己在死後世界，但是時間久了，他對自身的運動能力越來越確信，他又不相信自己已經死了。他絕不相信魂魄的存在，什麼神靈，什麼鬼，什麼天堂或地獄，他統統不相信。在原子組成的世界中，這些靈異現象沒有位置。如果自己現在仍然能思考，能運動，他就不相信自己死了。從老闆的神情看，這裡又不像是死刑島。但是如果不是死刑島，又能是哪裡呢。還有哪裡如此神祕無法定位，他想像不出來。

街上仍然是清冷的灰色，人影稀少，腳步匆匆。偶爾從縫隙的陰影處竄出陌生的身影，他會嚇一跳，這些身影都有一種超凡的氣質，衣飾很精緻典雅，但拒人於千里之外。也許是速度使然，每個人都顯得有點飄忽不定。所有的人都走得非常快。

他思考著老闆的話。什麼是「一種無法戰勝的東西」？他經歷過世界上最強大的政權，他無法撼動其基礎，但他清楚，即便是這樣的強權，基礎也有許多漏洞，不是無法戰勝。他知道與這樣一個政權戰鬥是怎麼一回事，抓住其中弱點，一直攻擊。強大政權總是顧及框架過多，方方面面的漏洞來不及彌補。他只需要審慎，再審慎，找到其中的弱點，就可以找到可行的路。但是他不清楚這座城市受誰管轄，為什麼無法戰勝。

他想回家。這裡讓他覺得危險。他小心地向前走，同時想著老闆提到的那個女人，那會是誰？他一邊在街上走，一邊觀察周圍的一切。如果忽略路人的差別，街巷和商鋪和他熟悉的世界並沒有太大不同。高樓、寬街，個性十足的商鋪，只是商鋪裡沒有客人。他能想像在這樣的世界遇到的人，精明細緻，合同意識強，隨時隨地可以開展生意的洽談。

他看到一個男孩跑過他面前，後面是一群手持警棍的追擊。他上前幾步想要阻止，可是他們速度太快，等他反應過來，逃跑的人和追緝的人都已經消失不見。他沿著他們消失的路向前走，沒過多久，就看到剛才追緝的人回到視野，羈押著一個人在路上走。他看不清被押的人的面孔，他悄悄躲在牆後。

他跟著那些人，遠遠在同一條路上走。那些人越走越快，就連被押的人也像飛奔一般。轉眼轉過一條街，他們就不見了。他見到他們在一個路口轉彎，可是等他趕到那裡，那條街已是空空如也。他仍然向前跑了幾步，可是那些人像是完全消失了。

他看到不遠處一個十字路口聚集了很多人。他湊過去，發現橫在眼前的是更寬的一條街，路兩邊的建築規模龐大，樓的寬度和厚度都不同尋常，如同軍事堡壘，灰色建築造型奇詭，斜的立柱和球形房頂連接在一起，尖塔周圍有層層鐵欄，高處聳入雲端。長長的機械手臂在空中移動，靈巧地夾起一座小塔，移到另一座建築上。

路口的兩側都堆積了一些人，路中間則有機械車搭成的路障，人們擁擠著向路中間湧去，路中央的機械車左右移動，在車與車之間拉開幾十米長的網。人群移動，但沒有人發出聲音。機械車上沒有人，機械車在自動左右徘徊。他默默地站在人群背後，猜測著這是為了什麼樣的人物而戒嚴。他很想擠到前面去，看一看這座城市神祕的高層人物。他扒開人群往裡擠，有人踩到他的腳，有人被他踩到。還是沒有人出聲，四周寂靜得不像話。

突然，在一個路口有一隊警衛竄出來，向他們的方向跑來。他周圍的人群迅速四散而逃，向各個方向如洩洪般退去。人們奔跑的速度非常快，他跟在後面，又一次跟不上了。身後的警衛越來越近，跑，他拚命跑，幾乎跑不動了。

忽然，他頭腦中產生一個念頭，他想停下來，和警衛面對面，被抓走，也許能獲取資訊，打聽出這是被誰控制的城市。他慢下腳步，聽著身後的聲音。他停下來，喘著氣。他做好了準備被抓住。

他被人拍了一下。他回頭的那一瞬間，驚得一哆嗦。身後不是警衛，而是一個女人，頭戴一頂邊簷很大的帽子，身穿灰色連衣長裙。她不知道是從哪裡出現的，只是站在他身後，像是已經在那裡等他很久了。

「跟我走。」她說。

帽簷遮住她半張臉，看不清長相。警衛仍然在追趕，離他們已經很近了。

「走？怎麼走？」

「跟著我。」

她拉著他的胳膊，看都不看就闖進旁邊一扇旋轉門。他幾乎是跌了進去，然後爬起身來就跟著她在走廊裡跑，很快，他們穿過走廊到了建築的另一側，另外一道旋轉門，她帶著他飛奔出去。他以為會見到另外一條街，可是出門卻傻眼了，他們在近乎荒蕪的一片地，四周空曠如野，只有瓦礫般的碎片和倒塌的牆。剛才經過的街道與摩天樓都不見了，只有遠處的一片看不清的高樓剪影。他回頭，發現穿過來的走廊只是孤零零的一道走廊，並不屬於某座建築，旋轉門還在空自轉動，帶動身後的氣流。

女人已經在前面了，擺擺手招呼他。她縱身躍上一座斷壁，然後又一跳，跳上一座廢棄的鐵質樓梯頂端。他跑到斷壁前，發現至少有三米。他驚疑地仰頭望著女人。

「喂，我怎麼辦？」他大聲叫著。

「跳上來。」

「怎麼跳？」

「就是跳！」

他狐疑地試了試，第一跳幾乎就踏上去了，沒有把握住平穩，跌落下來。他第二跳輕鬆跳上了斷壁。他又一跳，也跳上了鐵架樓梯，沒有到頂端，又向上爬了幾步。女人已經繼續向上了，他跟在後面，一跳一蹦，也向上攀爬。他發現女人幾乎是在沿著一面陡峭的山崖般的破牆向上，借助周圍的樹和路燈，一路縱躍。到了後來，牆本身的斷面有了參差的邊緣，她就沿著邊緣一路向上。他發現他們已經到了雲裡。這堵牆曾經是摩天樓的一部分，如今孤立地矗立在大地中央，也許有幾百米。他不明白是什麼物理原理讓它屹立不倒。

牆的斷面快要跳到盡頭，角度赫然變陡。他仰頭發現，在破牆的一個邊沿，一根孤立的鋼筋殘垣上支撐著一座小屋。屋子不大，牆壁是灰色，屋頂是圓錐形，翹角，像一座涼亭。它孤零零地坐在鋼筋盡頭，雲霧在四周緊緊環繞。

灰衣女人縱身一躍，跳到小屋門口的平臺上。他看看腳下的雲和深不可見的大地，閉上眼睛，也縱身向上一躍。他感覺到平臺的堅實，重重地碰了他的屁股。

女人給他一杯水。他嘗了一下，是水，不是茶。

小屋不大，只是一個房間，有一張床，一張書桌。床上鋪著素淨的、精心展平的床單，白色床罩和灰色花紋。小屋只有一個視窗，面對著窗外灰色的雲和遠處黑色的群山。

「你是誰？」他問女人。

女人站在窗前，透過視窗向外望，只留給他一個窈窕修長的背影。聽到他的話，她轉過身面對他，露出白淨的下巴，但帽簷壓低了遮住臉。

「我是這裡迎接客人的人。」女人說。

「這裡是什麼地方？」

「你猜呢？」

「我猜不到。」他說，「我試過，但想不出來。除了死刑島，我想不出哪兒還有這麼詭異的地方。」

「這裡詭異嗎？」女人的聲音淡靜而輕柔。

「挺詭異的。」他說，「相對而言挺詭異的。」

「你看到或聽到了什麼？」

「街上沒有人發出聲音，沒有人交談。所以沒聽到什麼。……我看到所有人都很匆忙，像是有什麼特殊任務。城市全是灰色的。人的衣著比較高級，但心情壓抑。城市的特權嚴重，特權與民眾有衝突。統治者為自己戒嚴，用員警作為驅散反抗的工具，也許有某種祕密行動和祕密鎮壓存在。詭異的是，城市太安靜了，所有事件都在寂靜中發生。」

女人似乎凝視了他一會兒。

他很想看到女人的相貌，但是帽檐太低了，他只能看到玲瓏的嘴唇。

「你內心緊張。」女人說，「你的生活被忙碌的事務占據。你對等級很敏感，討厭政府，但卻喜歡關注高層人物。你有一點點陰謀論的傾向。」

她頓了頓：「所以你來自北京。」

「呃……」他一怔，「我是來自北京。不過這……」

「相由心生。」女人說。

「什麼？」

女人抬起手，修長的手指在窗框上慢慢摩挲：「你喜歡這個地方嗎？」

「喜歡？」他的眼睛跟隨著女人的指尖，「不知道，我才剛來。還行吧，有一點恐怖。」

「讓你一直在這裡住下去如何？」

「什麼意思？」他看到女人的嘴角似乎有一抹戲謔的微笑，若有若無，彷彿一種邀約，「住下來是什麼意思？你願意我住下來嗎？」

女人笑了，又轉過身對著窗外，身體向外傾。他看到她脖子柔和的線條，長髮垂在脖子一側，幾絲細髮留在白嫩的肩上。她的後背修長而柔軟。他忍不住向女人走過去，步子很慢，心裡有點緊張，但不知不覺抬起手，幾乎能觸碰到她的後腰。他覺得她肯定有腰窩。

她起初一動不動，但他就要觸碰到她的時候，她忽然向右轉身，輕巧地滑開，不露痕跡地向一旁的書桌走去。

「讓我看看你的臉好嗎？」他脫口而出。

女人在書桌邊站定，輕輕倚靠著桌邊，拿起桌上一個小小的地球儀，動作輕柔典雅。

「我們還是先來討論一下這個地方的問題比較好。」女人的聲音依然很安靜，「你覺得你是怎麼到這兒來的？」

「我不知道。」他說，「讓我看看你的臉。」

「你到這兒之前發生了什麼？」

「我出了車禍。接受了手術，之後失去了意識。……然後我不知道發生了什麼。」

他又向女人緩步走去。他看著她的嘴唇。他決定，等他離得近了，就揭起她的帽子。

「按照邏輯，嚴重的車禍之後應該發生什麼？」

「死？」他心不在焉地說。

他覺得已經夠近了，一伸手就能碰到她的臉。他的身體已經能感受到她皮膚的氣息。

「那你覺得你死了沒有？」

「顯然沒有。」他說，「要不然我怎麼還能在這兒。」

他突然抬起手，手心冒汗，但動作果決。他掀起了她的帽子，她的長髮隨之飄起來。

「你錯了。你確實已經死了。」她說。

「嫣然！」他叫起來。

眼前的女人竟然是嫣然。他驚呆了。他從沒想到自己居然能遇到嫣然，還離得這麼近，面對面站著，身體的距離不到二十釐米，一伸手就能攬住她的腰。他以前只在遠處看過她，最近的距離不過是十人餐桌的兩端。她總是被很多人圍著，他不喜歡和那些人擠。

「你聽到我的話了嗎？」她問他。

「嫣然你怎麼在這兒？」他問她。

她的眼睛是漂亮的杏仁形狀，睫毛很長，有的人覺得她的鼻子不夠挺拔，他覺得剛好。她在課上總是很出神地凝望著前方，就像她現在凝神的樣子。眼睛裡總有很多話說。

她聽到他的話，輕輕地嘆了一口氣：「我不是嫣然。」

「不是嫣然？」他說，「怎麼可能？你以為我不認識你嗎？」

她沒有回答。「你聽到我剛才說的話了嗎？你已經死了。」

「我好害怕啊。」他故意做出驚嚇狀，「你也喜歡恐怖故事？」

「我是說真的。」

「好，我死了。那現在站在這兒的人是誰？」他伸出手，轉轉手腕，又指指周圍房間，「如果我死了，這裡豈不是陰曹地府？」

「我只問你，」她向旁邊移了一步，「你覺得剛才你是怎麼跳上來的？」

「該我問你才對。」他跟著她的步子，「我猜是某種減輕重力的裝置。」

她搖搖頭：「不是的。這是死後的世界，是你的世界，所以你可以隨心所欲。」

他笑了：「我可以隨心所欲？」

「相由心生。」

「真的嗎？」不知道為什麼，他忽然膽子大起來。平時他不是輕浮的人，可是他相信，所有人在這時都會一樣。他兩隻手向她的腰伸過去。「如果我可以隨心所欲，你知道我想要什麼。你想證明你的話嗎？不如證明給我看？」

他已經碰到她了，碰到她柔軟的腰肢。他低頭想吻她。可是他沒能夠。她向地面滑下去，身體柔韌，以一種不可思議的角度彎腰穿過他的手臂，像一條魚一樣鑽出他籠罩的範圍。

「你還是沒有做好準備。」她站到房間對面，對他說。

「做好什麼準備？」

她輕輕捋平被弄褶的長裙：「接受真相的準備。」

他心裡癢癢的。他想聽她說話，但他不在乎。他剛才已經離她那麼近，幾乎抱住她了。

「什麼真相？」他說，「你說吧，我聽著。」

她搖搖頭，表情有一種淡漠的悲傷。「還不是時候。」她說，「我會回來找你的。」

「你別走啊。」他著急了，「你現在就說吧。我做好準備了。」

她向視窗移過去：「我會再找你的。」

「什麼時候？」

「等你將你生命裡最在意的東西想清楚的時候。」她站在窗邊，看了眼窗外。

他悄悄向門口移過去，他想堵住門，不想讓她走。

她沒有向門移動。她意味深長地看了他一眼，然後轉身從視窗跳了出去。

「不要啊！」他驚叫起來，沖到窗邊，向下看過去。

窗外只有灰雲，在腳下滾動。

他在屋子裡發了好久的呆，才打開門，又一步一步原路跳回到地面。他沿著來時路走，想找到當時穿過的那一扇旋轉門，但是走來走去也找不到。陌生的路，陌生的街景。

他一邊走，一邊冷靜下來。嫣然的身姿漸漸從眼前淡弱下去，荷爾蒙引起的興奮也漸漸褪去，冷風吹著，他開始覺得剛才的忘乎所以有點不好意思。他逐漸想起她剛才說給他的話，開始琢磨。越琢磨，越覺得一股徹骨的寒意從背後升起。

你已經死了。

我死了。

死了？

他哆嗦了一下。不可能，完全不可能。即使他知道他當時受傷很重，但也還是不能接受死亡這件事。他現在的感覺太真實了。他能清楚地看到周圍的一切，看到混凝土牆壁斷面的粗糙，看到雜草和土的顆粒，看到自己的手指和腳上的鞋帶。他在走，能指揮自己的大腿，能感覺到腳與鞋的摩擦，能踢到路中央的小石子。他能感覺臉頰上吹過的小刀一樣的寒風。他的膝蓋酸痛，肚子裡有點餓。

所有的這一切，如此實在，他的行動如此自由，怎麼可能已經死了呢。

他沿著街快步走，到了一個路口隨便拐上另一條街。街上還是沒有人，但感覺上沒那麼荒涼了。商店逐漸回到視野。他看到一家麵包店，門口撐著一個鐵藝招牌，有一張木質小桌擺在門口，一個大托盤上面放著幾種麵包，可頌、法棍和巧克力派，看上去很新鮮。

他飢腸轆轆，向店裡張望。店裡沒有人。他招呼老闆，沒有人回答他。仔細聞著，麵包還有香味，這更勾起了他的飢餓感。他忍不住拿起一塊可頌，想著待會兒老闆出來再給錢。可頌很香，還帶著餘溫。他覺得法棍看上去也很香酥，想如果有鵝肝醬就好了。他低頭找，桌子下面的草編籃子裡竟然真的有鵝肝醬。他很滿意，拿起桌上擺著的紙盤和塑膠刀叉，挑了一小罐鵝肝醬，坐到一旁的草地邊上，咽了咽唾沫，開始享受。

他吃得很快，一會兒就感覺到飽。但是太美味了，他還想吃。

一邊吃，他一邊回憶嫣然對他說的每句話，想從中找出一些線索。想了一會兒不得要領。

他開始思念她，思念她窈窕的腰和纖細的脖子。他不知道什麼時候才能再見到她。

她為什麼要問我最在意什麼呢？他想，這有什麼關係呢？

「我生命裡最在意的就是你啊。」他想像著下一次見面時這樣說。

也許是一種考驗，考驗他的心意。如果是這樣，那她等的就是這麼一個答案。不是嗎？女人都想要這個答案。

「嫣然，我想了好久。我是認真的。我生命裡最在意的就是你啊。」

他一本正經地演練著，將句子念出了聲。

這個時候，他恍然看到前面一個路口走過一個女孩，樣子很像他的女朋友小惠。

他站起身，跑了兩步，想看個究竟。可是轉過街角就看到空空如也。

他覺得自己可能是看錯了。不知為什麼，他心裡有一種很不舒服的感覺。他又退回來，坐下，想繼續把午餐吃完。可是這個時候的食物忽然沒有剛才美味了。

他想著嫣然，又想著小惠。他和小惠在一起快兩年了。他不怎麼喜歡她，但也不討厭。她長得不難看，但有點笨，身材還行，就是腰有點粗。他覺得他倒是願意娶她。她對他挺死心塌地的，一直信服他說的話和他的判斷。他不喜歡她平時關心的那些事情，什麼《康熙來了》他一概是不看的。他在一家券商上班，她在園林局，他們的共同語言不是特別多。她相信很多所謂的生活必要的規則，幾點吃、幾點睡，和什麼人該說什麼話，有時候搞得他很煩。但他向她發火之後，不理她，她也就軟下來，基本上都依著他了。

他在這個時候不想見到她。他心裡還是有那種說不出難受的感覺，想到她就有點難過，他不知道是不是因為嫣然，之前他想到小惠，不會有這種感覺。

這是他和嫣然第一次有單獨相處的機會。工作之後他經常後悔，難得和嫣然同學多年，竟然一次真的表白都沒有過。說不準有機會呢。只是那時太青澀。他從來沒想過嫣然會對他有什麼印象，但是看完《那些年，我們一起追的女孩》之後，他有一個同學即興說了一句，其實當時嫣然對你的印象挺好。他心裡頓時五味雜陳。

可是嫣然很奇怪啊，她為什麼會出現在這裡呢？還說那些奇怪的話？

「你還沒有做好準備，接受真相的準備。」

她堅持說他死了，這是為什麼？

她從天上跳下去，會有危險嗎？還是像他們跳上去一樣，存在某些不合物理規律的保護？她看上去很淡靜，像是自信不會有危險，是不是就沒問題呢？或者是她精神出了問題，才會胡說，然後是自殺？不可能。她看上去對這個地方非常熟悉，應該不是假裝。但她為什麼會對這裡熟悉呢？不應該啊。

她說這個世界是他的死後世界，他想，好荒唐啊，如果真的像她說的，在這個世界他可以隨心所欲，那麼他想一想就能叫遠處的那座樓倒下來不是嗎？

嫣然究竟在打什麼啞謎呢？

他吃飽了，站起身來。他已經忘了要付帳的事，而麵包店老闆始終也沒有出現。

他繼續向前走，從剛才看到小惠的那個街口轉彎，遠遠地看到一群人，像是正在爭吵。他正要湊過去，忽然感覺有什麼地方不對勁。他停下來，站在原地，心裡突突亂跳，他茫然四顧，想尋找這種感覺的來源，一種奇怪的風吹過他的身體。

他向右轉，終於看到了不對勁的地方。

遠處，他剛剛瞪了一眼的那座樓正在倒下。無聲無息，磚石俱下。

他驚呆了，張大了嘴，渾身汗毛豎了起來。

他僵在原地，不知何去何從。

遠處的高樓在陷落，他只在「九一一」那年的電視裡看見過這樣的場景。樓主體從中間斷裂，一層一層向下墜落，外層玻璃和碎磚剝裂，向四面八方消散。沒有塵土，只有白色煙霧消散在空氣裡。他的心隨著墜落的碎石一併墜落，似乎墜落到地面還不止息，一直墜落到深淵。

他覺得，逐漸地，整座城市都坍塌了，不存在了。由一座樓引發，所有高樓都開始傾覆，向四面八方傳開，一座接著一座倒塌。很奇特，仍然沒有聲音，像是在看慢動作的影片重播，除了聲音，每個細節都清楚。鋼筋混凝土分崩離析，飛到空氣裡化為烏有。

他呆立著看著自己的世界瓦解。

然後，他夢遊般轉過頭，又一次看到了小惠。在遠處的人群中。

他心裡那種難受的感覺又出現了。有幾分緊張、幾分恐懼，幾分想要迴避的衝動。就像城市的陷落，那一瞬間，他心裡的石頭像是在無底洞裡一落千丈。

他上前幾步，叫了小惠一聲。小惠似乎沒聽見。他看到小惠被人圍住，被人抓住了胳膊，他衝上前去。那些人穿著黑色衣服，小惠穿著紅色。小惠試圖擺脫他們，但是手腳顯得非常無力。那些人並沒有實施暴力，而是冷漠地抓住小惠的胳膊，向一輛車走去。

他緊張死了，向他們跑去，但是他們走得也很快。他想加快速度，於是步子變得很大，兩步就能跨越一個街口。他幾乎跳起來，一大步越過一輛小轎車。他心裡有一種無法言語的悲哀的念頭，催促他拚命奔跑。

可是他還是慢了。那些人離他們的車很近，而他離他們又很遠。最後他幾乎趕上他們，但還是晚了一步。他們將小惠推入一輛瑪莎拉蒂，小車迅速啟動。

他忽然有一種憤怒的感覺，無名的怒火。他覺得自己應該追上那輛瑪莎拉蒂，無論如何應該追上它。於是他開始奔跑。他覺得自己身體裡長出無窮的能量，他想讓它停下來，或者讓自己跑得更快。他被一種無名的力量催促，想要追上它。

他大步奔跑，比剛才的奔跑速度快很多倍。而與此同時，他內心中詛咒它停下來。起初沒有反應，但是跑過了五個街區之後，它就真的變慢了，就像在冰面上前行，輪子一直打滑，無法借力。他看到它停下來，心中的憤怒轉為欣喜，但他自己的速度太快了，不得不多跑了一個半街區才剎住腳步，回轉到它面前。

他向它車裡看去，小惠不在車裡。

他愣住了。他分明看到她被架進了車裡，車一路都沒有停，可是她現在不在車裡。

他不知道何去何從，可是他心裡的怒火和衝動越來越旺盛。

「你出來！」他指著車裡的司機。

司機沒有理會他，只是仍然試圖發動車子，艱難前行。

他衝到車子前方，用盡力氣阻止車子。司機將油門踩到底，全力加速，而他也將全身的力氣使出來，伸出雙手全力頂住車子的前進。他費了全身力氣，血液上湧，腳在地面上摩擦得生疼，手臂的肌肉發顫，身體很痛苦。

但儘管如此，他依然頂住了車子的衝擊。司機全力前行，可是寸步難行。

他一邊頂，一邊悲哀地意識到，這確實是他可以從心所欲的世界。

他盡全力頂住車子，可是這比什麼都令他感到悲哀。

車子徹底停了。車上跳下幾個人，圍住他，似乎要打他。他頂住他們的目光。那些人都穿著精工製作的黑色西裝，褲線熨燙妥帖，襯衫領口漿洗得很平。他不怕他們。他已經知道這是他的世界。那些人過來想要抓住他，他將袖子向上擼，做好打架的準備。

童年的種種記憶附體，他想起小學二年級被高年級的欺負，想起小學五年級和同班同學打鬥輸給對手，想起初二時被附近高中的小混混搶劫，他試圖反抗但是被痛揍。所有的記憶在這一刻彙集到他身上，他知道自己今天可以逞能了。他的頭腦認為這種逞能很悲哀，但是他的血液和肌肉感到了躍躍欲試的興奮。

那幾個人撲上來了，為首的一個力氣很大，他幾乎是用全力才擋住那迎頭一擊。後面的兩個人從身上掏出警棍一般的金屬棒，對他亂砸亂砍。他用胳膊一一去防，然後找機會攻擊那兩個人的肚子。為首的傢伙一拳打向他的頭，他靈敏地避過，順勢抓住那人的手臂，肩膀側身頂住那人的胸口，用一個漂亮的背摔將那個人扔出去很遠。那人撞到一堵牆，又滑下來。拿鐵棍的兩個人仍然在攻擊，有一個人的棍子砸到他的小腿，砸得生疼，他眼前冒起金星，幾乎站不穩，但是心裡的怒火又一次被點燃。他瞅準了一次擊打的空隙，使了個小擒拿手，格住其中一人手腕，將其手裡的鐵棍奪下來，然後順勢向地面掃去。那人嚇得向後蹦，然後沒命地逃跑。另一個拿著鐵棍的人也有些心虛，掄著鐵棍和他對打了幾次，就感覺力氣不夠招架，也開始向後跑。小車邊上還有一個沒有上前的人，本來還在觀戰，這下乾脆直接開始逃命。他們向附近的一座大樓奔過去，他在身後揮舞著鐵棒追逐。

那幾個人跑得很快，姿態完全不顧，西褲下的襪口都赫然可見。他也全力去追，大跨步邁腿，腳上好像有使不完的力氣。

那些人衝進那棟樓。他幾乎要追上他們了，但他們進了樓就四散開去。他驚異地發現，樓裡人很多，來來往往工作，和冷清的街上迥然不同。有兩個人在人縫裡鑽來鑽去找不見了，另外一個順著大堂富麗堂皇的大理石樓梯向樓上衝。樓梯兩側有天使的塑像。他跟著那個人跑上樓，一路上撞到許多人，文件漫天飛舞。

他一邊跑一邊想，這裡和他工作的地方很像，但是更豪華也更大器。暗金色打底的牆壁，赤金繪出梅花，屋頂極高，巨大的水晶吊燈在空中懸掛，像發亮的飛碟。樓梯繞著水晶吊燈一圈一圈向上，他和他追擊的人不知疲倦地奔跑，那個人專心致志地逃，他鍥而不捨地追。

不知道跑了幾百圈，幾乎是爬上了高樓的頂端，兩邊的樓道變得越來越短，到了最後，幾乎一層只剩下一兩個房間。黑衣人鑽進了頂層的房間，他也跟著鑽了進去。房間很大，有環形玻璃能看到幾乎每一個方向。

房間裡有一張大寫字臺，寫字臺後面如同王座一般的沙發椅上，坐著一個肥胖的男人。男人禿頭，脖子上堆著肉，手指上戴著三個粗大的戒指。房間左右兩側站著兩排威武高大的黑衣人，剛才的男人跑進來就匯入人群，他也不知道是其中哪一個。那些人面無表情地站著，雙腳叉開，雙手交叉合在身前。

他站在屋子中央，環視房間的細節，從暗黑色木質書櫃，到房間一側的酒櫃和一張巨大的真皮沙發。他心底燃起火焰。

肥胖的男人示意了一下，兩排黑衣人開始不約而同向他逼近，化成包圍圈，步步接近。他打量了一下地形，跳起來，竄出去，竄到寫字臺背後最靠近玻璃的一個角落。那些人愣了一下，隨即跟了過來，只是必須繞開寫字臺，從兩側列隊魚貫而行。

他笑了，他看著他們的樣子，愚蠢而忠誠的樣子。他又等了片刻。

忽然，房間兩側巨大的玻璃全都碎了，狂風捲入房間，一圈地板也陷落了，兩排黑衣人被風捲走，或者跌落深淵，一瞬間都消失了。

房間靜下來，小了一圈。只剩下他和寫字臺後的肥胖男人面對面。文件和工藝品被狂風吹落一地。他從背風的角落裡走出來，走到房間中央，看著肥胖男人虛弱的臉。

「你認命了嗎？」他笑著問那個男人。

胖男人沒有說話。

他又問了一遍，胖男人還是沒有反應。

他發現，在這整個世界裡，真正開口與他說過話的，只有雜貨店老闆和嫣然兩個人。

「你聽到我說的話嗎？」他急躁起來，「你起來！」

胖男人沒有動。他大步走過去，拎起那個人的領子。胖男人似乎掙扎了一下，但呆滯的眼神隨即傳遞出放棄的信號。他抽了胖男人一個大嘴巴，把他平時所有對領導的憤恨融進去，劈裡啪啦抽打了一陣。胖男人沒有抵抗力。過了一會兒他自己覺得沒意思了，就掄起手臂，把胖男人扔出了窗外。

他滿意地坐進胖男人的位置。風還在呼呼地吹著。

他伸手拿起桌上一隻厚實的筆筒，正在手裡把玩，還沒來得及充分享受這難得的快意，忽然，身後傳出一個聲音。

「現在，你接受現實了？」

那是一個熟悉的好聽的女聲。他心裡一激動，連忙轉過頭，從書架背後走出一個女人。

「嫣然！太好了。」他情不自禁地說，「我以為見不到你了。」

她還是穿著那件合體的灰色長裙，長髮垂在兩側。她慢慢向他走來。

「你來得正好。」他又笑著說，「你看看這一切，都歸我了。現在就差你也留在我身邊了。」

她繼續問他：「現在你知道你已經死了？」

他的臉陰沉了一下。他不想提到這個詞。

「來，你坐這兒，」他對她說，騰了騰身邊的位置。可是她站在距離書桌一米的地方，沒有再上前。

「算是吧。」他只好回答道，他琢磨自己的心態，「但也不是。死這東西真的挺難接受的，可是我承認這個世界確實是像你說的。」

她點點頭：「每個人都有這麼個過程。」

「什麼過程？」

「遺忘的過程。」

「好吧，好吧。就算是像你說的，我死了。」他說出這個詞自己都覺得很彆扭，「那麼我怎麼會還有活動，還有感覺？」

「肌體的死亡是很容易的，但是感覺並不立刻消失。所有的思維方式，還可以延續很久很久。即使脫離了肌體傳來的信號，也可以靠想像延續很久。」

「這一切是我想像的嗎？」

她輕輕點點頭。「死後的想像。」她說，「依靠慣性，調動你生活中真實的欲望和潛意識構造出來的世界。」

「你確定我已經死了，而不是昏迷？」

「我確定。」

「可是，」他很想起身迎向她，但是沒有，「如果我已經死了，那麼這一切是誰想像出來的呢？」

她點點頭，似乎是一種贊許。

「這是個好問題。」她說。

他沒有說話。她緩步在房間裡走了幾步，手滑過寫字臺的表面。

「相由心生。」她說，「人們說夢是由心生成的，可是他們沒有進一步說明，實際上所有清醒時候見到的一切也都是由心生成的，死後的世界也一樣。你所看到的，所感到的，都來源於你內心深處不為人知的海洋。」她隔著寫字臺，看著他的眼睛，「這一點，我想你比我更清楚。」

他還是沒有說話，屋子裡有一種讓他緊張的氣息。四周的地板又陷落了一圈，包括那張皮沙發，房間幾乎只剩下寫字臺、書櫃和周圍一小圈地面。

她又低下眼睛。「至於是誰在想，這是一個好問題。我不知道我能不能說清楚。」

她沉默了一下，似乎在斟詞酌句。「有一個詞叫能量空間，我不清楚你聽沒聽說過。你知道，生命有能量，但在時間中只是一個切片，沒有厚度。而與此相對的是時間、空間，生命可以在時間尺度上有厚度，跨越時間，但在能量空間卻沒有厚度。它們有著完全類似的關係，可以相互轉換。」她說到這裡，頓了一下，「而這兩個空間，就是我們說的生與死。」

他不能完全聽懂她在說什麼，但是聽到最後一句話，心裡還是一震。他不知道該說什麼，這個解釋超出了他的認知範圍。

「呃，」他說，「你是說，人是不死的？」

她沉默了一下，似乎被他的用詞觸動了，眼神飄向房間的角落。她像是思量著什麼。她隨手拿起書桌上擺設的金馬，放在手裡掂了掂，好一會兒才抬頭看著他，點點頭。

「是，你也可以這麼說，生命可以一直存在。」她說，「在一個空間按其方式展開，然後進入另一個空間。再回來，再過去。可以很多次。」

他咽了咽唾沫：「你說輪迴？」

她輕柔地點點頭：「是的。每一次托生與逝去，回歸與展開，無窮無盡。」

看他聽得發呆，她微微笑了一下，又說：「你或許不信，或許覺得不可能。但我問你，你想為什麼佛教講投生轉世？為什麼印度教說，人是永恆之神透光的窗口？為什麼柏拉圖說學習是一種回憶？而為什麼人工智慧始終不能成功？」

他搖搖頭。

「因為每一個出生的人都是永恆存在的一次轉換，今生只是肌體與其結合。其中前生的記憶消去了，但是它的運行方式還在。幼兒的學習只是將它喚起。人工智慧因而學不會那些無比簡單的事情。」

這聽起來太玄妙了。他聽得有些茫然。說實話，她的話並沒有在他心裡造成太大波瀾，他覺得她有一點故弄玄虛。儘管他覺得從目前的種種跡象看，她說的都是真的，但他還是不想聽了。太哲學的東西他一向不喜歡。他本能地不喜歡能量空間這個詞。他看著嫣然，試圖跟著她的話去思考，但是他做不到。

他只知道他還坐在這裡，坐在一張無比舒服的高背帝王沙發椅裡。這就夠了。

高空中的風颯颯地吹過他的腳邊，寫字臺上的紙一張一張消失不見。

「你說得太玄了，我聽不懂。」他向她坦誠，又向她伸出手說，「反正我現在在這個世界活得好好的，不是嗎？我覺得這樣也挺好的。來，」他拍了拍自己的座椅，說，「嫣然，咱們聊點別的吧！」

嫣然沒有動：「你喜歡現在這樣，是嗎？」

「是啊，多好啊！你看看這一切，不好嗎？」

「所以，你並不想回到人世間？」

「回去？為什麼要回去？」

他笑著看著嫣然，她站在房間中央的樣子楚楚動人，他很想向她走過去，可是這一次，不知道是心底裡什麼東西阻止了他，讓他一直坐在沙發椅裡沒有動。

在他身後，房間最後一個角落的玻璃碎裂。房間只剩下地板。狂風大作。

他揮手指向四方：「我在這兒挺好。這是我的世界，我很享受。我不懂為什麼人要回到那個世界。」

她看著他，飛起的長髮遮住她的表情。「還是絕大部分人都會回去。」她說。

「為什麼？」

「每個人都有理由。」

「但你還在這兒不是嗎？」

「是。」她點點頭。

「所以啊，」他笑著說，「我跟你一起留下來，我們兩個在這個隨心所欲的世界在一起，不好嗎？」

她沒有笑，也沒有生氣，而是搖搖頭說：「這不是你內心的話。」

他覺得他這個時候應該站起身來，走到她面前，向她甜言蜜語一番，這樣她才能相信。但是他站不起來。某種他說不清的力量把他按在椅子上。她的話像是對他產生了力量，他覺察到內心深處隱沒的角落，但他不想去想。

「我想……」他說。

他的話還沒說完，腳下就傳來一陣震動。地面在顫動，他坐在椅子裡就像坐在過山車上。接著他看到眼前的書桌在晃動，桌上的物體在位移，他自己也開始在椅子裡左搖右晃。地面的邊緣已經塌陷了，裂紋逐漸向房間中央蔓延，碎裂的地板一塊一塊墜落下去，逐漸接近了中央。

嫣然在原地，紋絲不動地站著。大風中，她像一株草。

電光火石的一瞬間，他感覺到自己在墜落。隨著地面、書桌、和沙發椅一起，墜落到無底深淵。他看到廣闊的天空，無垠的灰色和身邊壓抑的雲，看到遼遠的城市廢墟。城市高樓已經一座座倒塌，大地上鋪滿殘垣和瓦礫。他所在的高樓是最後一座，如同全世界的中央。鋼筋水泥在地面上碎成尖銳的荊棘，石縫中長出荒蕪的草。他在墜落，風在腳下呼吸。

他看到天地在變，隨著墜落越來越接近地面，周圍的景物在發生變化。城市的高樓痕跡在淡出，越來越弱，邊緣的尖銳線條變得模糊了，模糊成粗糙的岩石感覺。城市變成巨石陣列和原始人的洞窟，方方正正的幾何形狀，如同樂高，層層疊疊拼接。灰色，仍然是無盡的灰色。新的建築只有未經修飾的正方形視窗，粗糲，簡單，帶著遠古的荒蕪氣息。

他墜落到地面，像是一個山谷，又像是一個洞窟深處。

他環視四周，視線盡頭不知道是山岩還是牆壁，有細細的水流一滴一滴落下。他倒在地上，身子下面是砂礫的土壤。身邊有岩縫裡的青草，兀自翠綠。

他有點頭暈，用了好一陣子才緩過神。他四處張望，遠處的洞口似乎出現小惠的身影。他看到小惠的表情很悲傷，身上仍然穿著那條紅裙子，用手抓住裙擺。他心裡又痛了一下。他想站起來，但是四肢酸痛，一時沒能發力。等他再看，小惠已經不見了。他掙扎著爬起來，坐在地上，揉了揉太陽穴。

好一會兒，他才發現，嫣然也在附近，就坐在水流旁的一塊石頭上。

洞穴裡只有微弱的亮光，在幽暗的亮度中，嫣然更美了。她沉靜地坐著，側臉被光打亮，柔光勾勒出鼻子的纖細線條。可是不知為什麼，他忽然覺得她有點不像嫣然了。

「我想，」嫣然開口說，「你暫時不想回到人世。那我先走了，等你想好了我再回來。」

她的聲音在洞窟的回聲中顯得空靈。她站起身，朝洞窟深處走去。

「等等，你別走啊。」他站起來。

她停下，轉過身：「還有事嗎？」

「我還有問題。呃……」他其實是希望讓她留下，讓他一個人留在洞窟，太孤獨也太可怕了。但是不知為什麼，他說不出口，他似乎失去了最初見她的那種衝動。於是他只找藉口說：「我還想問，這個世界會一直像現在這樣嗎？」

「不會啊。」她說，「記憶會慢慢淡化，過去的模式會逐漸消退，你會適應新的狀態。」

「什麼狀態？」

「能夠在時間裡遊曳的狀態。你在物質世界沒有重量和能量，但是你可以在時間尺度上展開，跨越時間。」

「這我可想像不出來。」他說。

「慢慢放下一切，就能感覺了。中間的過程可能會有點紊亂，但是最終你可以在時間中平靜下來。」她說這幾句話特別悠長，像從遙遠的地方傳來，她說得淡靜而不帶一絲感情。他忽然發現，第一次見她時她的嬌柔和動作中的風流韻味不見了，取而代之的是超然的安靜。他不知道是他變了還是她變了。

她走了幾步，想了想，又轉回來，加了一句：「不過我想，你不會等到那一天。等你想重新回到人世間，我會回來找你。」

他很詫異：「為什麼這麼說？」

「因為你塵緣未了。」

她說完，轉身又向洞窟深處走去，灰色長裙裙擺擦過地面，卻不染污泥。

「等一下！」他又叫她。她回頭。

「那你為什麼不回去呢？」

「很簡單，簡單得沒有一點特色。你真的想聽嗎？」她笑笑說，「實際上只是一件小事，有一年過年，我在屋裡看放炮仗，外面很吵，屋裡很靜。看到某一個瞬間時，我忽然頓悟，知道我塵緣已盡。」

「這……這怎麼能知道？」

「如果你到了那個時刻，你就知道了。」

「那你又怎麼知道我塵緣未了？」他問。

她遠遠地笑了一下，第一次笑得有點憂傷。「你有心裡刻意迴避的記憶。」她說，「你的心裡有不願去的地方。」

說完，她走了，走向洞窟深處看不見的角落。曼妙身形漸漸消失了。不知道為什麼，他強烈地感覺到，這將是他最後一次見到她。他心裡有點痛。

他坐在地上，隨手拿起幾個小石子，上下翻騰，感受心裡無名的刺痛。

回去，不回去。

人為什麼要回到那個世界呢。

那個充滿痛苦的世界。

再回頭，他又在洞口看到了小惠。這讓他心裡的刺痛上升為籠罩全身的痛感。他說不清這種痛感的來源。他向小惠走去，小惠在原地顫抖。洞外明亮的月光打在她身上，讓她的臉幽幽發光。她的表情很悲哀，像是有什麼話要講。離她近了，他才發現，小惠身上的紅裙子不是天然紅色的，而是被血染紅了。

他心裡一驚，快步奔過去，可是小惠轉身跑出去了。他追過去，她又不見了。

他走出洞外，一片空曠的荒野。沒有建築，沒有樹，也沒有路燈和人影。他不知道自己心裡為什麼還有這樣的所在。他沿著一個方向跑，並不知道自己會遇到什麼。他想找到小惠，他心裡緊張，似乎有什麼事情將要發生，或者已經發生了。

他跑著跑著，穿過黑暗。無盡的夜色似乎從四面八方壓過來。

他來到一片湖水邊。水邊有假山和石頭，有垂柳和灌木，有木頭長椅和乘涼的學生。風忽然安靜了，他的心也似乎安寧下來，有一種特殊的甜蜜和自得充盈上他的心頭。他不再跑了，慢慢向前走，走著走著，忽然小惠從一旁的一條小路跑出來，挽住他的胳膊。

「回來了，回來了。」小惠說。

「小惠，」他能感覺一陣欣喜，「你剛才去哪兒了？急死我了。」

小惠穿著一條米黃色的連衣裙，梳了兩個傻傻的辮子，拉著他的手臂輕輕地甩啊甩。「你今天好討厭啊。」她說，「討厭死了。」

「我怎麼了？」不知為什麼他想笑，「我什麼也沒做啊。」

「你還說什麼也沒做，」她擰了他一下，「壞人。」

「你剛才去哪兒了？嚇死我了。」他說。

小惠忽然看到了什麼，放開他向前跑，回頭跟他說：「我想吃西瓜！這邊這邊！」

她向左邊一條岔路跑過去。他跟上她的腳步。

可是只轉過一座假山，她就又不見了。

他向前追，可是他自己也知道不會有結果。像之前每一次，她消失了就不會被他找到。但他仍然想跑。他心裡的不安越來越強，幾乎已經能觸摸到不安的來源，只是還沒見到，就像身後的影子，近在咫尺，跟在身後，他看不見，想逃離卻無論如何逃不掉。他需要靠奔跑來遮掩那種不安，進而遮掩更深的負面情感，痛苦、恐懼或是悔恨。

他忽然停下來。他來到一條街上。他想不起這是哪裡，但是四周亮著的小燈讓他產生了一種親切的感覺。一路是一間接一間小店，在夜色中閃閃發光。櫥窗裡有裙擺長長的婚紗，白色蕾絲邊和羽毛裝點的裙擺曳地，模特曼妙的身材擺出撩人的姿態。隔壁是一間婚紗攝影，櫥窗裡放著的大圖冊半開半閉，外景是雪白色沙灘和碧海藍天，海水純淨得透徹見底，新娘笑得如陽光灑滿山谷。再隔壁是一家家居用品店，咖啡杯和蠟燭台在架子上陳列，繪有小豬圖案的圍裙招搖地掛著，小鳥圖案的牌子寫著 welcome。

他正在走，忽然聽到身後有聲音叫他。他回頭，發現小惠正彎腰低頭看櫥窗。

「你看你看，」她說，「這個是不是很可愛？」

他湊過去，看了一下，是一個小煎鍋，巴掌大小，煎雞蛋的那種，煎鍋底部是一個桃心形狀，能把雞蛋煎成心形。小惠腦門貼著玻璃，熱切地指著。她穿了一件讓他覺得很上年紀的花襯衫，他不喜歡，但他記得她說這件襯衫不會顯肚子。

他內心其實希望贊同她的話，但他嘴上卻戲謔地說：「買這玩意兒幹嗎？」

「好Q啊。」她說，「將來早上給你煎愛心蛋啊。」

「多少錢？」

「七十八，也不貴啦。」

「靠？這還不貴，瞎花錢。走啦走啦，我不愛吃煎蛋。」他拽著小惠就走。

「等一下嘛。」小惠仍不甘心，「進去看看啊。」

他頭腦想進去，可是雙腳卻釘在地面上。「又沒房子，這些東西，一時半會兒也用不著。看什麼啊。」他不知道自己為什麼這麼說。

「你不想有個家嗎？」小惠站在臺階上，看上去有些失望，「看看又沒什麼嘛！」

她轉身拉開門，走進燈光溫暖的店裡。他看著她的背影，心裡悲傷，他覺得他要又一次失去她了。果然，等到他跟上她的腳步，來到店裡，她已經消失了，店裡只有店員忙碌。

他回到街上。他的頭開始疼，不明所以。他不知道自己在尋找什麼，該到什麼地方尋找，可他知道自己該尋找。他揉著額頭，在街上坐下來。他心裡的失落感慢慢上升為一種絕望。

他再抬起頭，忽然看到小惠，站在街心。

小惠全身是血，站在馬路中央。兩側的汽車從她身邊經過。她一動不動地站著，身上的衣服撕裂著，裸露的小塊皮膚上也都是血。她的身上流血，但是面容很安寧。

他向她走過去，可是來往的汽車阻住他的腳步。

「情不知所起，一往情深。」她靜靜地說。

他心裡的絕望感上升到極致，他覺得她正處在最危險的地方，他想要拯救她，即使沒有辦法也想要試一試。他瞅準一個空子，等他這一側的車稍微少了一些，就橫穿馬路向她跑去。她靜立在原地，沒有動，汽車的氣流帶動她破損的衣衫。

他看到一輛開得歪七扭八的車飛速衝向她，他十萬火急，心痛似火，一邊大叫著小心，一邊撲過去，想將她推開。他用盡全力跳起來，飛在空中抱住她的身子，想將她帶到安全的地方。可是躲過了一輛車，沒有躲過第二輛，他們兩個人一起被後面駛來的一輛車撞到天上，又滾動著落到地上，他緊緊抱著小惠，陷入昏迷。

醒來的時候，他仍然抱著小惠，小惠在他身下，閉著眼睛，咬著嘴唇。

「疼，疼。」小惠說。

「很疼？」他問。

小惠的鼻子尖冒汗，手指抓著枕巾，眼睛半睜半閉，眉頭微皺，微微顫抖。

他能看出她很疼，可是稍過了片刻，她說：「其實還好，也沒有那麼疼。」

他抱住她，吻她的脖子，可是不知道為什麼，他覺得她的身體很冰冷。

他忽然想哭，可是哭不出來。他能記得她說不願意的樣子，但怎麼也想不起她說願意的樣子。

在她的懷抱中，他又一次陷入近乎沉睡的黑暗，黑暗中什麼都沒有，只有她渾身是血站在街心的樣子和她的那句話。

情不知所起，一往情深。

等他再次醒來，他在自己職工宿舍的床上。工作的前兩年，他一直住這裡。同屋的男生正在打DotA，專心致志，大眼鏡幾乎貼到螢幕上。他揉了揉睡亂了的頭髮。

「你看見小惠了嗎？」他問同屋。

「哦，水房洗衣服呢。」同屋很忙，回答也沒有轉頭。

「我睡了很久？」他問。

「嗯。」同屋囁嚅了一句，「你真好命啊，還有女朋友給你洗衣服。」

他心裡覺得很幸福，可是他不知道為什麼答了一句：「廢話，要不然找女朋友幹什麼。」

他昏昏沉沉地下地，想去水房找小惠。可是也許是睡太多了，他的腳步輕飄飄的，腦袋暈暈的。他踏出宿舍，穿過昏暗的走廊向水房走去。

走廊很長，他怎麼都走不到水房。他在走廊裡前行，除了盡頭的一點光亮，他似乎看不到任何光。走過的所有房間都鎖著門，沒有一扇門歡迎他的進入。

他沒有找到水房。但他走到了走廊盡頭，盡頭是一間餐廳。

他推開餐廳門，在一張普通的小方桌旁邊，小惠正在朝他招手。

他走到桌邊，拉開椅子，坐下，看著桌子上慘白的盤子和尖銳的刀叉。叉子像是插到他心裡。他長長地深呼吸，抬起頭將杯子裡的紅酒都喝了。

「我媽這次來見你，」小惠說，「很可能會說起聘禮的事。這是我們那兒的規矩，小縣城都愛攀比，我媽非要十萬不可。你不用擔心，就先應承著就行，等到了那一天再想辦法也來得及的。」

「咱們需要現在就討論這些事嗎？」他聽見自己問。

「總要有一天考慮嘛，先做好準備總是比較好吧。」

「再說吧，現在談還是早了點。」他的聲音有點不耐煩。

他一邊說，一邊發短信給同班的大N，找他要嫣然的手機號。

「你什麼意思啊？」小惠有點不滿，「你幹嘛呢？」

「沒幹嘛。」他連忙把手機螢幕關了，匆忙放進口袋裡。

小惠還在說話，可是他聽不進去了，他心裡又產生了那種絕望的感覺。他不知道桌上的自己在做什麼，甚至不知道他是哪一個他。

他只好一杯一杯喝酒。他醉倒了，伏在桌子上。

再醒來的時候，桌子已經變成一塊粗糙的巨石，桌子對面已經沒有了人。他的頭很疼，暈得像是雲霧裡。他掙扎著站起來，腳步搖搖晃晃。他向前走了兩步，發現牆邊有流水，就趕過去捧起來喝，消解酒後的乾渴。這個時候，他忽然發現，他回到了最初的山洞。

他詫異地站起身，四下打量，就像從來沒有離開過。

他的心狂跳，緊張得不能自已。他似乎已經感覺到自己將要見到什麼。

他突然回過頭，望向洞口。

果不其然，他看到小惠站在洞口。

小惠仍然穿著那條染血的紅裙子，面色悲哀。他向她走過去。她緩緩撕開她破損的裙子，露出內衣和血肉模糊的肚腹。他心驚肉跳，幾乎不敢再看。

她忽然微微笑了。

他向她走去，想抱住她，可是他不敢。他鄙視自己的怯懦，可是他無法正視她的身體。她血肉模糊地站在他面前，衣服掛在胳膊上，胸口有一個巨大的創口，內臟暴露在空氣裡。她眼睛裡有淚水，沒有落下來，嘴角仍然帶著笑容，淒涼而努力擠出的笑容。她的臉有一點扭曲，因為悲傷的笑容而扭曲。但他覺得她美。她似乎感覺不到痛，一直怔怔地站著，盯著他的眼睛。她將手伸進自己的肚腹。有一瞬間，他以為她會將心拿出來，但沒有，她拿出帶血的碎片，已經沒有完整的心，血液順著她的手掌向下流。

他覺得可怕又痛苦，他想嘔吐，但是內心的驅動讓他繼續走向她。

他終於想起那個事故的始末了。

當時她伏在他腿上，她不願意，可是他說服了她。於是，他開車心不在焉，闖了紅燈。當那輛瑪莎拉蒂撞到他的車上時，她被撞得抬起了身子，本能地向窗外看，於是破碎的玻璃和路邊的欄杆以尖銳的角度率先插入她的胸口。

她的手從胸口掏出之後，緩緩倒下。他上前抱住她，叫她的名字，可是她沒有任何反應，在他的懷裡逐漸變得冰冷僵硬。他抱住她的身體，眼淚順著她的脖子流進她的敞開的胸口。她在他懷裡逐漸變小，變得虛弱而模糊，變得像空氣一樣輕柔，最後漸漸消失不見了。他抱著自己的空氣，泣不成聲。

他喊著她的名字，可是洞窟內外都再無一點聲音。

遠處山岩的水流仍然在滴，一滴，一滴，在黑暗裡砸出聲音。

這個時候，轉變發生了，周圍的一切消失了，洞窟消失了，地面消失了，光亮也消失了。他整個人完全漂浮起來。他看到自己的手臂也在變得模糊，邊緣和周圍的黑暗融合到一起。他的身體變透明了，變輕了。他能感覺到周圍的一切，宇宙，和遙遠的星星。接著，連星星也消失了。四周一樣事物都不再有。

他忽然看到了，看到了自己，每一個時刻的自己。從頂著柔軟絨毛的兒童，到瘦弱竹竿的少年，到頭頂髮絲開始稀疏肚子上卻有了贅肉的現在。他看見一千個，甚至一萬個自己，同時看見，就像在遼遠的大地上同時看到一千塊石頭。他看到時間，看到歲月的痕跡。

不知道過了多久，一陣光亮出現在眼前，他看到一條灰色裙擺在黑暗中顯形。

他向上仰望著。一個窈窕的身影帶著潔白的光亮從天而降。她的身形是模糊的，融合在四周無盡的黑暗中，但是身體的形態和面孔是清楚的。她的白淨的手向他抬起，傳遞出力量。他面對面看到她的臉。他驚詫地發現，那不是嫣然的臉。

他閉上眼睛，又胡亂眨了眨眼睛。確信沒有眼淚遮擋視線的時候，他才又正式看著她。灰色長裙還是那條長裙，長髮的髮型也沒有變，但是容貌和前兩次見完全不同了。她的面孔不是嫣然，雖然也好看，但是和嫣然完全是不同的類型。她的眼睛修長而秀氣，不施粉黛，整張面孔很素淨，卻完全不像嫣然那樣嬌媚。

這是一張他從來沒有見過的臉。

「……你不是嫣然。」他說。

「我不是，從來都不是。」

「那我現在看到的是你？」

「是的。當你沒有心的預設，你就能看到我。」

「你是誰？」

「你可以叫我悠然。名字和嫣然也有一點像。」

他點點頭，知道自己已經與過去告別。他有點傷感。

「你現在很難過嗎？」她問。

「很難過。」

「你想知道小惠的事嗎？」

他赫然瞪大眼睛：「她在哪兒？你能讓我再見她一次嗎？」

「這不是我能做的。」她嘆了口氣，「小惠她，比你早死五天。」

「五天？」

「嗯。她受傷比較重，在送到醫院的路上就死了，而你在搶救之後還昏迷了五天。」

「那她……現在在哪兒？」

「她一直記著你。」悠然說，「我給她解釋這個世界她都不聽，她就想找到你。」

他發現自己的心動了。他仍然有感受。

「她只想回到那個世界。」悠然接著說，「所以我送她上路了。」

「送她上路？」他囁嚅著說，「你是說……她、她……」

「是的。」悠然點點頭，「她回到那個世界了。」

他的心沉到谷底：「那我就再也見不到她了？」

「對。如果你留在這個世界的話，是的。這個世界是很空寂的，除了自己的記憶，就基本上見不到故人。」

「那我之前見到的……」

「都是你自身的一部分。你們之間沒有交流，對嗎？這個世界只有兩個長存的亡魂，也只有兩個人可以交流。」

「你和雜貨店老闆？」

「是的。伯奈特先生，他在等他妻子死去，然後和她一起轉世。他酗酒搞垮了家裡的店面，他覺得虧欠了她。」

他長長地嘆了一口氣：「我也虧欠小惠。」

「我知道。」她說，「從一開始你就迴避去想她。人總是想著虧欠自己的，迴避去想自己虧欠的。」

「那我現在該怎麼辦呢？」

「這就要問你自己了。」她說，「如果你想回到那個世界，我可以送你。」

他忽然發現，她的眼睛裡有一種告別的憂傷，於是他明白，她一直什麼都知道。

「所以你說我塵緣未了？」

「九成九的人都有某種塵緣未了。」

他用手捂住臉：「我以為我不愛她。」

他覺得異常疲倦。他太累了，他不知道自己應該如何選擇。她向他伸出手，柔若無物的手拍拍他的肩膀。悔意籠罩著他，讓他不能對未來做出選擇。他有點害怕重新回到人世間，但他更害怕永遠孤獨而悔恨地留下來。他第一次感覺如此無力。

「情不知所起，一往而深。」她輕輕地念道。

他很驚訝：「你怎麼知道？」

悠然自顧自地念道：「生者可以死，死可以生。生而不可與死，死而不可復生者，皆非情之至也。」

他似乎有所悟，卻又似乎什麼都沒懂。

「那我該怎麼做呢？」他問。

她將手收回身後，拿起一杯早已準備好的茶，遞給他。

「喝下這杯茶，然後感受整個宇宙。你會找到新形成的胚胎，很容易與其結合。」

他疑惑地看著：「這是什麼茶？」

「遺忘的茶。」她說，「為了適應新生，帶著前生記憶進入嬰兒體內會產生錯亂。」

他接過那杯茶，仰起頭，一飲而盡。茶散發著淡淡的香。他有許多不確定，可是他知道他需要這麼做。否則即使永生，內心也不會平靜。

「如果我和小惠都轉世了，我還能認得她嗎？」

悠然搖搖頭：「我不能保證。這就是機緣和造化了。」

悠然嘆了口氣。他知道這是他與她永恆的告別。

「你送每個人上路嗎？」他喃喃地問，「你在這個世界多久了？」

「也許很短，也許很長。時間對我沒有意義。我隨時可以出現在六百年前和六百年後。」

「謝謝你。」

他的身子感覺軟下來，越來越睏，他只想入睡，沉入睡眠甜蜜的空間。他漸漸地把身子靠到她身上。他半睜著眼睛，想再看這個世界一眼，儘量把這些記憶帶到下一次生命。

「這杯茶是讓能量凝聚的場。」悠然忽然說，「我姓孟，他們常把我的茶稱作孟婆湯。」

他徹底沉入了沉睡的黑暗。在光暈的通道中，他找到新生的子宮。

阿房宮

Chapter 7

1

阿達父母死後，他依照遺願，將父母的骨灰撒到大海裡。

爹啊！媽啊！你們忍心拋下我孤零零的一個嗎？

他對著懷裡的骨灰袋念念叨叨。天還沒亮，夜空的金星很亮，遠方出現魚肚白。他是從山東海邊租的漁船，配了一個小的發動機，拉一根線就轟轟開動。船艙上盤著厚厚的漁網。他念叨的時候抹著淚，其實他沒有眼淚，只是抹著臉，但覺得抹淚顯得情真意切一些。他的眼淚在父母咽氣的時候流過，現在已經沒有了。

爹啊，媽啊，你們還嫌我的人生不夠倒霉嗎？

他抹了一陣淚，天開始亮了。不管人是死是活，海還是那片海，數千年如一日不變。他坐在船上看日出。天空變橙紅，小半個太陽是淡金色，一點都不耀眼，這讓他內心靜下來。天亮之後，白雲輕霧，天藍如洗。海水是墨色，夾雜泥沙。他覺得很舒服，也倦了，只想這樣靜靜地航行，不管航行到哪兒。

他慢慢睡著了。

再醒來的時候，他赫然發現前方有一座小島。離得遠，看不清大小。他在GPS上尋找，沒有找到，就查下了島的座標，記在腦子裡，準備回去查。他駕船向小島駛去。島的四周被霧氣遮掩，看不清全貌。但可以看出島很小，小到在地圖上無法標注。他減了速，熄了引擎，靠慣性朝島漂去。離得足夠近了他拋下錨，跳進水裡，又順著沙灘走到島上。

島上除了沙灘、一座小山和樹，一無所有。樹木鬱鬱蔥蔥，很迷人，但是似乎也沒有太出奇的地方。他沿著小山繞島半周，忽然發現一側的樹叢裡似乎隱藏著一塊豎立的石頭。他扒開樹叢過去看，發現那是一塊無字碑，碑下有一條小路。

他很驚奇，沿著小路一步一步小心翼翼地走過去，心裡產生一種莫名的緊張。路的盡頭是一道小門。那是一個山洞，洞口圓整，小門是銅質，門上有圓釘。

他嘗試了一下，小門能推動。他輕輕推開門進去，洞裡黑漆漆的，什麼都看不見。門口透進的光只能照到幾米的範圍，能看見地面平整，似乎是石材鋪就，刻有文字一般的紋理。他用手向四周探索，不知道洞內寬度。

「誰？」

突然，黑暗中響起一個聲音。

他嚇壞了，打了一個哆嗦，本能地反問道：「誰？」

有片刻沒有反應，他幾乎以為是自己的幻聽。

但是接下來，聲音又響起來了。「向。」只是一聲之後又沒有了，十幾秒之後才有下一個聲音，「裡。」然後又是十幾秒，「走。」

他很緊張，有幾分恐懼。在這樣的地方待一會兒已經令他恐懼，更不用說聽到這樣奇怪的聲音。但他不想逃走。他的好奇推促他向裡走。他覺得自己的人生已經沒什麼可以失去，即使遇到危險也無所謂了。

他觸摸到石壁，摸索著向深處走去。轉過一個彎道，又一個彎道，他的眼前豁然開朗。

「哎喲，媽呀！」他後退著驚呼起來。

這是一個非常大的石洞，或許已經處在山的腹地。洞的穹頂高昂，頂端的一個圓洞透入天光。在光束的照亮下，他吃驚地見到性質各異的人像，質地很像兵馬俑，但是姿態樣貌都不同。正對著他的是一個穿帝王袍的男人像，端坐在巨石上。在他身邊，有相互依偎的一對男女，有長鬚的老人，也有年輕的書生。每個塑像都栩栩如生。

他情不自禁地湊上前，在塑像前揮手。太像真人了。他尤其被一個穿帝王袍的人吸引，仔仔細細端詳。人像與陶俑兵馬俑一般的顏色，但是有著生命體才有的細微光澤，栩栩如生的面目，劍眉細眼，寬闊的下巴，面容沉靜安穩，與一般畫中的描述大不相同。他沒有戴冠，但身上陶土製的袍子有著層層疊疊的厚度，顯出華貴。他的眼睛遙望向遠方。

「剛才是誰？」他向空洞處喊。

2

他舉目四望，海上茫茫一片，沒有船隻，也沒有標誌。

他只好一個人慢慢地划，划向虛無。

爹啊！媽啊！我怎麼這麼倒霉啊！他這次是真的哭了。

海上沒有一個人影，陽光照耀著海面，他重複地划著，很久都像是沒有動。暗藍色無窮無盡，麻醉神經。他划著划著，怎麼也划不到岸。在孤獨而靜謐的大海裡，生命似乎融化在看不到盡頭的一個人的重複勞作當中，回到生命本身。

他原本有機會長生不老，但他錯過了。洞中聲音告訴他，他所看到的所有人像都是不老之人。他們都是歷史之人，來到此處，只求長生。一部分軀體化為木石，另一部分軀體變得無比稀薄，飄蕩在高空，和木石本體有微弱的聯繫，生命流逝速度變成從前的幾十倍。因此一個人的生命也可以延長幾十倍。這裡有尋找桃花源的武陵人，有駕乘黃鶴去的修仙人，有七步成詩、賦裡結緣的曹植和洛神，有才高八斗的江南才子唐伯虎，也有嬴政，那個坐著穿帝王袍的人。

「秦始皇？」他叫起來，「他不是死了嗎？」
「沒人見到他死，他出海了，帶三千童子。」
「那不是徐福嗎？」
「那是告訴世人的故事。嬴政是第一個人，他準備很久了，做了太多實驗。」
他也有機會得到永生。在聲音的指引下，他甚至都拿到了一顆不老丹，就在他的口袋裡。他只要將父母的骨灰撒入大海，就可以妥妥當當地回到洞裡變成神仙了。可他哪裡想得到，他一上船，就遇到了海盜。他不知道這年代竟然還有海盜。海盜從一個轉角突然出現，將他劫上他們的船，搜光了他身上的財物，將他扔進一隻橡皮艇，又將他的船拖走了。
我註定倒一輩子霉了嗎？他哭道。他揣著不老丹，卻不知道怎麼做。
大海在他眼前展開，廣袤、重複、平靜、無邊。
他越來越累，陽光的金色和藍色讓他頭暈。
永生是不是就是這種感覺，他想，永遠是重複，沒個盡頭。
他又睡著了。

3

再醒來的時候，他在一艘漁船上，已經到了大陸棚附近。漁船把他從海裡撿起來，丟在岸上。他打聽了一下才知道，這裡已經是浙江了，距離北京數千里。他身上沒有錢，沒有手機，也沒有證件。他不能買任何車票或機票，也沒有吃的，不能住宿。

他借了電話，卻發現記不起任何朋友的手機號碼，他只記得爸媽的號碼，可是他們死了。他忽然感到爸媽死的悲痛。他把手機還給大嬸，一個人坐在街頭哭了起來，有眼淚的。

他去網吧上網，沒有身份證。去長途車站想偷偷搭霸王車，跟著人群擠上車，半路查票又被扔下來。回到原來的城市，想去找個小旅館借宿一晚上。「我們這邊不留叫花子啦，走啦走啦」，被掃出門外。最後，找一間餐館討了一些剩飯剩菜吃，一天一夜就只吃了這麼一頓，吃起來又油又辣，他坐在路邊狼吞虎嚥地嚼著，用手抓著往嘴裡塞，紅油抹到臉上，他用舌頭去舔。吃到最後一口，美好的感覺隨著掏空的塑膠袋消散在空中，他又不覺悲從中來。

晚上找了個公園睡，還好是夏天。椅子的木頭硌得骨頭生疼，他睡不著，看著天空。我這是倒了哪輩子霉，好好的日子不好好過，跑這兒受這活死人罪。

他怨天怨地，怨自己幹嘛進那個破洞，再想到明明已經拿到不老丹，馬上就能頤養天年了卻橫生枝節，他又把海盜船上的人挨個兒在心裡罵了一遍。他把讓父母出事的列車詛咒了一番。父母當時只是重傷，只獲得少量賠款，剛好交醫藥費，最後還是保不住，家當都搭上。狗日的當官的欺負人，他躺著罵罵咧咧。

現在是徹底孑然一身了，最後一點存款都丟在租來的漁船上了。

他的衣服尚完好，鞋泡了海水又走了一天，已經破了，頭髮和身體變得油膩，渾身發癢，他覺得自己已經臭了。他仰望星空，思考人生哲理，只有星星不嫌棄他。

他悟出了一個道理，有錢才是真的。

早上起來，他決定找個活兒幹。他路過一間廢品回收站，跑進去問。報紙和雜誌九角錢一斤啦，紙箱子七角錢啦，塑膠瓶一角錢一個啦，易開罐也一樣啦。他燃起了生活的希望。他開始跑各個社區，在公園的草坪裡撿塑膠瓶，從賣電腦的商廈背後搶著收購丟棄的紙箱。過了幾天，他發現也能吃一頓飽飯了。

「三十五塊啦。」他開始跟收廢品的人討價還價，「你會不會算算術啦。十五塊加七塊，是二十四塊，這邊的紙匣子是二十一公斤，就是十三斤，七角錢一公斤就是十一塊，加起來剛好三十五塊啦。你別看我人小就欺負人啊。我實打實天天幹，下次還來找你啦。」

天氣日漸寒冷，在公園睡已經有點涼了，他琢磨著找點更賺錢的事兒，好歹攢兩個錢，能租個房子過冬。這天，在廢品站旁的小馬路上圍觀打麻將，他忽然聽到了機會。

「人咧，就在命。」一個收廢品的對另一個收廢品的說，「張柱子上禮拜撿了個瓶子，就瓶口破了點，身子還行，找人一驗，你猜怎麼著咧，清朝的，賣了兩千多塊錢咧。」

他偷偷湊過去，問：「你們知道哪兒有驗古董的？」

說話的人轉過頭來看看他：「知道咧，都找陳胖子，他是家傳，懂的咧。」

「那你們知不知道，」他壓低聲音問，「唐代東西賣多少錢？」

「哎喲，那可值錢咧，幾萬塊總有吧。」

「那秦代的呢？」

說話的人撇撇嘴，搖搖頭：「哎喲喲，這可不知道咧。有人拿過戰國拓片，發大財咧。」

他於是央求那個人帶他去找陳胖子。

「怎麼著？你有貨？」那個人上下打量他，「淘沙的？」

他連忙搖頭，訕笑道：「我要有那本事，還幹這個嗎？就是家裡有點不知道年代的破爛，想找人看看。」

他於是做出了人生最重大的哲學選擇。秦始皇爺爺，他心裡想，對不起您嘞。

4

再出海的時候，阿達坐上了一艘高檔小遊艇。

他已經很久沒有過這種待遇了，心裡樂開了花，開了一罐啤酒，坐在舷窗邊上看大海。大海柔情婉轉，波濤激情洋溢地圍繞在他身邊。他的二郎腿開始得意忘形，頭髮被吹著向後飄，感覺像八〇年代電影明星，十分良好。

陳胖子名叫陳旺，幹這行十來年了，三十七、八歲，正是當家之年。胖子一般面貌和善，陳胖子眼角下搭，笑起來就瞇得沒了，看起來更顯和善。只是小眼睛看東西時又精光四射，透著一股電鑽般的精明。祖籍在北方，身材不高，剃了個光頭。

陳胖子在駕駛室找航向，阿達一個人在休息艙逍遙。好一會兒，陳胖子才過來找他。

「你確定座標沒錯？」

「我記性應該沒問題。就是不知道是不是做夢。」

「啥……啥意思？」陳胖子一聽這話，有點急了，「你到了這會兒說這話啥意思？」

「哈哈，沒意思，逗個樂。」他說。其實他自己不懷疑經歷的真實性，他的口袋裡仍然揣著那顆不老丹。這藥丸他從來沒和陳胖子提過，這是他和那段回憶唯一的關聯。

他也沒提過長生不老的事，只說是徐福當年出海帶走的寶貝，被他在一個小島上發現了。他說得有板有眼，把洞窟構造，洞裡的物件挑挑揀揀形容了一番，還說看見了「徐」字。

「此話當真？」陳胖子一聽來勁了，「這可是大事，不能瞎說的。」

「我帶你去看。」他說。

陳胖子跟他東拉西扯地聊天，大海的反光透過玻璃打在他的眉梢。陳胖子問他家世經歷，他挑挑揀揀說了些。小時候上的學還不錯，也曾經上過大學，沒找著工作是趕上年景不好，流落到今日更是造化弄人。父母過世得委屈，天下好人淨受欺侮，等將來飛黃騰達了，定要教訓狗官給父母出氣。陳胖子也說了點自家背景，祖上是淘沙的，父輩還有一、兩人做，但是太辛苦又危險，小輩基本上是不幹了。他專做倒賣，離家遠些也是為了安全。

忽然，阿達從舷窗裡看見了小島的影子。他驚叫了一聲，跳起來指著窗外。

小島出現在眼前。

島和上一次沒有什麼分別，沙灘、樹、山石。鬱鬱蔥蔥，從遠處看上去是一座普通無人島。他的漁船已經不在了，不知道是漂走了還是被拖走了。他順著上次的路找山洞。無字碑比他記憶中隱蔽得多，他來來回回走了好幾次，幾乎都錯過去了。最後又是無意中撞到了，似乎餡餅又一次從天上掉下來。

推開小門，他很擔心聲音又響起來，思忖著如何解釋。所幸一片寂靜。黑暗中穿過狹長的甬道，摸著石壁。他總覺得有人在暗中看著他。

「就是這兒了。」到了豁亮的大洞，他指著周圍給陳胖子看。

陳胖子眼睛都瞪出來了。他是見過古墓的人。從他的神情看，四周的布置、地面的紋路和基座的設計都是富含深意的，他看一處低聲驚嘆一次。阿達的目光緊緊跟著他。他在人像面前上上下下地盯了好一陣子，眼睛幾乎像是黏在了人像上。很久之後才轉到一旁的器物。大物件沒有動，小東西拿起又放下。

「九成是古物。」陳胖子最後說。

「那還等什麼，搬啊。」阿達說。

5

當他再回到北京的家裡，他覺得已經過了兩輩子。

他推開門，看到久違的蒙著厚厚塵土的沙發和廳櫃，骨子裡的親切感伴隨著對父母亡靈的回憶在心底糾纏。牆上的合影向他撲來。立在廁所邊上的墩布還保持著母親臨走時擺放的角度。自從父母住院需要看護，他就沒在家裡住過，也沒打掃。他看抹布都親切極了。

他叫抬箱子的人把箱子放在客廳中央。老樓沒有電梯，抬箱子的人已經累個半死，他連忙遞水遞菸。這是陳胖子親自幫他找的貨車司機和押貨人，從浙江一路風塵僕僕開回北京。他連聲稱謝，給司機又塞了些錢，揮手送下樓。

見他們走遠了，四周也沒人，他才關上門，用刀子劃開紙箱，從層層疊疊的海綿碎屑中，將秦始皇人像搬出來，把電視挪到地上，讓秦始皇端端正正地坐在廳櫃中央。他端詳人像，人像的膚色已經不像初次見到時那樣潤澤，也開始變得粗糙，彷彿經過了風吹雨淋。

他從背包裡拿出路上買的一罐可樂，打開拉環，靠在廳櫃上秦始皇旁邊，半站半坐。他喝了幾大口，打了個嗝，感覺內心暢快了。

「皇帝老兄，」他轉頭對人像說，「真是對不住您老人家了，我真不是故意把您弄來的，可我不也沒辦法嗎？」

當時陳胖子非要帶走秦始皇不可，一眼就看出他的價值是那洞裡最頂尖的。阿達不同意，陳胖子問理由，他又說不出所以然。最後拗不過，他以自己帶路有功為由，堅持要秦始皇，把一男一女讓給陳胖子。陳胖子不知道那是曹植、洛神，只見男子風姿綽約，女子顧盼生輝，想了想覺得滿意地答應了。其他小物件兩人各挑了些許，匣子和鼎只搬了兩件。畢竟小遊艇承載有限，太重了油不夠用。上船的時候，陳胖子還戀戀不捨地回頭。

他咕咚咕咚把剩下的可樂都灌下去，長嘆了一口氣：「皇帝老兄，你說這人世間的造化也真是難說，是不？你逍遙快活兩千年，就被我這麼捲走了。很諷刺吧？我知道是我錯了。我太貪了。那洞裡的寶貝，本來就沒一件兒是我的。可你明白我當時的感覺嗎？你是皇帝，從小要吃的有吃的，要喝的有喝的，你肯定不明白。我當時一天跑好幾個公園，腿都斷了，撿一天瓶子最後換了八塊多錢，一盒蓋飯都不夠啊，想死的心都有了。你說你要是我，你會怎麼著？你是英雄，英雄都是會把握機會的，你說是不？我知道，說到底還是我自己貪。不過小貪一下也無妨嘛！」

他從洞裡挑的幾樣物件賣了二十幾萬。都是陳胖子經手。他知道也許還能賣得更高，但他沒門沒路，都靠著陳胖子，也就沒有爭執。這些錢可解燃眉之急，能讓他回家，還能去還欠下的房貸。

他說了好一陣子。沒有聲音。

「喂，你聽見了嗎？你生氣了？」他又等了一陣子。

他心開始有點慌。

「皇帝老兄，你不是死了吧？」

還是沒有聲音。

完蛋了，他想，我把秦始皇給弄死了。

他臉色變白，覺得兩千年的長生不老就這麼一下子死了，實在太脆弱了。他有點內疚。他仔仔細細端詳秦始皇的臉，在人像面前又蹦又跳，說各種好話，秦始皇只是沒有一點聲音。他想起在山洞裡山壁上一直有滴水，擔心是缺水的問題，就把家裡魚缸的水引出來澆在人像身上，還是沒有反應。

他折騰了一陣子，忽然想明白了。難道是假的？他琢磨道。在山洞裡就聽見一個不知道哪兒來的聲音，根本不知道是誰，秦始皇也沒說話。怎麼就信了呢？長生不老怎麼可能呢？靠，被騙了。真是太弱智了。

他的火氣一下子冒起來，他本來還希望跟秦始皇打聽一下不老丹的用法，等享受完人生再吃下去。這一下只想著把不老丹摔在地上，再踩個稀巴爛。他把易開罐在手裡捏癟，易開罐發出嘎啦嘎啦的聲音。他覺得實在悶氣，就下樓遛彎，社區裡的老人正在下象棋，一個個不亦樂乎，似乎誰也不為了死亡和長生不老擔憂。他看了生氣，就跑到外面。去了趟銀行，查了一下，房貸還差六十萬沒還，把那二十萬還上，再加利息，還有四十多萬缺口。他更加生氣了，站在街心叉著腰，心浮氣躁。

晚上回到家，再跟秦始皇說話，還是沒反應。

「這就是西安了。」

他伸手向前一指，轉過頭，對後座坐著的秦始皇說。塑像的表情一如往昔，眼睛看著遠方，沒有發出任何聲音。

他已經習慣了和秦始皇塑像說話。反正平時也沒有別的人跟他說話。秦始皇端坐在租來的小貨車駕駛艙的後座，將窄窄的空間填充得滿滿當當，頭頂幾乎能碰到車頂。秦始皇面色端莊凝重，但是身旁是用球星海報封上的窗戶。回頭看過去，滑稽得可以。他看著笑出聲。他覺得自己的人生真是太他媽酷了，竟然能用小貨車拉著秦始皇回老家。

「你看，看板上是阿房宮，當年你的宮殿耶。」他已經不惱了。他甚至吹起了口哨。他將車子開下公路，開上農村邊的一條土路，停車，找了個沒人的地方，把秦始皇搬下車，挖了些土，胡亂抹在塑像身上，抹得深淺不均，遮住塑像光滑嶄新溫潤的臉，一邊抹，一邊接著吹口哨。

接著，他駛回市區，來到約定的地點，給約定的人打電話。「我要現金。」他說。

7

從羊肉泡饃館出來，他打著飽嗝，一邊走一邊哼歌。死了都要愛，嗯嗯嗯嗯嗯嗯嗯。

他剛美美吃了一頓，又喝了兩杯小酒，臉色泛紅，腳踩浮雲，沉浸在人生得意須盡歡的境界中，搖搖晃晃回旅館。下午交了貨收了錢，他心裡一片祥雲。他沒坐電梯，一步一頓走上樓梯。到了三樓，剛轉過樓梯口，他就看見秦始皇端坐在自己房間外面。

擦！他頓時酒醒了一半。

他懷疑自己看錯了，閉上眼睛晃晃腦袋想再看。結果還沒睜眼，小腿上就被踹了一腳，一個趔趄摔到地上，然後背上又被來了一腳。他睜眼想抬頭看，什麼都看不清，只見得一陣拳頭像落雨點似的砸到自己身上，胸和肚子上各挨了幾拳，他用手去護，腦袋上又被砸了，腦袋磕到地板，直冒金星。等拳頭停了，他覺得自己已經暈了，站不起來了。

他被人拎起來。兩個年輕的小夥兒從兩邊抓著他的胳膊說：「開門，拿錢！」

他從口袋裡掏出門卡打開門，兩人二話不說，將他扔在地上，進門就搜，看到錢箱還在桌上原封不動，查看了夾在胳膊底下，表情很滿意。

「小子，敢騙人！」一個帶頭的又蹲下來，用手指戳著他，「電話裡說得有鼻子有眼的，還說找行家驗過，呸！這麼個新貨就出來招搖，你就是造假也得敬業點啊。我們老大最討厭被忽悠，以前都是我們直接帶回去驗貨，看行貨才給錢，這次給你錢，是賣你個天大的人情，你小子膽大包天啊來跟我們玩心眼。你以為你跑了就找不著你？做夢呢吧，早就GPS了！我告訴你，我們現在是高科技！我老大驗過這腦袋，根本不是陶土，誰知道是什麼新材料。你還敢說是從阿房宮那兒挖的，跑我們這兒現眼來了？這叫關老爺廟前耍大刀！」

兩個人拍拍他的臉，又把秦始皇推倒在地，聽見咯噹一聲，才心滿意足下樓去了。

他疼了好一會兒，才從地上爬起來，揉哪兒都疼。他嘴裡罵罵咧咧，罵那兩個小子不得好死，又怨自己倒楣，最後把一腔怒火都撒在秦始皇身上。他站起身踢塑像，踢了一腳腳尖生疼，更生氣了，恨不得把塑像砸了。最後猶豫了一下終於還是沒捨得，就把塑像拖回屋裡。他找紙巾擦眉毛上的血，對著鏡子仍然罵街。

他忽然聽見一個聲音，嚇得一激靈。「什麼？」他轉過身。

好一陣子沒有回應。他剛小心翼翼地轉回頭擦傷，聲音又響了。

「水。」

他手裡的紙巾一哆嗦掉了。「我勒個去！」他轉過身看著秦始皇，「是你說話？是你嗎？可別嚇我，我膽兒小。你沒死嗎？死了沒有？」

「水。」聲音又重複道。

他連忙將秦始皇搬到廁所裡，擺在久沒人用過的髒兮兮的浴缸裡，打開水龍頭，嘩嘩地放了一陣子，又不敢放得太多，看沒過底座一小層就停了下來。

「好。」聲音說。

「皇帝爺爺，給您跪了。」他坐在馬桶上，絕望地看著秦始皇，「您說到底還是沒死啊。那您在北京純屬逗我玩呢，是吧？這安的是什麼心啊？您心裡有氣，就恨不得看我今天是吧？可這一趟您也沒少受罪啊。您知道自己要被賣了，怎麼就不吱一聲呢？還讓我給您弄了一身泥，您也沒落著好啊不是嗎？皇帝老爺子，求求您再別逗我了行嗎？」

「好。」聲音又說。

「那您這到底是怎麼回事啊？您能跟我說道說道嗎？」

秦始皇開始用十幾秒一個字的超慢速語言和阿達對話，就像山洞裡那個聲音。秦始皇的聲音更沉厚悠遠，說話更言簡意賅。秦始皇說現代語言，這一點他倒不奇怪，在洞中的聲音就說現代語言。按洞中聲音的解釋，他們能看到世間極廣闊的範圍，又經過無數歲月，早已聽過一切演變的語言。他不知道洞中的聲音是誰，他猜就是徐福本人。

秦始皇又扼要地解釋了他們的存在形態，像樹一樣，依水而活。如世界上最稀疏的樹，有最細小的葉子，太細小以至於肉眼無法看清。這是什麼狀態他還是無法想像。極為稀薄，稀薄得幾乎像空氣一樣，可以飄飛極遠，卻不消散，不解體，和本體保持著氣若遊絲的聯繫，靠本體提供能量來源。本體外層是石化表層，如同無生命的岩石；內層是植物般韌皮組織，賴水生長，可以離開水，但是不能太久。一般以半月為最，而他掐指一算，從他們離開小島至今，差不多剛好十五天左右。

「哦，」他聽完哈哈地笑了，「合著你這是實在繃不住了，才開口低頭是吧？我當是有多深謀遠慮呢。你早說啊，早說我不就給你澆水了嗎？你說你非拿什麼架子啊？在北京我怎麼逗你你都不說話，千里迢迢跑這兒來了，一頓折騰，最後還不是得開口？」

「無妨。」秦始皇說。

「還嘴硬。」他接著笑道，「得了，你省省吧。以後啊你都得求著我了，所以你最好趁早低頭服個軟，給我這身傷賠個不是，要不然，嘿，我就偏不給你澆水。」

「三日一次即可。」秦始皇說。

「哎喲喂，還這麼拽。」他從馬桶上站起來，居高臨下地走到坐著的秦始皇面前笑道，「有性格。我喜歡。」他彎腰瞪著秦始皇，「你以為你是秦始皇就牛逼啊？你以為還是當皇上的時候哪？還這麼大言不慚的。有本事你現在就站起來！真是認不清形勢，到這份兒上就該低個頭。要不然我憑什麼給你澆水？我有什麼好處？」

「我助你。」

「助我？助我幹什麼？」

「你想要什麼？」

「我想要錢你有嗎？」

「阿房宮復建，徵集方案，我可助你。」

「徵集方案？這是什麼事？」

他忙打開電腦，上網一查。果然。最近阿房宮遺址公園建設立項，遺址保護和新博物館建設都在向全世界徵集方案。一等獎獎金一百萬，二等獎五十萬，三等獎二十萬。

哎喲，這個不錯，他心想，秦始皇的方案，那是原汁原味正宗好方案，還能不獲獎？

「行，那你可得給我說清楚了。」他對秦始皇說，「包括那些忽悠人的比喻義什麼的。」

「容易。」

「行，那就這麼說定了。」

「此後每三日澆水。」秦始皇說。

「獲獎就給你澆。」他說。

晚上，他躺在床上，琢磨著這一天的跌宕起伏。琢磨到最後，只覺得人間世事無常。以秦始皇的雄才大略和長生不老的牛逼技術，能想得到有一天淪為一個小人物的階下囚，仰仗他的喜怒哀樂澆水過活嗎。他料想秦始皇的嘴硬也硬不了幾天。他又想著競賽的事。秦始皇竟然知道這競賽，讓他頗感意外。但是想了想也自然。真按他們說的，一個人飄蕩在空中，美國都能看見，還能看不見眼皮子底下發生的一點事嗎？想到這裡，他又覺得諷刺，一個人能夠盡覽天下事，卻只能靠別人澆水活著，這種長生不老到底是酷還是不酷呢？

他的方案在距離徵集截止日五天的時候交了上去。據說一個月就出結果，他計劃留下來等著，省得拿了獎還要從北京再開過來。反正西安從來沒來過，正好當旅遊。

秦始皇的方案果然不錯，莊重堂皇不說，而且處處和天文地理相合。長度、寬度、位置的南北東西、立柱的設置和次序都有講究。堂中設置水渠，以玻璃覆蓋，形狀既合銀河，又與渭河相仿，取天地呼應之意。正堂和側堂並非完全對稱，而是與天上星宿相應，他反正也聽不懂，只是始皇帝說一句，他就記一句，什麼奎宿、參宿、畢月烏，照貓畫虎寫下來就是。最後的圖他也畫不出來，就記了個大概，在網上找了個建築系大學生幫忙畫了，這些學生也不多問，平時接這種活兒多的是，結帳就行。

他在西安巡遊的日子逍遙快活。北京的二十萬反正沒有都繳房貸，留在手裡花也寬裕。他想著反正馬上要有一百萬到手，前面的錢花了也罷。他去看看大雁塔，又去看看華清池，閒了就跑省博物館，去找文物局的人問，競賽的結果什麼時候出來。他在路邊印了假名片，稱自己來自某外資小事務所。有所期盼心情就好，回來給秦始皇澆水就殷勤得多。

「哎，我問你啊。」他一邊澆水一邊聊天，「我這兩天聽說你當時的好多技術特別牛逼，很神奇，都是誰幫你發明的啊？」

「世有異人，不可常理相待。」

「誰啊？」

「我即異人。」

「靠，受不了你了。」他說，「我只問你，是不是外星人來過？」

「何出此言？」

「他們說，在阿房宮附近出土的瓦當，直徑快一米，我們小時候家裡房上的瓦當，不過十釐米，你弄這麼大瓦當是給誰的？還有人說當初你造十二金人，是因為『長人』來長安，你是仿造他們。而且你的城市規畫都按天文，咸陽宮和阿房宮和渭河，正好組成星宿圖，從咸陽宮到山東琅琊行宮，是一條正東直線分毫不差，這都是怎麼弄的？還有，鑄劍的技術，我聽說有些鍍膜的方法，現在人們都搞不清是怎麼鍍的。難道這些都沒外人幫你？誰信啊。就說你這長生不老術吧，這麼牛逼的技術，難道是你自己研究出來的？」

秦始皇沉默了片刻。「世有異族人。」他說。

「什麼族？」他來了興致，「外星人吧？」

「不可說。」

「為什麼？」

「我有諾。」

「切，」他連忙說，「這都多少年過去了。哪輩子的老皇曆了。當初那些人早不在了吧？

誰知道你說給誰聽了。你放心，你就告訴我一個人，我保證誰也不說出去。我孤家寡人一個，能告訴誰呢？你就當是給晚輩講歷史總可以了吧？」

「有諾即有諾。」

「沒事，你怕什麼。」他不甘心，「這都兩千年過去了，有諾也早廢了。」

秦始皇哼了一聲，表示不屑：「諾言豈可因時而廢？」

「老頑固！」他不滿地嘟囔了一句。

他想著早晚有一天能把話套出來，可他沒想到，這件事秦始皇至死都沒說過一個字。他從沒料到這世上真有千年之諾。

這件事是他心上癢癢的好奇，總是沒有結果，也有點膩煩。有時候，他聽了其他消息，也問點別的。

「他們說你的阿房宮當時壓根沒建是嗎？」

「建了臺基。」

「對，是這麼說的。」他想了想問道，「那《史記》裡怎麼說你建阿房宮大得沒邊，項羽燒了三個月燒不完？」

「那書杜撰甚多。」

「那你為什麼不建了呢？」

「末世之徵已現。」

「哦？什麼末世之徵？」

秦始皇沉了沉才說：「為時有所成，抑商市而重建工。建工太快，耗資太鉅，資費無可回收，勞工起怨意，流散。失金銀，失人心。」

「嘿，你還挺明白啊。」他樂了，「我以為只有後世這麼說呢。」

「庶子何知。」秦始皇不屑一顧，「你無帝王之心。」

「嘿，你這人。」他生氣了，辯白道，「你自以為了不起吧。有什麼資格在這兒鄙視我？你要是有本事，別讓你家王朝二世而亡啊。帝王之心？帝你的大頭鬼。總共就二十來年，再沒有更短命的王朝了吧？你也不看看自己現在在哪兒。廁所裡，不是王座上！」

終於，一個月過去了。競賽結果出來了，他的設計只拿了三等獎，讓他大失所望，原本以為的一百萬變成了二十萬，縮水了一大半。但打聽一下，一等獎空缺，他也就稍有安慰。他計畫領了獎就回家，但秦始皇讓他再等等。他問為什麼，秦始皇也不答。於是，他又住了一些天，拿著錢在無聊中度過。

9

又過幾天，阿房宮博物館的建設方案正式出臺了。他跑去一看，吃了一驚。一清二楚，方案和自己提交的草圖一致，可是最終的設計圖紙上，寫的卻是別人的名字。

他有點傻了。他連忙揪住周圍人，打聽那個人是誰。問了兩三個人都跟他打哈哈，似乎不知道那人是一件非常可笑的事情。找到第四個人，一個頭髮稀疏的憨厚老頭，才把他拉到一邊，跟他小聲說了其中機關。

「嗨，看你是個小年輕，估計第一回參賽，我就跟你實話實說吧。」老頭把手搖了搖，「這類競賽以後少參加吧，大獎肯定是空缺的，二等獎和三等獎的方案就被組委會拿來用了。你說你不知道那名字是誰？按理說不應該啊，學古建的能不知道他？咱們當地的頭號人物，古建界也是響噹噹的名字。省裡頭為了樹牌子，能寫自己人就寫自己人。這事兒你也沒轍。你們的比賽方案都是概念圖，就是個 Idea，人家可以說工程圖是全新的創造。這裡產權保護弱得不能再弱了。打起官司來，你們占不到什麼便宜。」

「那就這麼算了？」他覺得不忿，「新阿房宮上好歹應該寫個我的名字吧？」

老頭笑了：「你也不小了，怎麼這麼不省事。你看現在哪個樓上寫設計師名字？不全都寫捐錢人的名字？你就算捐個門檻、捐個座兒，都能刻個名字，捐個 Idea 可沒戲。」

老頭實誠地拍拍他的肩膀，對他的幼稚表示充分包容和鼓勵。他在原地愣了好久。

回到賓館，他把遭遇跟秦始皇說了，希望得到憤慨的支持。誰料，秦始皇一點兒都不覺得驚訝，彷彿早就預料了。他不但不同情，還覺得無所謂。

阿達不滿了：「喂，你怎麼說話呢，這麼些天，我好歹還算仗義吧？每天挺有功勞吧？你不站在我這頭說話，倒向著當權的。」

「你？」秦始皇卻說，「有何功勞？」

「我每天給你澆水不算功勞？」

「為善以求名，為惡以逐利。如此而已。」

「嘿，你這是怎麼說話的。你有沒有點良心啊。」

他氣得一陣亂發牢騷。但說完，底氣又不足了。他確實是為了名利才留下秦始皇，此番不滿也是因為名未得。可是不知為什麼，他總覺得這樣說出來的不是他。他很討厭這樣說，想來想去卻無可辯駁。越是覺得無話可辨，他心底的火氣越大，彷彿多日以來的辛勤細緻全都化為怒火。秦始皇見他生氣，卻也沒有一句寬慰的話。他便更生氣。

「好吧。好，」他最後說，「既然你這麼不領情，那就算了，白費了我這麼多工夫。我就一不做二不休。總還能撈著點名，好過費了半天勁不討好。」

他將秦始皇捐給了新阿房宮博物館。

送秦始皇去阿房宮的那天，他目送著工作人員將秦始皇從車裡搬下來，用一輛小車推進遺址保護區的臨時辦公樓，他突然覺得有點失落。他坐在車裡好一會兒，直到所有人的身影消失在視線中。他回頭看看車後座，空空如也，球星海報還像剛來西安那天一樣招搖。

晚上，他回到旅館，第一次覺得無事可做。沒有澆水的任務，也沒有人可以聊天。他把電視打開，百無聊賴地轉台，賓館電視只有中央台和寥寥幾個地方台，播的全是電視購物。他把窗戶打開，想透透氣，卻只是胡思亂想。去廁所的時候，總覺得浴缸裡空得要命。

第二天，他開始有點後悔。秦始皇這個人說話確實傲慢，令人討厭，但除此之外也沒有大過。把他捐出去倒沒什麼，只是以後若沒人給他澆水，半個月之後就該死了。為了一句話，至於把他就這麼弄死了嗎？他有點內疚起來。畢竟答應過他。現在錢有了，錦旗也拿到了，把他丟一邊，似乎有點那個。

他想到這裡，又開車回到阿房宮遺址。白天人來人往，他好容易等到晚上。他從保護區一邊的矮金屬柵欄翻進去，找到臨時小樓的窗戶。一個窗戶一個窗戶看進去，看到第六個，終於看到秦始皇坐在裡面。這是一間雜物堆放室，工具和臨時物件擺得很整齊。他敲窗戶，跟秦始皇打招呼，又試著撥了撥，窗戶並沒有鎖死。這是遺址保護區建的臨時辦公樓，地處偏僻，又沒什麼值錢事物，因而防盜的措施並不嚴謹。他用小棍把窗戶撥開。

「嘿嘿，懷念我沒有？」他從窗戶爬進屋，對秦始皇故意嬉笑著說，「昨天沒有人給你澆水吧？難受了吧？你何苦呢，別那麼嘴硬，就什麼都有了。」

秦始皇卻沒有歡迎之情。

「你來做什麼？」秦始皇冷冰冰地問他。

「我怕你渴死，再來給你澆兩次水啊。」他說，「說好了，這兩次算你欠我的。」

秦始皇說：「絕境中有害人之心，順境中卻有不忍人之心。可以。」

「你說什麼？」他聽得清楚，卻不甚明白。

秦始皇反問他：「你來，是因為可憐我？」

不知為什麼，他臉有點紅：「也不全是。也是因為我答應過你啊，現在三等獎也是得獎，我還是得按約定才對。」

秦始皇又點評似的說：「懂諾，可以。」

他又有點惱了：「你今天怎麼回事？神神叨叨的。你到底要不要我澆水？不要就算了，我走了啊。」

秦始皇這時說了一句讓他很驚訝的話。

「你可以幫我了。」

他打了個激靈：「你說什麼？」

秦始皇像是知道一切：「你想一想，這些天你做了什麼？」

「我做了什麼？」

他感覺緊張，不明白秦始皇的話。但他想了一會兒，忽然隱約覺得有些東西不對。起初只是模模糊糊有個困惑，但偶爾有一句話閃入他的大腦，突然就變成他滿腦子的擔憂之處。那句話很普通，但讓他覺得很怪。

他送秦始皇進入了阿房宮。

他在心裡反覆重複這句話，總覺得有些看不清的東西砸到心裡。他嚇了一跳。

「難道，這一切都是你故意的？」他問秦始皇。

秦始皇似乎微笑著看著他：「你覺得呢？」

「你一步一步計畫，讓我千里迢迢把你從小島上帶到北京，再帶到西安，最終帶到這裡。是嗎？最終你的目的就是回到阿房宮對不對？」

「都是你自己的決定。」

「可這太奇怪了。這是怎麼一回事，怎麼做到的？是陰謀嗎？」

「不是陰謀。」秦始皇說，「我只是略可預言。」

他警覺起來：「怎麼預言？」

「憑常識預言。」秦始皇似乎很了解他的心思，「比如說現在，我知道你想去秦陵。」

「秦陵？」

他心裡一驚，這並不是他此刻內心所想。這預言是錯的，但他卻莫名地緊張。

「你帶我去秦陵，我給你看寶物。」秦始皇說。

他又是一驚。寶物？秦陵的寶物？是的，此話說完，他確實想去秦陵了，壓都壓不住。

「但你要答應，永不可告知他人。」

「這個好說。」他承諾道。

11

次日夜裡，他按照約定來到阿房宮。他找來一輛小平板車，將秦始皇從視窗搬出，在粗糙顛簸的土地上推。他不知道這是要去哪裡。秦始皇沒有說明。他從 Google Map 上查過，從阿房宮到秦陵要穿過一個西安城，有六十多公里，秦始皇卻說不必開車。

夜半在荒涼的遺址前行，他有一種肅然之感。他們所在的區域是阿房宮遺址，只留一座巨大的夯土臺基，一公里長，半公里寬，六七米高，雜草叢生，荒涼空寂。遺址博物館就是圍繞這唯一存留的真實證據。這是他第一次在這遺址區域中走。他逛過新建的阿房宮公園，就在這座遺址外，一牆之隔，嶄新整齊，白天總是遊人如織，吵鬧喧嚷。在那座阿房宮逛，他不覺得如何觸動，感覺帝國不過是一場宏闊的大戲。然而此時，在這座巨大的遺址之畔，他卻忽然有了一種震撼的感覺，覺得帝國是真的，那種粗糙卻堅實的東西，覆蓋著實實在在的千年風沙。

秦始皇指揮他向南走，來到遺址南側。他看到一座小高臺，在臺基西南角，大約十幾米高，很像是衛士，俯瞰著廣闊的臺基。他們來到臺基正南，一側是臺基，另一側能看見開闊的空地，像是一個廣場。

「居中有土梁，將土梁挖開，向內一米。」秦始皇說。

他於是拿起備好的鐵鍬，向臺基正中一道不太顯眼的土梁挖去，挖斷土梁，繼續向內。不一會兒，鐵鍬觸到了挖不動的硬面。硬面似乎有磁力，鐵鍬一觸過去，就被吸引，需要費力拔下。他把硬面外的土都挖到一邊，露出一片豎直的平整的牆，依然是黃土色澤，質地上和周圍看不出差別。他又仔細清了清，面上似乎有人工雕鑿的痕跡。

「過來，拿下我腕上之物。」秦始皇又說。

他回到小車邊上，彎腰看過去，這才發現，秦始皇手腕上，隱藏在袖口裡有一塊玉佩式的物件，緊貼肌膚，顏色材質都與人像無異，不仔細看完全不會注意。他伸手過去試了試，發現是靠簡單的小機栝連在身上，輕輕挪動幾下，就取了下來。

「將水符嵌於門上。」秦始皇說。

他看了看手裡的物件，水波繞成如意造型。他回到黃土牆邊，發現黃土牆面上有凹槽，乍看上去像是平常坑洞，但他將水符扣上去，還沒碰到，就感受到強烈的吸引，最後幾乎是拉著他的手貼了上去。水符扣進，嚴絲合縫。

接著，就像是他在很多電影中看到的一樣，一條向下的通道顯露出來。不僅牆面塌陷，連地面也有一部分塌陷。他心中略稱奇，但未多想。他取下水符，背上秦始皇，打開手電筒，進入通道。通道一直向北，往臺基裡延伸，斜插入臺基地下。這是一條相當長的階梯，筆直向下約幾百米長，大致通到臺基的正下方。

階梯盡頭是一個小平臺，平臺有光，顯然通往另一條通道。到了平臺上，他看到前方是一條隧道，隧道裡有一輛銅車，銅車停在木質軌道上。

他將秦始皇放在銅車的後座上，發現竟然驚人地合適，秦始皇的人像非常合適地嵌入，就像是活人舒舒服服地坐在沙發裡。他自己坐上趕車人的位置。銅車有軾，可以做扶手，卻沒有轅，套不得馬。銅車車輪嵌在木軌凹槽內，如同火車。

「然後呢？」他問秦始皇。

「以水符扣車頭。」

他低頭看，果然車頭最前方有一個同樣形狀的凹槽，將水符扣進去，發出啪嗒一聲如同解鎖。接著，緩慢地，車輪開始翻滾。車向前移動，速度不快，卻平穩而不停息，隨著木軌的拼接有規律地輕微顛簸。隧道兩側的牆壁上每隔幾米就有一盞蒼白的小油燈。

「哇塞，」他說，「你這水符也太先進了，沒有引擎也能開車啊。」

秦始皇輕蔑地哼了一聲，說：「這是下坡。」

「哦。」他訕訕地笑道，「難道一路都是？」

「平地與下坡交替。」

「哈，原來如此。」他笑了，但想了想又問，「不過，那一會兒回來怎麼辦啊？」

秦始皇陷入短暫的沉默。

片刻之後，秦始皇說：「輪與軌皆鍍有磁性，回程時軌道磁性會交替變化，前引後斥，推輪前行。」

「哇，這麼高級！」他驚嘆道，「這些都是異人傳授？」

「是。」

「我前幾天聽說南陽那邊發現一段秦代木軌鐵路，千年不腐，也是這樣的吧？他們說你建的馳道實際上是馬車的鐵路網，有這麼回事嗎？」

「軌道未曾鋪完。」

「那就是有啦？太厲害了。」他嘖嘖歎道，「真了不起。」他心底的癢又被勾了起來，「哎，那些到底是什麼人啊？事到如今你也應該信任我了吧？」

秦始皇一如既往沒有回答。但是這一次，他的口氣卻不同以往，異常鄭重其事。

「我年少登基，年輕時遇異人，講天下之事，帶我見很多奇物。」秦始皇說，「那時起，我便知道我須做非同常人之事。」他頓了頓，「皇考本非名異人，因遇異人，更名異人。」

「嗯。然後呢？」

「然後我建立了自己的帝國。」

「然後呢？」

「沒有然後了。」

「啊，完了？」他詫異了，「你這講故事的也太不敬業了吧。好不容易趕上你願意講，我這正洗耳恭聽呢，這就講完啦？你這等於什麼也沒說啊。你建立了帝國，然後怎麼樣了？異人哪兒去了？你後來又為什麼跑到那個小破島上？你倒是講講啊。」

「我去東海，」秦始皇說，「因為我需要長生。」

「哦，對，這點早就想問了。」阿達說，「你放著好好的皇帝不當，非要求什麼長生呢？又沒有好吃的，也沒有女人，連動都不能動，你圖什麼呢？」

「你不懂，你無帝王之心。」

「哈哈，又來了。」他坐在車頭感覺很爽，談話也輕佻，「帝王之心？那你倒是說說看，有帝王之心的人又圖什麼？」
秦始皇卻很嚴肅：「我要守望帝國。」
他撲哧一聲笑了：「真偉大啊！果然有帝王之心。可是你想沒想過，你搞長生不老搞得驚天動地，把基業都毀了。你一走，大秦江山都丟了，又如何？」
「我非大秦族人，為何在意他家江山？」
阿達一凜，秦始皇這話嚇了他一跳。「什麼意思？」他脫口而出，但轉念就明白過來，「你是說，呂……」他猜想秦始皇說的是相父呂不韋的事。他很想繼續問下去，問問呂不韋、太后到底是怎麼回事，可是秦始皇嚴肅的口氣讓他不大不敢問，於是說，「那好吧。就算你不是嬴家人，那也是你開創的帝國啊。你不好好守著，跑到島上幹什麼？你說你守望，可是帝國毀了還守望什麼？」
「帝國何嘗有毀？」
他一愣：「什麼意思？秦二世而亡，你兒子被滅掉，難道不是毀了？」
「帝王無子孫，只有子民。」秦始皇說。他回答得很平靜，「你難道不知道，為何帝王要稱自己孤或寡人？」
他怔了怔：「不是因為唯我獨尊嗎？」
「孤就是孤。帝王只知其一人，所以稱孤。在其下萬人皆同，子孫亦不例外。」
「這是什麼意思？」
「對帝王而言，唯帝國重要。繼承帝國的，無論是否子孫，都無所謂。」
「難道……」他有點明白了，「難道你覺得後世……也都是你的帝國？」

「是。」

阿達張了張嘴，呆愣了一會兒沒發出聲音，這答案超出他的常識範圍。「這……這大夢也做得太美了吧。」

「有何不對？」

他一時說不出哪裡不對，只覺得奇異。他想了想說：「你要說漢唐這些漢人王朝也罷，可是元啊，清啊，這都是外族人，怎麼能說是你的帝國？」

「帝國所在，何分種族？」

「那分什麼？不分子孫，也不分種族，憑什麼說是你的帝國？」

「千年秦制，一脈相承。」

「哈，得了吧。」阿達說，「雖然我歷史不好吧，但我們好歹中學也學過。秦朝施暴政，不得人心，後世都要反秦政，怎麼說是一脈相承？」

秦始皇反問他：「你可知帝國最忌什麼？」

「不知道啊，內亂？」

「帝國所忌有幾件事——奪富人之財，奪窮人之命，奪書生之口，奪鄰人之信。我徙貴族，苦勞工，坑儒生，令鄰里妻子相互告。結果我國力雖強，四海寰宇無可匹敵，但四忌皆犯，只可維持十年。如果你是後世帝王，你會如何？」

「呃……儘量避免吧。」

「是，此乃帝王頭上唯一高懸之劍，若無此威脅，帝王即可為所欲為。」

「你說你故意做給後世看？」

「我非為世人，只為自身帝國千秋萬載。」
阿達心裡一震，不知道應該說些什麼。「但……但代價太大了吧，你殺了多少人啊。」
「死死生生，世間皆然，有何稀奇。」
「可是你自己不死，卻讓別人去死。」
「我亦會死。時刻到了，我自然會死。」
阿達沉默了好一會兒，一時間思緒有點亂。「其實，」他說，「我們老師原來上課總說，如果當時你沒傳位給胡亥，而是扶蘇，也許秦朝倒不至於崩潰，扶蘇還是很好的人。」
「沒有用的。」秦始皇說，「大勢如此，無力回天。扶蘇亦不能應對。我讓他在長城腳下躬耕終老，也算盡我所能了。」
秦始皇的聲音在隧洞裡幽深沉厚，隱隱有回聲。阿達聽得有點發愣。秦始皇說了太多話，有太多他沒想過的問題。他試圖思考那些有關歷史的往事，但思緒就像前方隧道，黑漆漆的看不到邊界。他回想秦始皇最初的話。一些話似乎有了不一樣的意味。銅車還在有條不紊地行駛著。蒼白小燈照亮腳下軌道，向遠處延伸成黑暗裡的兩條珠子。他隱隱聽到水流的聲音，不是岩壁的滴答聲，而是宏偉卻低沉的河流的聲音。
「這是哪裡？」他問秦始皇。
「渭河之下。」
原來如此。這樣的設置很明智。入口在阿房宮臺基之下，確保無人偶然發現，隧道一路深入地下，又沿渭河，確保不會被人無意截斷。只是不知道出口在哪裡。
他們又沉默地行駛了好一會兒，車子似乎轉彎，水聲漸漸收斂了。

他的眼睛向前方看去，看到了軌道盡頭，一座小平臺，和上車時的平臺相仿。最震撼的是小平臺後面一座巨大的水車。水車被一條瀑布衝擊，有一半浸入瀑布，另一半露在外面。離得近了，能看得清楚，水車至少有三十米高，在瀑布的水流下旋轉。周圍環境似乎是山岩內部，有泥土、野草和岩石在水流兩側，隱約可見。瀑布像是內瀑布，水量充足，速度不快，但很穩定。水車上有一個地方不是扇葉，而是可以載人的小露臺。隨著水車的旋轉，小露臺緩緩上升。高處是另一個小平臺。

他下了車，將秦始皇從車上背下來，站到平臺上，待水車的小露臺轉到眼前登上去，到高處的平臺下來。平臺連接著另一條非常長的臺階，臺階緩緩向上，看不見盡頭。

他背著秦始皇沿臺階走上去，用手電筒照著腳下。他不知道走了多久，也許只有幾十米，也許有幾百米。他和秦始皇都沒有再說話，或許是都被即將到來的命運所震懾，直覺讓他們保持沉默。他不再有任何說笑的衝動，內心升騰起的緊張感壓制了一切其他感覺。腳下臺階漫長，秦始皇在背上也很重，但有那麼一瞬，他似乎希望臺階更漫長一些。他覺得他能猜到盡頭是什麼地方，但不想去想。

盡頭的門是頭頂的一塊石板。他放入水符，石板緩緩轉開。

他走上去，爬出頭頂的洞口。

他站定了，環視四周。一片漆黑，看不清什麼。他用手電筒照射爬出來的洞口，赫然發現那是一個巨大的石棺。石棺頂蓋向一側滑開，可以看見頂蓋上雕刻的龍和祥雲。頂蓋上同樣有一個水符形狀的凹槽，大概出入的開關。

這下他明白了，他們走出的地方是秦始皇的石棺。沒有人知道秦始皇未死，因而沒有人知道石棺內是一條通道。這是最安全的通道。他將秦始皇放在身旁地上。

「這就是你的陵寢了？」他問秦始皇。

「是。」秦始皇已經沉默了好一會兒，聲音有點僵硬。

「我看書裡寫的機關、山石、車馬、水銀河流，都在周圍嗎？」

「那些在外室。所有機關都是為了防人進入，如果你看到，你就要死了。」

他略感失望，他本來期待能看到許多精妙器物。

於是他問接下來應該做些什麼。秦始皇沒有回答他，卻似乎發出一聲嘆息。

「你怎麼了？」他問。

秦始皇沒說話。

「喂，到底怎麼了？」他有點緊張，拍拍秦始皇。

「人行千里，終須一歸。」秦始皇說。

「喲，你還懷舊了啊。」他笑道，「傷感什麼，你這是衣錦還鄉啊，長生不老的。」

「魂歸故里而已。」秦始皇說。

「什麼意思？」他被秦始皇的語氣嚇了一跳，「正想問你呢，你這次為什麼回來啊？」

秦始皇恢復了平素的語氣：「秦陵恐將開啟。」

「你是說挖掘？旅遊？應該沒那麼快吧？我聽說目前也只在研究。」

「遲早之事，須早做準備。」

「做什麼準備？」

「帝國已逝，須備將來。」

「帝國……什麼？」

「帝國已逝已久，至今已百年。」秦始皇說。阿達覺得秦始皇的話越來越悲涼，也越來越令他費解了，「自秦至清，兩千餘載，萬事皆有覆亡之理。當今之人，誰也不懂帝國根底。須另起爐灶，將治國之事傳於他人。」他頓了頓，阿達還沒來得及說話，他又說，「我問你，你知道我為何焚書坑儒？」

阿達愣了一下。「你不是說你想給後世做反面典型嗎？」他試探著問。

「不是。」秦始皇說，「是他們說的一些話，誤導帝王。他們希望帝國建立在善人之上，可帝國須建立在常人之上。」

「……常人？」

「像你這樣的人。」

「我？」他大吃一驚，「和我有什麼關係？」

「你可知我如何能使你帶我來秦陵？」秦始皇又不回答，反問他，「事若欲有所成，必順常人之性。此乃成事之理。」秦始皇的聲音出奇地平靜，「我可一路至此，帝國之可以長久存在，原因都在於此。」

「這是什麼意思？」

「這意思你終究會懂。」秦始皇不再解釋了，他頓了頓，說話更慢了，「那些書生，雖然誤國，卻也不是毫無用處。終究是故人，雖逝不遠。至魂飛魄散之時，倒也有點懷念他們。現在，你將我置於棺蓋之上。」

他不知道秦始皇為什麼忽然冒出這樣一句奇怪的話。他等著他繼續說，可是秦始皇沒有。他看了看，石棺蓋中央，果然有一塊空著的區域，有細線圍成的形狀，像是卡槽。他把水符放在石棺的凹槽內，石棺合上，又把秦始皇小心翼翼地放在石棺頂蓋中央。底座和石棺中央的凹陷嵌合得完美。

擺完之後，他問秦始皇還要幹什麼，秦始皇沒有回答。有一瞬間，石室陷入完全黑暗與寂靜。

接著，忽然，石棺頂蓋上的細縫開始發光，光芒順著細縫延伸，一路走下去，在地板上向四個方向分別繞了一個很美的花型，又一路向下。他這才發覺自己站立的是一個小高臺，往四個方向都有向下的臺階。光芒的細線很快爬到底端，向四面八方鋪展，迅速擴大面積，變成細細密密地毯一般的光的海洋。他被這海洋廣闊的面積驚到，那是看不到邊的寬闊大堂，而他所站立的高臺是大堂中央極小的四角錐型島嶼。

柱子突然亮了，接著是屋頂。他看到黑色的立柱上雕刻盤旋的金色的龍，肅殺而崢嶸。秦朝尚黑，這顏色給人的感覺和後世喜愛的紅色完全不同。接著是近處的兩側牆壁。讓阿達震驚的是，牆壁兩側樹立著十幾尊巨大的人像，每一尊有十幾米高，動作面容皆生動猙獰，五官小而不突出，但表情豐富變換。雕塑是暗金色，衣飾鐫刻細緻。隨著光線亮起，雕塑的四周開始有幻影生成，都是雕塑本身的模樣，彷彿靈魂飄出體外。

這時，在他身後響起秦始皇低沉的聲音：「我本常人，因遇異人而成非常之事。這本非異事，換作他人亦可以。遇異人非尋常之境遇，你有此經歷乃須把握，能懂多少須看你自身。你送我至此，我亦只能送你至此。再久遠的路，也終有盡頭的時刻。」

秦始皇的聲音越來越低，後面幾句話幾乎有點模糊。阿達屏住呼吸豎著耳朵。他看到，從石室高昂的穹頂下慢慢有一個身影出現，從高處飄飄悠悠下落，逐漸凝聚，成形，有輪廓和色澤出現，越來越小，從龐然如一座廟堂大小的稀薄逐漸凝為可見的人形，仍然很龐大，辨識不出面目與肢體。但阿達看出，那就是他一路護送的石像的樣子。人形在飄，忽隱忽現，和牆壁兩側雕塑身前的幻影彷彿遙遙呼應。

大廳的屋頂突然亮起，金光四射讓已經習慣了黑暗的阿達一下子不適應，擋住了眼睛。屋頂似乎有光錐投下，在大廳中央的空氣中照射出平原與高山的幻影。

「江山常易，唯勢永存！」

秦始皇最後的話，厚重如雨夜沉雷。四周的雕像幻影像是離牆而出，飄到了山嶽上方，秦始皇的影子也以迅雷之勢向前飄去，只是到了一處又退回。阿達在明亮的燈光中赫然發現，雕塑幻影的衣著竟然是衣褲，而不是秦時長袍，面孔五官的比例也異常怪異。幻影最終沒有相遇，只像呼嘯的風一陣吹過。中央的平原與高山開始變化，有人跡和城市像螻蟻般湧出，接著有商旅和軍隊在平原上翻滾流動。阿達聽到一個聲音，不是秦始皇的聲音，而是某一種平穩而絲毫不帶感情色彩的聲音，誦讀著某些典籍似的文字。文字用詞極簡，雖然是古體，但阿達竟也聽懂了大半。聲音先講述了民之勢如水就下，然後開始講治理的道理。許多意思簡明扼要，卻和阿達熟悉的說法大有不同。阿達驚異地聽著，呆在當場。忽然，一陣風似的氣流從他身後湧出，他一個踉蹌摔倒，再爬起來的時候，所站之處有金冠與寶劍的幻影。他不由伸手去拿，手在空氣裡抓住空空如也。

這時，大廳地面的燈也亮了，空中的山川平原消失了，讓他震撼的畫面：大堂前側，豎立著極多書生模樣的彩色陶俑。他嚇了一跳，他不知道兵馬俑還可以做成書生。兩側立柱打出光，斜斜的凝聚的光，打在書生俑身上，人影突然開始浮動。他被再次驚得目瞪口呆。每一個書生俑身上都浮動出一個人影，鮮活清晰。人影袍袖寬大，在空氣中浮動，俯仰天地，慷慨陳詞，似乎在廷議激戰辯論中。四周響起了更多聲音，不知道是從哪個角落裡散發出來，高低錯落轟鳴，說著一些他能聽見卻聽不清楚的話。

「……收天下財……危難，豪族不救……」

「橫徵暴斂，發民于役……百姓不堪其苦……」

「……所禁言論甚多，使忠臣不敢進言……」

大堂繼續不斷亮起，整個空間籠罩在在明亮的金色中，立柱一對接著一對，射出光芒，照亮一排又一排衣著色彩斑斕的兵馬俑。他猜想影像就來自於那些色彩。他完全被震懾了，好長時間忘了言語。光亮還在延伸，大堂一點一點展露全部面積。文人模樣的兵馬俑後面是武官，身著昂揚的戰服，頭戴盔甲，手握刀劍，影像在空間裡相互展露拳腳。而再到後排，是大片普通士兵的兵馬俑，和出土的墓坑裡見到的一樣，只是彩色的，空中影像集體跪拜，發出如山的呼喝，萬歲，萬歲，萬萬歲。

他俯瞰這一切，滿懷驚嚇，第一次感覺到帝王的威儀與惶恐。

他聽著，記著，書生像逐漸黯淡下去。

最終，當書生的人影消失，光亮逐漸黯淡，只剩下兩側立柱還亮著，他才緩緩回過神來。

「天啊，太他媽牛逼了。」阿達還沉浸在影像中無法自拔，喃喃地對秦始皇說，「我算是知道你說的帝王是怎麼回事了。」

秦始皇沒有回答。

「你從小島上回來，就是為了再享受一次嗎？」他問。

沒有回答。

「你是把你坑掉的書生都做成影像了嗎？」

沒有回答。

他又等了好一會兒，還是沒有任何聲音。

他心裡想到了什麼，開始害怕了。他又說又問，可是無論說什麼，秦始皇都寂靜無言。他慌了，使盡渾身解數，就像他第一天把秦始皇搬到家裡時一樣，比那次還慌張和急迫。他隱約明白了結果，可卻不願意去想。他希望就像是第一次上當一樣，再一次被秦始皇哄騙。可是他又說了很久，無論怎樣真誠和坦率，都還是沒有任何回答。

他坐倒在黑暗裡，最終逼自己承認：秦始皇死了，他在自己的陵墓裡死去了。

他驚叫起來。

當他走出阿房宮臺基上的小門，他發現天空是亮的，泛著紅色。剛才的榮耀和震撼全都不見了，他心裡充滿悲傷和驚恐。臨走的時候扣水符的手在顫抖，生怕棺蓋再也打不開。

他有點糊塗，看了下錶。淩晨四點五十分。他們是午夜下去，差不多兩個小時到那邊，他又花了兩個小時回來。手錶應該沒錯。這個季節，無論如何這時不應該天亮。他又抬眼仔細看看，才發現天並沒有亮，亮光來自於兩側的地面，來自於臺基上和廣場上，是地面的亮光將天空映紅了。

他連忙跑到一旁的小高臺前，沿西北角的坡道拾級而上。俯瞰整個臺基和廣場，他赫然看清了一切。正是小高臺上發出了光束，在臺基上和廣場上分別照射出了壯闊的影像，真切而清楚，是宮殿和樓閣，臺基上有一座宏闊的殿，形狀和他所畫的圖紙非常像，只是尺度比他畫的大許多。那並不是尋常人所處的殿堂，它的存在本身，就是為了某種高遠的生命。在他背後的廣場上則是一片高低錯落的樓閣，兩道連廊沿廣場兩側對稱延伸，小樓和亭台沿連廊交錯布置，中央是花園，樹影婆娑，掩映著連廊的飛簷翹角。群山峻嶺般綿延的建築群，層層疊疊，繁複而誘人，讓人忘我。這一面完全是人類居住的尺度，與另一面巨大的前殿在夜空下遙遙相對。依稀看去，兩片樓閣中依稀有著活動的人影，身材相差十倍的身影分別在兩側宮殿穿梭。他們有時候遙相呼應，有時候又並肩而立。

圖像模糊了，消失了。宮殿圖像被千軍萬馬的戰場取代，喊殺與哀號無聲地穿過曠野，帝王的身影出現又消失。然後是躬耕的人群早出晚歸，在循規蹈矩的荷鋤中出生逝去。然後又是奔騰的廝殺，繁華的宅邸，貧窮的蜷縮，因貪欲而丟失的世界。他站著看，忘了時間，歲月像是進入了永生的通道。

他終於看到了阿房宮真正的樣子，那是一座幻影的宮殿。

天亮了，影像消失了，那是帝國最後的餘暉。

尾聲 1

阿達回到北京，繼續自己卑微倒霉的人生。他找到一份快遞員的工作，每天起早貪黑，騎電動車去各個社區送貨。房貸還差二十萬沒有還。

有一天，他突然在街上看到了陳胖子。穿著打扮非常華貴，一看就是老闆的模樣。他從一輛賓士上下來，頭上抹著油，跟旁邊的人互相讓著，走進一家餐廳。阿達一看就追上去，轉進旋轉門，被兩旁的服務員攔住了。

「先生您有預訂嗎？」服務員問。

他指著正在向電梯走的陳胖子說：「我找陳旺。」

「您找陳總啊。」服務員說。

「我不找陳總，我找陳旺！」

「是，陳總在牡丹廳。」

他跑到牡丹廳，抓住陳胖子的衣袖，沒等陳胖子反應就激動地問出一系列問題。你怎麼來北京了？你怎麼發家致富了？這才一兩年怎麼就成老總了？你是不是又去山洞了，是不是把所有東西都偷出來賣了？其他那些人像你弄到哪兒去了？說啊，你說啊。

陳胖子尷尬地把他拉到樓道，賭咒發誓說自己再也沒拿過山洞裡的東西。

「我還想問你呢。」陳胖子說，「我確實去過那個小島，可是再也找不見那個洞了。怎麼回事啊？你還能找見嗎？」

他說自己也沒去過，又問陳胖子如何發達起來。

「我也不知道，」陳胖子笑著說，「不過還得託你的福。當時把那對兒雕塑拿我家之後，我的運氣就出奇地好，不知道是什麼神仙。」

阿達後來去過陳胖子家一次，發現他把曹植和洛神依牆而放，放在電視牆一側的大理石水池中，水池本身庸俗粗糙，還頂了一個滾動的大理石球，但是將雕塑放入就雅致多了。

阿達後來攢了點錢，也又去過兩次小島，小島還能找到，只是那個洞也再也找不到了。電視裡能看到阿房宮博物館興建的新聞，構型就是秦始皇原初的設計。

他有時候自己躺在床上想這一切，越來越覺得一切都是命中註定。從他第一次登上小島，山洞就是故意敞開等他進去的。平時山洞則隱藏起來。這能解釋的通。否則如此容易發現的山洞，怎麼可能兩千年沒有被世人知道。這麼一想，他忽然覺得之前的一切變得滑稽了。

為什麼選了我呢，他想。

他仔細琢磨著那句話：順常人之性。

他琢磨這話，又琢磨自己。漸漸地，更多話浮上心頭，似乎有意義，又似乎亂七八糟。為善以求名，為惡以逐利。絕境中有害人之心，順境中卻有不忍人之心。在非常特殊的時候，我會干涉。四忌皆犯。遇到異人不是人人能有的經歷。帝國已逝，須有人有所為。這些話逐漸在他心裡形成一個模糊的輪廓，讓他覺得凜然，似乎自己的整個人生都不一樣了。

秦始皇是選擇了死，他想，只不過他究竟希望對我說什麼呢？他希望我做什麼呢？

世界還是利欲的世界，但對於有目的的人，世界卻不同了。
他從來沒把秦陵的密道告訴過別人。他開始明白秦始皇對重諾的揀選和堅持。

尾聲3

最初的那顆不老丹他一直帶在身上。已經輾轉好多地方，沾染了不少塵土油膩。怎麼看都像是一枚弄髒了的、普通的丸藥。他曾經想試試吃下去會怎麼樣，但一方面是覺得不可能如此簡單，必然要配上其他的技術，另一方面也怕吃下去出危險。但要是扔了，他又覺得不甘心。

最後他決定給他的狗吃。如果吃下去就長生不老，那他得一條不老狗也不錯。他切碎了拌進狗糧餵狗吃下去，結果狗就昏睡了，至今沒醒來。倒是也沒死，還有呼吸，但就是怎麼都無法叫醒了。他在想，如果當初他拿了不老丹就吃，是不是如今還依然在睡。

後來，後來阿達真的做了經天緯地的大事，成就了非常宏闊的事業，也使得千百萬人的生命發生了改變，成了大人物。他在晚年常常回想自己經歷過的改變了生命的那段旅程。有一天夜裡，他睡著了，做了一個夢，夢裡又做了一個夢，夢醒的時候，他發現自己在海上，坐在一條破漁船裡，懷裡抱著父母的骨灰，正要去撒。

穀神的飛翔

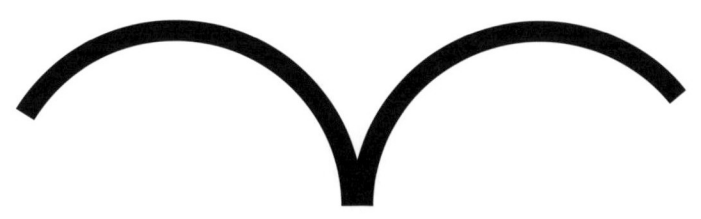

Chapter 8

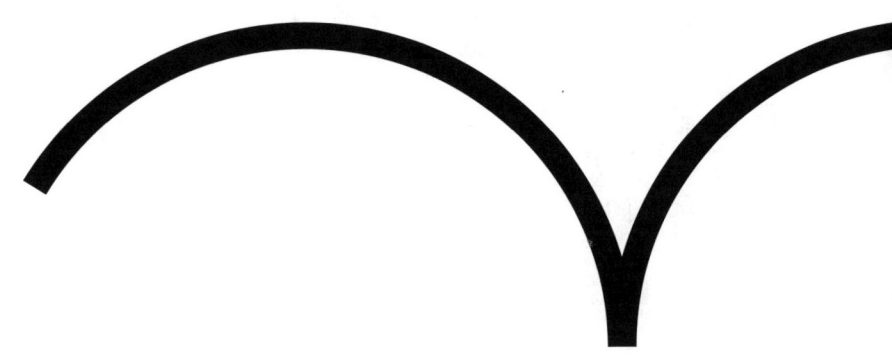

開拓者的歌聲裡，永遠有無數沉默的和聲。

——朗寧日記

穀神

朗寧先生的圖書館一直是孩子們最大的盼望。每到第一百個地球日，阿尼亞小學裡就開始湧動起那種蠢蠢欲動的興奮，就像烤箱裡就要出爐的黃油小餅乾，乍一看排得整整齊齊，但仔細盯著，就能發現那些小餅乾劈劈啪啪地輕聲跳動，送出一陣又一陣香味瀰漫在空中。這一天，孩子們的臉上總是掛著笑，儘管他們會比往常更努力地裝作鄭重其事，但那種笑仍然會洋溢出來，透過他們抿著的小嘴、揚起的眉梢和故意挺直的背洋溢出來，他們不知道人最難以掩飾的就是心底躍動時臉上的神采飛揚。

妮妮小姐在講臺上，將一切都看得明明白白。孩子們總以為自己的小動作不會被注意，但妮妮小姐卻早就發現，孩子們總是下意識地瞅著牆上的鐘錶，每隔幾分鐘就悄悄望一望窗外的天空，奇卡已經抱著小紅板埋頭寫了一個小時，茵然和曼娜在小聲嘀嘀咕咕，而最淘氣的帕路塔竟然一反常態，端坐著專心聽講。沒有誰理會玩具櫃，靠墊也安安靜靜地散落在教室後面。

妮妮小姐若無其事地念完這一天的最後一篇文章，輕輕闔上課本，說出了孩子們一直等待的那句話：「今天就到這裡了，回家小心點。」孩子們爆發出一陣歡呼，擁擠著跑出門去。

她微微地笑了，有什麼能比這些單純的孩子更可愛呢？

窗外，淡金色的天空燦爛如昔。

朗寧先生的圖書館準時出現在小鎮的上空，孩子們歡呼雀躍起來。淡藍色的小飛船是一隻海豚的形狀，額頭高聳，嘴微微上翹，背部線條流暢，尾巴彎起來，就像給一支悠揚的歌加上跳音做結尾，海豚的眼睛又大又亮——那是朗寧先生的舷窗。飛船曾經是一架舊式小型貨運船，當時的改裝還花了朗寧不少錢，對飛行來說，這樣的設計不是最好的，但他知道，孩子們非常非常喜歡。朗寧盤旋了好幾圈才降落，小海豚在金燦燦的天空中暢遊，連大人們都停下手裡的工作，駐足仰望。

飛船降落在鎮中心的空場上，小海豚和身旁小飛象的雕塑相映成趣。孩子們奔跑著一擁而上，踮著腳等待朗寧先生熟悉的笑容。朗寧滿頭銀髮的腦袋從視窗探出來，向他們擠擠眼睛，兩個手指舉到眉梢劃出一道弧線，掠過天空彷彿帶出一串閃光，這是他慣常的招呼方式。

「嘿，我的小精靈們，你們最近好不好呀？」

孩子們爭先恐後地回答著，嘰嘰喳喳的聲音連成一片，朗寧滿意地摸摸鬍子，呵呵地笑了，說：「快來看看，你們的老朋友給你們帶來了什麼！」

小飛船的側門緩緩地滑開了，露出了飛船裡大大小小的七彩的盒子。孩子們一下子安靜下來，所有目光都炯炯地集中過來，後排的孩子一蹦一蹦地跳起來，但誰也沒往前擠，而是乖乖地眼巴巴地向前望著。大家都摒住呼吸，時間也好像停止了一般。

朗寧先生的身影終於出現在門口，銀灰色的制服線條硬朗，泛著淡淡的光澤，立領，長擺，硬質寬腰帶左右各鑲了一枚徽章。看著孩子們瞪大了眼睛不明所以，他在舷梯上站定，挺起胸膛說：「這就是我跟你們說過的，我年輕時穿過的軍裝，怎麼樣，好看嗎？」

孩子們「呀」的一聲驚叫了起來，全都伸長了脖子想看個究竟，離得近的小心翼翼地想要觸摸衣服的質料，伸出手沒有碰到卻又縮了回來。對這些孩子來說，軍人和戰爭就是傳奇，是不可思議的神話，是所有熱血、英勇與智慧象徵，讓他們覺得神祕又興奮。

「唉，老啦，皮帶都快要扣不上了！」朗寧摸摸肚子，笑呵呵地說，「小傢伙們，上次借的書都帶來了嗎？」

朗寧先生一直非常喜歡這顆小行星。事實上，在這十五年開圖書館的日子裡，在這四顆小行星、四顆木衛星的輾轉奔波中，他一直對這一顆，對這座小鎮情有獨鍾。

穀神星比他的三個兄弟姐妹都要大，直徑達到一千米，於是理所當然地成為小行星礦業帶的中心。相比而言，其他幾顆星上的居民區更像是工廠的社區，人口少，結構單薄，不像這裡形成了完整的小鎮。穀神上有學校、各式各樣的商店和娛樂場。所以這裡的孩子最多，也最活潑可愛。

另一個吸引朗寧的原因是這裡獨特的風景。作為一位攝影師，朗寧在這幾十年裡走過了很多地方，但無論是在地球，還是在人類的第二基地火星，他都沒看到過這麼迷人的漂流的陸地。

很多年前，當第一批拓荒者剛剛到達這裡的時候，穀神還是一片冰封的荒原。人們撥開塵埃、掘起泥土、打碎冰塊，取走下面豐富的金屬和礦產。一位叫作泰林的年輕軍官帶了一百人來到這裡，用一種輕而堅韌的有機材料建造住所。他們造的房子就像彩色的大氣球，一半在地下，一半在地上，半透明而反射著淡淡的光輝。後來，泰林請來火星上很有名的材料工程師為這顆小星星罩上兩層完整的薄膜，一層是納米半導體，而另一層是高分子氣體，散射陽光、保存熱量。他們從木星運來氫做聚變的能源，還建起工廠。從此之後，穀神上面有了光、有了空氣、有了溫度，泰林和他的夥伴們在這裡定居了。

慢慢地，隨著星球表面溫度的升高，原本的冰原融化成了大海，曾經的沼澤逐漸變成了汪洋一片。這時候，神奇的事情發生了。蓋房子的材料在泥水混合物中開始自我生長，同時大量吸附周圍的泥土。大家終於開始明白為什麼每座房子的「腰」上必須留一圈「裙子」，他們驚嘆泰林的高瞻遠矚，而泰林只是微微笑，什麼也不說。經過了兩個地球月，那些「裙子」終於彼此連接到一起，而且夾雜大量泥土，在房子與房子之間搭建了足夠的陸地。

一百年過去了，開拓者的親朋好友、親朋好友的親朋好友，還有探險流浪的好奇的人陸陸續續來到這裡，安居、工作、繁衍生息，小鎮慢慢擴大，幾千座房子，一萬多人口。人們緩慢地飄浮著，從水底挖出泥土和金屬，提煉後交給火星來的飛船，換取美食、衣服和其他必要的東西。

朗寧每次在小飛船上俯瞰這片奇特的陸地時，都會由衷地發出一陣讚嘆。看那麼多或大或小的泡泡房在陽光下閃閃發亮是一件極其享受的事情，它們圓潤光滑，晶瑩剔透，五彩繽紛，綿延數公里。房子之間，乳白色的馬路組成花朵的圖案，鎮上零星幾處沒有填滿的地方，露出地下的大海，就像花瓣上清透的露珠。

「……我的鐳射劍又刺中了兩個敵人，在前方打開一個缺口，但敵人太多啦，他們瞬間就又圍攏過來，漸漸地，我開始感覺體力不支了，我一直告訴自己不能放棄，要站著堅持到最後一刻，我想起那些死去兄弟們的笑容，還有我們一同立下的誓言，我發瘋似的揮動鐳射劍，我的腰上、肩上都受傷了，敵人還在不斷地湧上來，我知道我已經不行了，但我就是不願意向他們屈服，我於是拚盡全力退到艙門口，大喊一聲：『為了聯邦的光榮！』便縱身跳了出去，融化在茫茫的宇宙間……」

齊卡的聲音逐漸小了下去，一時間寂然無聲，孩子們都還沉浸在他剛剛營造出的激動當中，久久不能平靜，誰也沒有說話。朗寧注意到，幾個女孩子的眼睛裡湧出了大滴大滴的淚珠。好一會兒，激烈的掌聲才爆發出來，每個孩子都顯得很興奮。

朗寧微笑著摸摸齊卡的頭，遞給他一顆糖說：「很好，你會成為勇士的。」齊卡今年十二歲，比一般孩子更喜歡讀故事，也常常自己編，正是在他的帶動下，每次大家在朗寧先生到來時都會圍在一起講故事，慢慢地形成了傳統。朗寧喜歡這樣的時刻，他喜歡看孩子們爭先恐後的樣子。他帶來圖書館，就是希望種下故事的種子。

「我要講吸血鬼！」帕路塔蹦蹦跳跳地叫著，「那個吸血鬼可真厲害呀，白天總藏到很祕密的地方，晚上就跑出來吃人，誰拿他都沒辦法，已經死了好幾個人了。這時候，我終於想到一個好辦法，我偷偷地把村子裡所有的鐘錶都弄停了，結果他以為一直是白天，就一直都沒有再出來，我們村得救啦！」帕路塔一邊說，一邊露出得意的笑。

「這辦法不行！」一個孩子叫道，「你怎麼知道吸血鬼沒有自己的手錶？你得把他的表停下來才行。」大家哄地笑了起來。

朗寧不禁啞然失笑。穀神的自轉大約八小時，孩子們頭上的天空總是在明暗間變幻。因此，穀神的黑夜由人來規定，孩子們並不懂得黑暗與夜的關係。人類知道自己體內的週期節律已經刻寫了幾億年，不會很快適應全新的生物鐘，於是向太空移民時人為地保留了故鄉的節奏，每二十四小時便遮擋出自己的休息時間。或許孩子們每天都暗中盼著鐘錶停走，這樣，時間就停下來，他們可以晚一點上床，可以多玩一會兒扮國王的遊戲。

孩子們沒有見過的東西還有很多，他們的世界沒有月亮、沒有山、沒有樹，也沒有小動物。穀神鎮是一片沒有根系的陸地，孩子們從出生開始就在泡泡裡漂流。這也就是為什麼他們那麼喜歡朗寧先生的故事，在他們看來，自己的小鎮太平淡無奇了。

朗寧先生轉身回到飛船，小心翼翼地抱出一個半米見方的玻璃塊，放在膝蓋上，又掏出一個黑色的小遙控器，嗒嗒地按動了幾個鍵。幾秒鐘之後，玻璃裡面開始出現水波一般蕩漾的細紋，蕩著蕩著化成極小的碎白的顆粒，顫動、瀰散、凝聚、旋轉，過了一會兒，慢慢出現了辨認得清的圖像。這是一台全息影像播放機，儘管穀神的高科技用品不算少，但這樣的播放機他們還是第一次看見。

孩子們全都伸長了脖子，眼睛瞪得圓溜溜的。玻璃裡的景象越來越清楚了，一片層層疊疊的綠色出現在眼前。

「樹！那是樹林！我看到過照片！」不知是誰興奮地叫了起來。

是的，那是樹，浩瀚的林海，濃密的熱帶雨林。影像在一條小船上拍攝，河道嵌在雨林裡，河水湍急，如巨蟒般蜿蜒。河道兩邊布滿了高大筆挺的熱帶喬木，滴著水的藤蔓在樹與樹之間盤旋，把樹冠糾纏在一起，尋不見根源，也找不到盡頭。林子裡開著無數色彩斑斕的寄生花，鈴蘭晶瑩如綠珍珠，並蒂蘭潔白如玉，鳳梨花奔放的輪生葉片構造出一個小「池塘」，裡面生活著樹棲的蛙和螺。畫面裡還能看到藤黃、天南星和長著十幾釐米長刺的棕櫚；還有蜂鳥上下翻飛，石雞為求偶亮出最閃亮的羽毛，美洲豹優雅地臥在巨大的樹叉上休息。

孩子們一樣事物也不認得，卻看得如癡如醉，目瞪口呆。

「回家啦，孩子們，該回家啦！」就在驚嘆聲此起彼伏時，妮妮小姐柔柔的聲音傳了過來，她的聲音總是甜美而溫柔，像一杯淡紅色的玫瑰露。

「再等一會兒啦！」、「妮妮小姐……」、「把這一點看完行嗎？」孩子們頓時炸開了鍋，使盡辦法軟磨硬泡。妮妮小姐一邊笑著哄著，一邊求助地望著朗寧先生，朗寧站起身，關閉圖像，將播放機放回飛船，笑咪咪地取出這一次的存儲卡。孩子們起初不情願，但注意力很快便被轉移，乖乖地靜了下來，拿到存儲卡的迫不及待地插進自己的小紅板，恨不得立刻開始閱讀。朗寧知道，以他們的閱讀速度，不用一百天大家就差不多輪換了一圈了。

看著所有的孩子各自散去回家，妮妮小姐坐在飛船的舷梯上舒了一口氣：「唔……」

朗寧先生在她身邊坐了下來，兩人都安靜著沒有說什麼。天還是溫柔的金色，一下子靜下來便能感覺微風拂在臉上，一絲涼意。

妮妮側頭看著朗寧先生，老人的面容寬厚可親，臉上依然掛著笑意。妮妮想起了自己小時候，依稀覺得他銀白的頭髮還是那麼濃密，額頭也依然寬闊潤澤，看不出皺紋，於是輕輕地嘆道：「您真是十幾年都不變老呀。」

朗寧把目光從遠處收回來，慈祥地看著妮妮：「你們倒是都長大啦……從小孩子都變成老師了，真快呀。」

妮妮的臉泛起一絲紅暈，笑道：「他們比那時的我們活躍多了，我可不怎麼會編故事。」

朗寧卻搖搖頭：「這也不是你的問題。有時候我還會反省自己，不知道鼓勵他們編故事是不是有些誤導。」

「怎麼說？」

「你有沒有發覺，不少孩子的故事固然講得繪聲繪色，可是與其說是想像，倒不如說是模仿，很多設想都是書裡看來的。」

「可是那些地球上的事孩子們都沒見過，想也想不出呀。」

朗寧先生嘆口氣道：「我就是怕看書多了讓他們誤會，把想像當成一些符號，好像只有說那些城堡、魔法師還有火星戰場才叫故事。妮妮，你知道嗎，你們的小鎮其實是我見過的最奇妙的地方，只不過你們離它太近了，就覺得平淡無奇了。」

妮妮沉默了一會兒，撫摸著海豚光滑的外壁說：「奇妙不奇妙，也總是有個比較才知道。這也怪不得他們，要是真能讓他們出去看看就好了。」

朗寧先生心裡忽然一痛，他發覺妮妮自己也還算是個孩子，也同樣從來沒看到過外面的世界，卻已經承擔起那些更幼小的花兒的夢想了。他拍了拍妮妮柔弱的肩膀說：「這次我回火星，一定跟總督說一說，爭取接你們一起去轉轉。地球不好說，但去火星大抵是沒問題的。」

聽了這話，妮妮突然抬起頭來，忽閃著大眼睛說：「您不說我倒忘啦！我爸爸讓我來是有正經事的。他想問問您，能不能請示總督，讓我們在周圍的海裡養一些魚呀？」

「養魚？……」這樣的問題朗寧倒是沒想過，他沉吟了一下說，「我幫你們問一下吧，這是個好主意，應該能通過，只要你們自己能控制捕撈。嗯，還可以播撒些水草，也讓孩子們看看真正的植物。」
妮妮笑了，臉上兩個酒窩，燦爛得就像春天的杜鵑，地球上的杜鵑。她站起來，抖了抖裙子，說：「那就謝謝您了！天不早了，您一定也累了，早些休息吧。」朗寧微笑著點點頭，看著她輕盈的背影消失在瑩白的小路盡頭。

朗寧又獨自坐了一會兒，剛要起身回去，忽然看到不遠處一座拱門的陰影裡，走出一個小小的身影，似乎想靠近，卻躊躇地繞著圈子。他認出那是果果，一個八歲的小男孩。
朗寧走過去，果果有點不安，兩隻小腳內扣著，雙手緊緊將小紅板握在身後，深藍色的大眼睛亮晶如水，望著他卻不說話。朗寧把他抱起來，走到小飛象雕塑下的噴水池，讓他坐在自己身旁。果果沒那麼拘束了，他甩掉兩隻小鞋子，仰起頭用細嫩的聲音問：「朗寧先生，為什麼瑞利先生說天空是藍的？」
「為什麼天空是藍的？」朗寧先生沒想到果果開口問出這麼一句話，這句話三百年前瑞利問過，但他的意思和果果顯然不一樣。果果肯定是看了科學百科一類的書，這讓朗寧很高興。他想了想，說：「瑞利先生年輕時很聰明，也很有錢，他家有一個很大的莊園，所以他大學畢業之後就沒有像其他同學那樣找工作，而是自己買了很多儀器在家裡做實驗，然後看著花花草草想一些奇怪的問題。」
「比如『天為什麼是藍的』？」
「對。當時很多人都不明白他為什麼要想這個，在他們看來，天就應該是藍的，沒有為什麼。」

「可是，天是金色的呀。」

「那些人從來沒出過地球，哪裡知道還有別的天呢？只有瑞利一個人發現，天空的顏色和天上很高的地方的一些小顆粒有關係，太陽光本來是一束，遇到它們就鋪散到四面八方啦，顆粒大小不一樣，天的顏色也不一樣。」

「那我們頭頂上也有嗎，那樣的小顆粒？」

「有呀。一百年以前原本沒有，那時候天都是黑的呢。後來人們在天上鋪了一層小球組成的薄膜，結果天就變成金色了，多漂亮。」

「原來如此。」果果若有所思地點點頭，朗寧忍不住莞爾。

果果歪著頭想了一會兒，忽然很認真地說：「等我長大了，我要給天上換各種不同的小顆粒，這樣，每天就可以看見不同顏色的天空了。您說對嗎？」

那一瞬間，朗寧先生忽然覺得心裡很濕潤，就像清晨的草地掛著露珠。小小的世界，小小的夢想，卻夢想著頭上七彩的天空。他慈愛地撫摸著果果柔軟的捲髮，說：「對，當然對，以後我們可以把天空換成你最喜歡的顏色。以後海裡會有魚，還會有各種柔軟漂盪的水草。以後我們還能一起坐著小飛船飛到火星去玩。你喜不喜歡？」

果果像是聽得呆了，緊緊地抿著小嘴，瞪著朗寧先生看，睫毛輕輕顫動，眼睛卻連眨都不眨一下。半晌，他才說：「是真的嗎？您說的是真的嗎？」

朗寧先生笑了，他把果果抱起來，放到自己腿上，說：「當然是真的。你說，我們把小飛船造成什麼樣比較好呢？小飛象這樣好不好？」

「夜」已經來了，房子裡升起了彩色的簾幕。一老一小就這麼安安靜靜地坐在噴水池旁，彎彎的噴水池反射著天空的色彩，就像一輪金色的月亮嵌在地上。

火星

從遙遠的高空眺望，火星北半球也像是擁有一片碧藍的大海，波瀾壯闊，綿延數千公里。不過，這樣的圖像不會持續太久，隨著飛行高度下降，連綿的大海會碎成無數小塊，碎成大小不一的湖泊和交叉縱橫的河流。遠遠望去，宛如一張密集編織的網，波光盈盈點點，如亮片灑滿網的格點。

這樣的畫面會一直持續到距地面八千米的高度，那個時候，眼前的藍色會再一次破碎，這一次將不會碎成任何形式的水面，而是許許多多形狀規則的小塊，錯落起伏，井然有序。

那是屋頂，城市的屋頂。

火星的屋頂都是巨大的矽電池板，在這片廣袤的紅色平原上生存，陽光是唯一堅實的依靠。沒有化石燃料，沒有樹，也沒有取之不盡的重水，人們展開一片片屋頂，像一雙雙翅膀擁抱著頭頂的光芒與熱量。城市在翅膀的庇護下成長起來，像幾眼孤單的泉匯成連綿的海。

能量的承載終究有限，翅膀無法供應太高的建築，因此城市始終沒學會飛揚跋扈。火星的房屋就像一個個剔透的晶格，鋼骨架和玻璃幕牆拼搭出奇妙的形狀組合，色調清涼，線條流暢而簡潔。火星的城市是一張處處連通的大網，相鄰的建築彼此相連，群落之間，透明的管狀公路如絲般阡陌縱橫。沒有人能在城市以外的空氣裡自由呼吸，儘管釋放岩石中的二氧化碳使大氣厚度增加，但氧氣卻仍然稀薄得可以忽略。人們一直在玻璃下仰望天空，城市就這麼鋪陳開來，從水手谷到北極冠，頑強而緘默，鋪成一片浩瀚的海洋。

在海洋中尋找應當落足的小島，即使對朗寧這樣輕車熟路的人也不是一件容易的事情。他在低空盤旋了四五圈，才最終找到普洛斯區的小型停機坪。停機坪緩緩向兩側滑開，他的小飛船無聲地降落進去。

普洛斯圖書館是南部十五區中最大的一個，朗寧先生每次都在這裡更新自己的書庫。這一次，他特意選了許多關於海洋和植物的書，有童話，有百科，也有地球孩子的創作，他在觸控式螢幕上預覽了很久才按下「選定」，整整一大盒存儲卡從傳送帶口滑行出來。

朗寧轉向資訊中心，點擊了生命技術園轉基因植物第五實驗室，螢幕中一個黑色頭髮的女孩從小池塘邊站起身來，朝他笑了笑。

「基因五號實驗室。有什麼能為您效勞嗎？」

朗寧欠身向她致意，簡要地表達了自己的疑問。

女孩露出兩個可愛的酒窩，說：「您這可問得巧了。別的植物可能很難辦，但各種淡水水藻絕對沒問題。這可是我們實驗室這兩年最主要的研究方向呢。」

朗寧很驚喜：「哦？是準備大規模種植嗎？」

女孩說：「具體背景我知道得也不多，大概是政府的專案。您知道，空氣裡如果沒有氧，一般樹木都不能活，所以政府想重點發展厭氧藻類，希望以後能改善空氣成分。」

正該如此，朗寧想，他比了一個讚許的手勢說：「這可是好事。什麼時候開始種植呢？」

女孩輕輕皺了一下眉頭，說：「其實技術方面已經沒什麼問題了，池子裡的模擬實驗也都通過了，但就是聽說合適的大片水域還沒找到，所以暫時沒有計畫。」說到這裡，她歉意地笑了一下，「更詳細的情況我也不知道了，我是今年選課才到這裡的。如果您還有什麼想了解的，或是想要提取樣品，明天這個時候莉絲老師就會在了，您跟她說就可以了。」

朗寧微笑著向她表示感謝，切斷了畫面的連接。

從圖書館出來，朗寧先生逕直來到漢斯先生的家。二層小樓並不豪華，看上去與一般居民區的房子沒什麼不同，只有門前水滴形的小廣場彰顯著屋子主人的身份。小廣場的穹頂足有十米高，水滴的弧形一側均勻散列著五個隧道車入口，而另一側則通向總督府紅色的正門。

為朗寧開門的是路迪，漢斯先生的孫子。他穿了一身薄薄的金屬防護服，樣子頗為滑稽。看到朗寧，他吐了吐舌頭，笑道：「還好是您，要是被教育部的拉克大叔看到我這個樣子，肯定又要大呼小叫了。」

「小鬼，」朗寧笑道，「屢教不改。這回又折騰什麼呢？」

路迪眨眨眼睛，說：「一個小玩意。您來看看就知道了。」他邊說邊向裡面揮揮手，朗寧跟著他走上樓梯。

「你爺爺不在家嗎？」

「去平泰的災區了。這回的損失挺嚴重的。」

「災區？平泰又遇到風暴了？」

「您還不知道嗎？上個星期的事，中心風力有十級呢。還好來得快也去得快，要不然不知道得倒下多少房子。」

朗寧輕輕嘆了口氣。這已經不是第一次了，火星暴烈的風沙曾在整月席捲整顆星球。這也是為什麼人們把世界建成綿延廣闊的複雜網路，在這片紅色的土地上，城市只有彼此支撐，才能避免如水滴般蒸發的命運。即便是這樣，國度的邊緣也依然時常被掀起，撕扯出不規則的邊邊角角。

朗寧跟著路迪來到他的活動室，這是整座房子最大的一間，通透而視野開闊。朗寧覺得每一次來，這個房間都會發生翻天覆地的大變革，有時會豎起頂天立地的玻璃罩，有時會在整個地板上鋪滿沙子。這一次，房間裡格外凌亂，彷彿某件機器剛被肢解，各種儀錶、零件和金屬外殼隨意地散放在房間的一側。

「您來看這個。」路迪站在一個金屬罩旁邊，手中舉著一頂奇怪的頭盔，彷彿二十世紀初飛行員的裝備。

朗寧把它戴在頭上，從金屬罩的小視窗向裡面望去，視野中的小螢幕上能明顯地看出一隻蝴蝶的圖案。

「是哪個波段？」朗寧多少猜到了頭盔的用途：將高頻電磁波轉換成視覺化圖像。

「X射線。能看清嗎？」路迪問，聲音很興奮，「原來的ＣＣＤ角分辨不太好，改裝成這麼小就更難定位了。」

朗寧又仔細看了看畫面中的圖案，說：「這還叫不清楚嗎？」他說著，摘下頭盔，滿臉笑意地盯著路迪的眼睛，道，「小傢伙，你這ＣＣＤ是從哪兒來的？這種角分辨已經不是一般醫療儀器能達到的了。」

路迪撓撓頭髮，笑容讓小鼻子微微皺起來：「上個月YXT－4上天了，PXA不就正式下崗了嗎……」

路迪說的都是火星發射的X射線太空望遠鏡。火星的空間技術一直很先進，幾百個觀測站在外空軌道長期運行。朗寧敲敲路迪的小腦袋，問：「那你又是怎麼偷來的？」

路迪滿不在乎地笑道：「我今年不是選了斯密教授的課嗎？因為表現得太好了，他就把那些回收的舊零件送給我當禮物了。」

火星的孩子從八歲開始就可以自由到各種機構、研究所、學校和藝術中心選修自己喜歡的課，路迪今年就選了宇航中心的三門天文學課程，而斯密教授剛好就是高能衛星項目的首席科學家。

「原來是有預謀的。」朗寧也呵呵地笑了。這個十四歲的小男孩總能給他一些驚喜。

「才不是呢！」路迪揚揚眉毛，一本正經地說道，「我可是想參與將來的大宇航呢！」

「大宇航？了不起！不過，你就不怕遇到綠毛外星人？」

路迪撇撇嘴說：「您當我是地球那些無聊的小孩隨便亂說嗎？我是說真的呢。斯密教授說，最遲明年，遠征計畫就要重啟了。」

「真的？」這個消息讓朗寧頗為驚喜。他已經很久沒聽人說起過遠征這個詞了。

朗寧的思緒於是回到四十年前，回到戰火紛飛的年代中，和漢斯一起並肩飛翔的日子。他們曾一起飛翔在兩萬米的奧林匹斯山下，開火、防禦，追擊、躲避。那已經是漫長戰爭的晚期了，他們曾一同躲在奧斯東環形山的山坳裡，看著漫天風沙，夢想戰爭結束後的生活，夢想未來的城市，夢想遙遠的宇航時代，就像今天的路迪一樣，眼中寫滿了希望。

門廳的音樂聲忽然響起來，將朗寧從回憶中拉了回來。路迪開心地叫道：「爺爺回來了！」說著便一蹦一跳地跑下樓去。

漢斯先生的身影出現在走廊，高大挺拔，一身式樣古典的白色制服，這意味著他剛剛參加了公眾集會。他的神情依然雍容而沉靜，深褐色的頭髮和鬍子也依然整齊，見到朗寧一如既往地微笑著拍他的肩膀，但朗寧卻明顯地感覺到，漢斯比以往任何時候都顯得疲倦，深藍色的眼睛彷彿更加深陷下去。

朗寧跟隨漢斯來到小客廳。這是一個橢圓形的小房間，淺藍色的玻璃將遠方的峭壁裁剪成狹長的畫。他倆坐下的時候都長舒了一口氣，寬大的沙發按兩人的身形調整了角度，飲水機送出一壺熱氣氤氳的奶茶，彌漫著淡淡的印度香料的味道。

漢斯為朗寧斟好一杯茶，說：「你的郵件我收到了。昨天我和教育部聯繫了一下。」

朗寧打斷他：「你最近要是太忙了就過些天再說吧，這些事都不著急。」

「你聽我說完。」漢斯眼睛望著窗外，聲音很平靜，「其實穀神的事我早就想和你商量了。這幾天你去問問，看他們願不願意讓孩子們到火星上來上學。我已經和拉克部長打好招呼了，如果他們同意，過幾天我就把正式的政府邀請函寄過去。」

這個決定是朗寧沒想到的，他沉吟了一下，點頭說：「好，我知道了。」

漢斯微微點點頭，但聲音裡仍舊沒什麼表情：「至於另一件事，我想就算了吧。養魚和植水草恐怕沒什麼必要，食品方面，我會吩咐運輸隊多增加一些種類的。」

「能不能再考慮一下？」朗寧說，「這件事其實不完全是食品的問題，而主要是孩子們的夢想。漢斯，你要是也看見那些孩子們的眼神，就像我們小時候……」

「朗寧，」漢斯打斷他，直視著朗寧的眼睛，說，「我知道你喜歡穀神星那些孩子們。我也喜歡。不過，夢想這個詞不是那麼好說的。做夢誰都可以，但實現起來就是另一回事了。」

朗寧歎了口氣，他知道總督有總督的立場。他沒有再說什麼，轉而問道：「災區那邊怎麼樣了？」

漢斯默默地將杯子放到一旁，按下小茶几側面的紫色按鈕，茶几的白色漸漸隱去，光滑的桌面亮出照片和文字。「你自己看吧。」漢斯說，「沒有海洋和植被，恐怕沙暴一時半刻還對付不了。」

朗寧一邊俯身瀏覽著那些資料和資料，一邊問：「地下水勘測還是沒有結果嗎？」

漢斯搖了搖頭，靠回大沙發裡，苦笑了一下：「沒有，希望很渺茫了。」

朗寧知道這意味著什麼，他能看出漢斯目光深處寫著的憂慮。總督要面對和處理的問題，是當初火星開拓者們所不曾預料的。人們那時捧著河道和峽谷的照片躊躇滿志地登上這片土地，滿心以為很快就能找到大規模地下水源，然而至今，火星龐大的城市網路仍然依靠著北極冠融水頑強支撐。

朗寧有些黯然。火星是一片倒置的國度，這裡有著精確的自動控制，高速的隧道交通和不斷更新的生物技術，然而這裡的人們卻始終在為生存而鬥爭，始終為陽光、空氣、綠樹和水默默鬥爭，用盡一切努力。

八天後，朗寧再一次坐進通向總督府的隧道車。上一次離開的時候，他並沒有想到自己這麼快又會再來。

隧道車燈光明亮，音樂柔和，但朗寧卻完全沒有心情欣賞，他一直回憶著兩天前在穀神星上的談話，回憶著泰林鎮長洞徹的笑容和淡淡的言語。

「終於要來了啊。」那時泰林鎮長擦拭著前幾任鎮長的照片，照片裡的笑容一片和煦。現在朗寧回想起整個事件，感覺一切看起來是如此明顯，而自己只是後知後覺。朗寧想，或許泰林家族比誰都更清楚小鎮何去何從，因而鎮長心裡早就有了不祥的預感。於是他提出養魚的請求作為試探，而得到的答案卻是否決提案，卻主動接所有孩子到火星上學。所以一切都很明白了。

隧道車緩緩停下，艙門向兩側滑開，總督府的紅門赫然出現在眼前。

見到漢斯是在他的書房，他正站在兩排拉開的老式書櫃之間，神色嚴峻。牆上的大螢幕中，一個戴眼鏡的女子正在彙報工作，看到朗寧進來，她主動鞠了一躬，將信號切斷。隨著畫面漸漸隱去，螢幕恢復成為平素七彩的照片。這是一張穀神鎮的俯瞰圖，朗寧知道漢斯一直非常喜歡，從他第一次帶來，掛到今天已經將近十年了。

「坐吧。」漢斯向書桌前的高背椅子示意，身後，書櫃無聲地緩緩合攏。

朗寧沒有坐，他雙手撐著桌面，直直地看著漢斯說：「漢斯，如果你還拿我當朋友，就實話告訴我，這幅照片就要成為最後的紀念了，是不是？」

漢斯並沒有回避他的眼神，平靜地點了點頭，說：「我並沒有想瞞你。」

「為什麼？如果這片風景不在了，難道你不在乎？」

「我在乎，我當然在乎。」漢斯說，「但火星總督不能在乎。上個星期，公民議會壓倒性地通過了廢除穀神的決議。」

「好吧，那告訴我你們的理由。」

「第一個理由很簡單，我們的能源並不充足，在小行星往來運輸成本太高。而相反的是，火星自己的礦產開採成本是越來越低了。」

「那第二個理由呢？」

「第二個理由是近來航太技術越發完善了，以前做不到的事情現在可以做到了。」

「是指什麼？可以做到什麼了？」

「在小行星上安裝火箭，推到近火星軌道，再進行捕獲。」

「你的意思是，讓穀神鎮成為火星的月亮？」

漢斯沒有立即回答，緊閉的嘴在濃密的鬍子下，畫出嚴肅的線條。沉默了好一會兒，他才緩緩開口道：「不是，我們要把星體瓦解。這涉及到第三個理由。我們需要穀神，卻不是因為礦產，而是因為水。」

聽到這一句，朗寧一直繃緊的身子忽然鬆下來，他將領口的扣子解開，慢慢地踱到窗前，斜靠在牆上，說：「終於說到重點了，這才是你們的真正理由對不對？」

漢斯靜立著如一尊雕塑，說：「勘探隊最後的報告認為，火星幾億年前的確有水，但不知什麼緣故風乾了，現在地下極端乾燥，發現大規模水源的可能幾乎沒有。」

「所以你們就想到了穀神？那麼小一片海洋，能有多大用處呢？」

「豈止是那層海洋，你難道不知道穀神有多少水？下面幾公里深的凍土層，如果把地幔裡的水全部融化，可以等於地球淡水水體的總和。你知道這對於火星意味著什麼？第五基因實驗室正在培育水藻，我們需要真正的大湖和貫通南北的河。」

漢斯沒有繼續往下說，但朗寧當然明白他的意思。豈止是第五實驗室的水藻，有了水，接下來還會有一整條開發鏈：空氣成分可以改善，植被可以覆蓋，風沙可以大大減少，火星可以真正適宜人類居住。

「可是就沒有別的辦法嗎？」

「有人曾提出從木星取氫再燃燒，不過你自己也可以算一算，這兩種方案的成本會差多少？」

朗寧知道這是實話，他也知道到了這一步，已經沒有任何挽回的餘地了。但是他也同樣知道，穀神星若被徹底粉碎，妮妮、果果和鎮上所有的居民都再也沒有自己的家園了。

「我明白了。現在我只關心一件事，穀神鎮的居民怎麼辦？你們準備怎麼處理他們？」

「大多數議員的意思是專門給建他們一個居住區，政府提供優厚的救濟……」

聽到這話，朗寧漸漸平息的情緒又一下子激動起來：「救濟？你讓他們以後就一直活在火星人的施捨當中？」

「我知道這話不好聽。但你靜下心來想一想，火星一切工作都以晶片技術為基礎，不要說設計，就連採礦都是全自動機器作業，他們能幹什麼？」

「所以呢？你的議員們覺得自己已經仁至義盡了是不是？指點一個世界的生存，就像慈悲的上帝是不是？你們究竟有沒有考慮過穀神鎮人們的心情？」

「朗寧，我根本不是在和你說心情。你還不明白嗎，人們在大歷史鏈條中是談不到心情的。你自己提到地球上的工業革命、能源革命的時候，想沒想過圈地運動中農民的心情？想沒想過消失的克拉瑪依市人們的心情？」

「好，好，我明白了！」朗寧抓起自己的大衣，大踏步地向門口走去，「你放心，我會把話轉達給他們，保證不會讓他們的小心情阻擋你的大歷史的！」

說完，朗寧重重地把門碰上，漢斯似乎還在背後說些什麼，但他已經聽不見了。

朗寧一邊走，一邊胡亂理著自己的銀髮，在走廊的拐角，路迪突然蹦出來，著實讓他吃了一驚。

路迪有著和他爺爺一樣深陷的藍色眼睛，眼睛裡寫滿笑意：「朗寧爺爺！就等著您出來呢。您看，我的頭盔完成了！」

朗寧勉強擠出一個笑容道：「是嗎？那太好了。」他拍拍路迪的肩膀，說，「今天我還有點事，改天來了一定好好看一看。」

路迪的笑容一下子變成了失望，摸摸鼻子，說：「我本來還想讓您這次就帶給轂神星的鎮長看呢。」

「轂神？」朗寧很訝異，「為什麼給轂神的鎮長看？」

「因為，我聽說他們的飛船只準備安裝四個波段的探測器和定位儀，剛好沒有ＰＸＡ的硬Ｘ射線波段，所以才改裝了這種可攜式頭盔，希望能幫他們多帶一雙眼睛。雖然……」

「等等，你剛才說什麼？你說他們的飛船是什麼意思？」

路迪有些莫名其妙地眨巴眨巴眼睛，說：「難道爺爺沒有告訴你嗎？爺爺準備讓他們成為遠航的第一批呀，我一聽到這個消息，就想幫忙做點什麼了……」

朗寧像被閃電擊中似的呆立了一瞬，頭腦中只迴旋著遠航兩個字，路迪再說什麼也都沒有聽清，好一會兒，才如夢初醒地轉過身去，衝進漢斯的書房。

「遠航是怎麼回事？」朗寧進屋的時候，漢斯正站在大玻璃前向遠方眺望。

「是路迪告訴你的？」漢斯沒有回頭，但聲音已經比剛才和緩了許多，「這孩子總是沉不住氣。這件事還沒通過正式審核呢。」

「告訴我，到底是怎麼回事？」

漢斯轉過身來，面色凝重，窗外已經亮起的街燈將他的側臉映成淡藍色。「你以為，人們當初建造小行星基地，僅僅是為了採礦嗎？」

朗寧心中如電光石火般閃過泰林老人曾說的一句話：「你以為人類花了那麼多錢，就是為了建立一個童話島嗎？」他當時只覺得有點悲傷，卻沒有想過更深的意思。

「其實火星上從不缺少常規礦產，沒必要如此勞師動眾。而且即便需要採礦，也沒必要在那裡開設工廠。朗寧，我不知道你有沒有去過小行星工廠，你知不知道他們主要加工什麼東西？」

「你是說，飛船？」朗寧已經隱約明白漢斯的意思了。

「沒錯，不是什麼瓶瓶罐罐的小玩意，而是飛船，巨大的飛船。一百年前，人們就是想把穀神星當成太空航行的出發站才開發了基地。儘管因為那場曠日持久的戰爭，計畫本身被擱置了，但是小行星的居民卻從來沒停止過自己的工作。戰爭結束以後，我們曾經三次修改過設計方案，他們一直很配合，也很努力。現在離最後一套方案的組裝階段已經不遠。所以……」

「所以，你決定讓他們做自己飛船的第一批乘客？」朗寧發覺，從始至終，最不了解情況的就是他自己。

漢斯點點頭：「以前的計畫裡，他們只是製造者，所有飛行者都由火星選送，但現在不一樣了。如果捕捉了穀神，那麼這就將是小行星太空基地的唯一一次發射了。所以我想，還是讓他們去吧。」

「那目標是哪兒？」

「比鄰星三號行星。」

「會用多久？」

「說不準，二十幾年吧，得看路上的情況。」

「有多大把握？」

「不知道。」漢斯說，「危險肯定有，這是實話。我只能保證專家盡了最大可能做測算，也會有受過特訓的宇航員跟隨，不過誰也不知道這一路會遇到什麼，就連太陽系裡面都不能保證安全。所以朗寧，我要你告訴他們，他們完全可以反對，也有權選擇去還是不去。」

朗寧苦笑了一下：「這算什麼選擇呢？漢斯，如果是你，去還是不去？」

兩個人沉默地站在窗邊，看著窗外華燈初上的街市。總督府遠離鬧市區，遠處的隧道如織維般交錯，淺藍色的隧道燈勾勒出透明的線條，層疊起伏。

「朗寧，你還記不記得我們倆在山洞裡躲風暴的那天？」

「在奧斯東山背後吧？當然記得。四十二年了。」

漢斯拍拍朗寧的肩膀，瘦削的臉上隱約浮現出一絲惆悵：「四十年前沒想過今天吧？做夢的人都不喜歡考慮代價。其實穀神一直就是大宇航鏈條裡的一環，而且還只是個開始，以後的路還很長呢。」

朗寧沒有回答，俯下身子，雙手交叉搭在窗檽，低頭看著樓下。良久，他才不勝疲倦般歎了口氣道：「其實問題的關鍵不是夢想，也不是什麼歷史的鏈條。」

「不是？那是什麼？」

「問題的關鍵是，泰林不該把穀神鎮建得這麼有人情味兒。」

朗寧轉身斜靠著玻璃，漢斯看著他，默默地微笑了。

穀神

廣場上並列排著兩隻神采飛揚的小飛象，一小一大，小的是雕塑，大的是嶄新的小飛船。朗寧先生獨自一人站在噴水池前，凝視著兩隻小象烏溜溜的大眼睛，覺得自己終於明白為什麼當初泰林先生把它當成小鎮的標誌：在創建者心裡，他一直很清楚自己的命運就是飛翔。

穀神，終究是一塊沒有根系的陸地。

在白天的小鎮集會上，鎮長將火星政府的意見如實地進行了傳達。大部分居民都很鎮定，朗寧知道，儘管很多人已經不太清楚祖先開拓的始末由來，但他們早已明白小鎮的孤獨，他們清楚自己已然無法回歸，無論是地球的喧囂還是火星的精密秩序。他們在方寸大的土地上喜怒哀樂一輩子，比起淹沒在火星的城市海洋裡，他們寧願踏上遙遠的征途，繼續寂寞地一起流浪，在前途未卜的航行中支撐起前輩締造的榮光。

妮妮在會場曾悄聲告訴朗寧，說自己心裡其實很感謝最初的宇航計畫，她說，如果不是為了遠航，穀神上根本就不會有那麼多氣體發生裝置和完整的類比重力系統。

「所以說，沒有這個計畫就沒有小鎮，能在這裡住一百年已經夠久了。」妮妮白皙的臉上帶著一絲決絕，「而且，很多人一直以為自己是在為火星人製造，因此，現在的結果會讓他們更欣慰吧。」

這樣的結果讓朗寧安心，他發現，小鎮遠比他想像的更堅強。

不過，如果說大人們的反應尚在情理之中，那麼小鎮對待孩子們的態度卻真的出乎朗寧意料之外了。泰林鎮長執意要讓孩子們自己選擇，是留在火星還是一起上路。

朗寧還記得漢斯對自己說的最後一句話：「把孩子們接來吧。大人們的野心沒必要讓孩子們冒險。」然而當他和泰林鎮長談起這一切的時候，泰林鎮長卻堅定又威嚴地說：「讓孩子們自己決定吧。他們有權選擇。」

「在火星和地球，他們肯定能接受最好的教育，飛出去卻可能會危險重重。您應該為孩子們著想。」朗寧將漢斯的意思如實轉述給泰林，但泰林只說了一句：「為他們著想就應該讓他們去想，他們已經可以去想了。」

於是，泰林鎮長堅持讓所有孩子都一起參加了集會，他們在現場就像一群翻湧的小浪花，成為整個集會上最亮眼的一道風景。鎮長在會上說，所有家庭都可以自行決定，如果孩子決定到火星去上學，那麼父母也都可以留下。

鎮長為大家定下的考慮日期有整整一個星期，然而孩子們在會場上綻放出的燦爛笑容，卻提前洩露了他們的意願，那一張張小臉上，寫著清楚而堅定無比的驕傲，不帶一絲勉強。

「我們當然要一起去！」孩子們興奮得上躥下跳。

「旅途不是那麼好玩的，什麼也看不見，只有黑漆漆的天。」朗寧故意勸他們。

然而孩子們卻爭先恐後地喊著：「黑漆漆的，多有趣呀！」、「不是有很多星星嗎？書上說外面有一千億顆星星呢！」、「他們說我們半路上可以到木星上去玩，是這樣嗎？」、「也許會碰到星際海盜呢！到時候我就可以用鐳射劍……」

「那你們一輩子也看不見地球的熱帶雨林和大草原了呀。」

「也許到了那裡，還有更大的雨林和更大的草原呢！更何況，我們還能看到好多他們看不到的東西呀！」

「果果，你不是還想看看藍天嗎？」

果果忽閃著大眼睛：「我以後一定可以給比鄰星也裝上一層天空的！」

朗寧笑了，但他沒有糾正果果恒星與行星的區別。他忽然發現，只有在孩子心裡，夢想才如此簡單。

「現在您明白爺爺的意思了吧？」妮妮站在朗寧身旁，一同看著這群快樂的孩子。

是的，朗寧明白，自己沒有什麼理由再加以拒絕。危險？有什麼能比陌生而複雜的都市更危險？教育？有什麼能比和自己敬愛的人一起完成一項事業有更好的教育效果呢？

「妮妮，如果最終有很多孩子決定上路，那麼我跟你們一起走。」

妮妮詫異地仰起頭望著他：「為什麼？其實您不必這樣的，我們已經很感謝您了。」

朗寧溫和地搖搖頭，說：「火星的孩子們很成熟，什麼都能自己搜索，可是這些孩子不一樣，他們愛聽我講故事。你應該知道，對於一個愛嘮叨的老頭，有人愛聽是多麼重要。」說到這兒，他頓了頓，「另外，遠航一直是我的一個夢想，年輕時候的夢想。」

從下午開始，小鎮在孩子們雀躍的笑聲裡不但沒有悲傷下去，反而呈現出一片其樂融融的暖意。孩子們已然開始構想旅途的故事，對於他們來說，再沒有什麼比親身經歷一場傳奇更幸福的事了。他們還不懂得寂寞與恐懼，或者說還不懂得生成寂寞與恐懼的空虛，他們的心小小的，裝滿了故事，就放不下那許多東西了。

夜已經深了，廣場上空無一人。朗寧靜靜地看著噴水池，心裡沉甸甸的滿是幸福。

眼前的小飛船他原本打算用來帶孩子們去上學，但不知道會不會和雕塑一起留在小鎮上，留成永久的紀念。最終的結果還要一個星期才能揭曉，在這期間，每個家庭都會做出更審慎的考量，去還是不去，始終是一個問題。不過，怎樣的結果朗寧已經不太在意了，他知道自己帶來的故事種下了種子，種子在發芽，對於他來說，就已經是莫大的幸福了。

朗寧又一次抬頭仰望著金色的天空，他不知道還能仰望它幾次。他開始幻想當孩子們第一次飛到天空裡，第一次俯瞰他們的家園時心中會感到的震撼，朗寧想，風景只有引起心裡的驚奇時才最美麗，這一點，即便是地球人，也不一定有這樣的幸福吧。

清澈的水靜謐地流著，朗寧開始暗自期盼和孩子們一起去航行，哪怕永遠沒有終點。

深山療養院

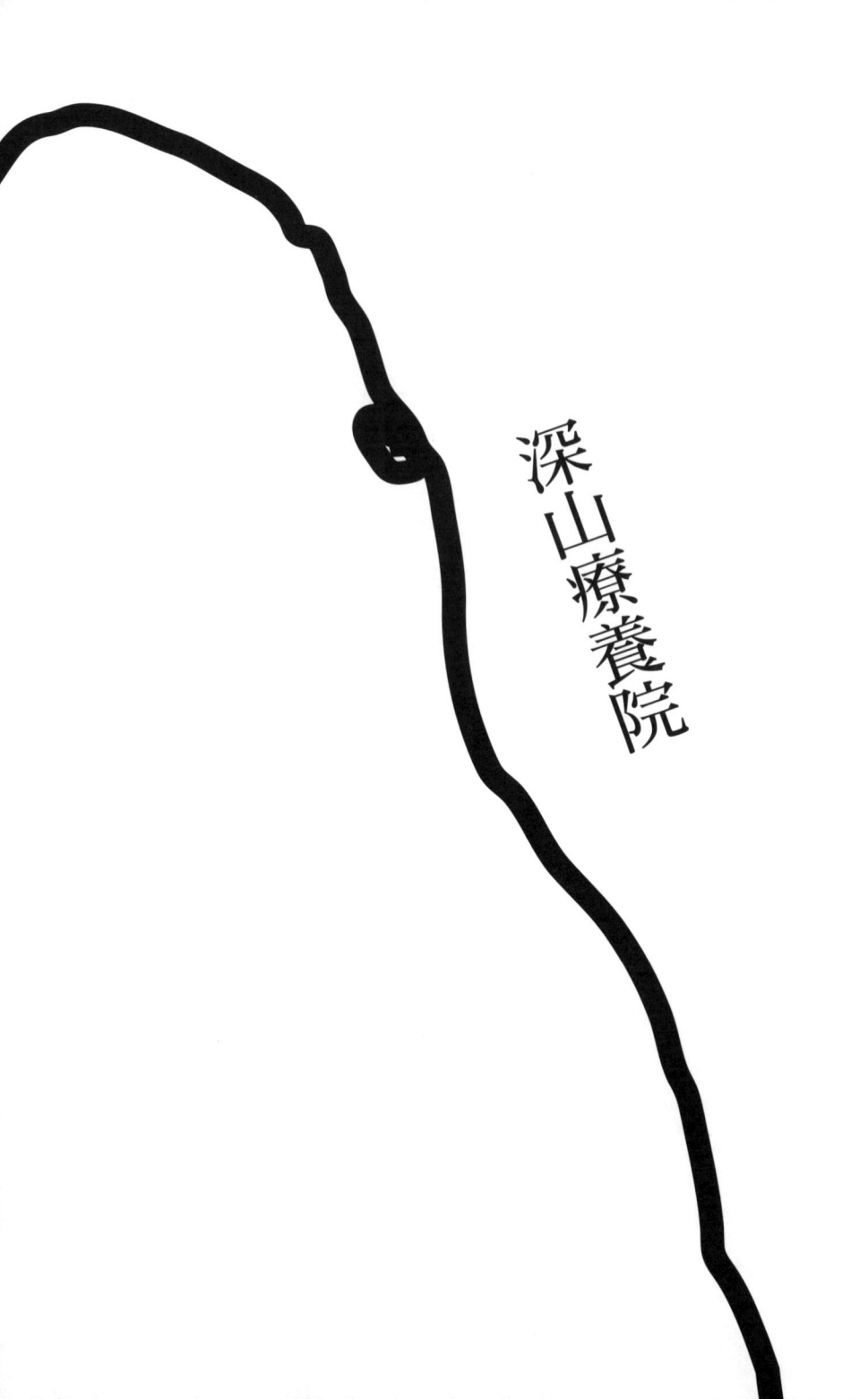

Chapter 9

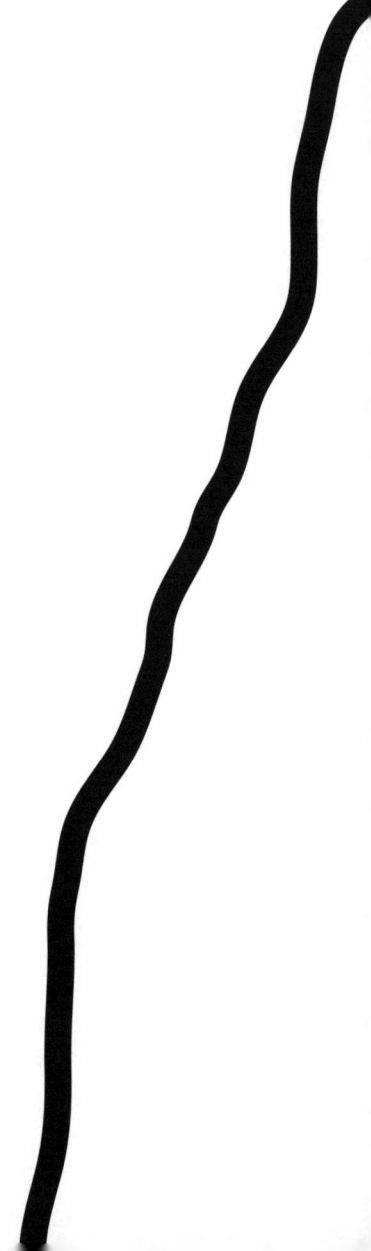

韓知並未察覺到自己迷路。

他只是慢慢地踱著步子，沒注意到天色昏暗、氣溫驟冷，也沒注意到身邊人已經一個都不見了。他在山區一個人散步，從遊人如織一直走到遊人全都散去，還在不斷向山林內部移動腳步。他並不知道此時景區大門已經關閉，家中親人正開始著急。他更不知道幾個小時之後，他的出行會被當作失蹤報給警察局，並吸引媒體的目光。

韓知一邊走一邊想事情。他完全沉浸在思緒中，缺乏抽離，因此想了很久卻不記得自己想了些什麼。頭腦中紛雜而過的事像雲朵快速掠過，只留下地上的明暗陰影，最後空空如也。他並不願意想那些事，只是被它們侵擾，因而他抵抗似的不願意把它們記住。

他腦中時不時飄起妻子安純的話。

「明天白天有事嗎？」

「沒什麼大事，怎麼了？」

「奶瓶有點漏奶，你要是沒事，再去買兩個吧！買進口貝親的、玻璃的那種，華聯就有。」

安純當時一邊說一邊打開櫃子，幫韓知拿出幾件襯衫。

對了，還沒買奶瓶呢，韓知想。

安純將襯衫放在熨衣板上，一邊熨一邊試圖用自然的聲音說：「咱們該買嬰兒車了，我想趁著黑五打折，海淘一輛。」

「多少錢？」

「貴的便宜的都有……我想買的一輛屬於中檔吧……這款在好多測評中性價比和品質都是最好的，淘寶上賣五千出頭的，這回黑五打折，算上轉運費用還不到四千。」

「四千一輛嬰兒車?!你瘋了嗎?」

「嬰兒車不比別的,安全性和舒適性很重要的!以後寶寶每天要在裡面顛來顛去,如果不是特別抗震,寶寶得多難受啊!另外輕便也很重要的,咱們住的房子這麼破,到時候還得抬著車子上下樓梯,不夠輕真是搬不動啊!再有就是材料……」

「那也是嬰兒車啊!」韓知打斷她,「總共能坐多久?一年也用不上一兩次。」

「怎麼用不上?」安純有點急了,「等天氣暖和了,天天都得下樓呢。你以為養小孩就是每天把她往床上一放就什麼都不用管了嗎?小孩子的大腦發育非常快的。專家都說了,要不斷給予新的刺激才行。不下樓看外面怎麼給新的刺激?到時候過了智力發展的敏感期,你負責嗎?我真是夠省錢的了,你看院裡其他人家都推的是什麼車,有兩家推了Stokke,那車要一萬塊以上呢。」

就在那時,小朋在那邊哭起來,安純連忙出去餵奶。韓知猶豫了一下要不要跟過去,想了想,丈母娘和安純兩個人夠忙活了,自己過去怕是也添亂。當時他看了看窗外,窗子映出自己的影子,沒有表情,在漆黑的夜色裡顯得面色蒼白,像個吸血鬼一樣。

韓知轉過一個彎道,微微向下的坡路之後,是一段陡然向上的臺階。他似乎感覺到天色已經暗淡了,但是這段臺階像是一個誘惑,他下意識開始向上爬,不去想方向。從小到大,他最喜歡的就是某種毋須糾結方向、只要一直克服困難前行的路途。

「韓知啊!」午飯的時候老丈人像是要跟他說些什麼掏心窩的話,主動給他倒酒,他說下午還要去辦公室,但老丈人主動舉起了自己的小酒盅,「這麼些日子,難得她們都不在家,家裡清靜一會兒。咱倆也難得說兩句話。」

韓知只得把自己的小酒盅也舉起來，一飲而盡，是加薑絲熱過的黃酒，香醇但是嗆鼻，他鼻子一酸，連忙閉上眼睛。

「韓知啊！」老丈人又給他倒上，「你跟安純交往到現在也有兩年了吧？當初別人介紹，我和安純她媽都不看好，但沒想到安純還挺喜歡。那就行，閨女選擇的，我們都支持。我跟她媽說，韓知小夥子不錯，聰明，老實，以後不會欺負咱閨女，雖然家境差了點，但是現在不是講究奮鬥嘛，以後再奮鬥也可以。」他一口悶掉自己酒盅裡的酒，咂巴了一下嘴，「我是一直相信，男人最重要的是得有上進心，得撐得起家。」

「您說的是。」韓知也悶掉自己的酒。

「這回買房子這事呢，」老丈人說，「安純是下定決心要買。我跟她媽覺著也是該買了。你倆要是首付缺錢，我們給你們墊上。多了沒有，一百萬還是能拿出來。你們倆就還貸款就行了……當然啦，你也別有心理負擔，我們這錢不是給你們，是借你們。等你以後發達了，再還給我們就是。你也不用著急，我們不急著花錢。」

「爸，這事兒還是從長計議吧，我現在還沒能力還貸款。」韓知乾巴巴地說。

「人得有壓力才能有動力！」老丈人沉聲一喝，把韓知嚇了一跳，「大小夥子，得像個男人，沒錢就得想著掙錢……」

安純忽然推門進來了，懷裡抱著裹得像粽子一樣的小朋。午間談話戛然而止。

韓知從家裡出來，逕直坐上了去郊外的長途車，四十分鐘之後已經到了景區門口。小風一吹頭，虛汗散盡，打幾個哆嗦，他的酒意已經醒了一半。可是仍然有一半無論如何不願意醒，暈暈乎乎、昏昏沉沉、飄飄悠悠。所謂酒不醉人人自醉。他買票進山的時候，日頭已經偏西。

韓知三十二歲，博士畢業之後出國做了兩年博士研究後，三十歲回國，很順利找到了工作。在北京一所中檔大學，雖不是頂尖，但也是數得上排名靠前的。這些年高校競爭厲害，剛一回國就能找到北京的教職，對他來說已經算是還不錯的成就。家裡迅速託人給他做媒，只見了兩位姑娘就定了下來，三、四個月之後結婚。

新工作、新婚，加上隨後到來的小寶寶，好像人生中所有喜洋洋的事情都趕到一起來了，他在這一重重擠壓的事件中應接不暇，不停跑腿連軸轉，周圍滿滿的全是人，催他加快。剛對付完一件，又來一件。前一件還不大懂，後一件又擺在眼前，不像是真的。有時候他半夜醒來看見旁邊嬰兒床上躺著的小孩子，有一種走錯了家門的驚悚感。

韓知不是不知道老丈人的慷慨和仁至義盡，但他只是不想想這些事。他的工資只有幾千，各種津貼獎金都加上，離一萬塊也還有不小的距離，還貸款一個月至少五、六千，讓他拿什麼生活。他是講師，還沒有帶項目的資質，可以申請一些項目的子課題，但是更多時候只是給系裡的教授們幫忙。課題經費很少，也沒有灰色收入。

他不想想這些。想這些事，讓他有一種連人生都進錯門的感覺。

韓知還記得，前年剛來的時候，系裡的小吳教授就曾經教導他說：「評副教授要趁早，評了副教授才有前途，前面就是吃苦。先別期望一上來就發《*Nature*》、《*Science*》，多出些篇目才是正經，要數量，一鼓作氣爭取把教授拿下來，到時候再做點慢活兒也不遲。」

「這哪是說多就能多呢。」韓知當時傻乎乎地謙辭道。

「這就要看投哪兒了。」小吳教授帶著神祕感說，「這裡面也是有難有易，有些門道的。比如說吧！前一段時間，中科院的一份雜誌也列入ＳＣＩ了，就是那個中國科研，也是英文的。

這種雜誌水準就那樣，你不妨多投投，會容易很多。這事兒得自己多上心，沒人替你想著。評什麼東西都得趁早，越晚越難。你看講力學的姜老師，講得好不好？那是全校有名地好。可這麼多年不發paper，還沒評上去，越評不上去，越沒有項目。咱們系這兩年新人還不多，你抓緊時間，過兩年很可能引進好多海歸，新人、老人都不好辦。……你琢磨琢磨。要是真有文章想投，中國科研那邊我認識一位編輯，是我研究生時的室友，我可以幫你說說。」

韓知當時沒在意。那時候他心高氣傲，真不大看得上這種新雜誌。他們原先上學的時候管這種濫發文章的行為叫灌水。他不是不了解其中的行情，在國內、國外，身邊都不乏這種靠在各種邊緣雜誌上灌水混畢業的學生。他從前以為，自己無論如何不會走到這一步。

可是如今幾個項目磕磕絆絆之後，再想起來，小吳教授把這些話跟一位新來的講師說，也是掏心窩了。

韓知爬上了那一段最陡的臺階，或許有幾百級，他爬到頂端氣喘吁吁，大腿十分酸脹，胸口像被壓上了石頭，呼吸不得不張開大嘴。但是他心裡覺得爽，還想再爬。從很小的時候開始運動就是他壓抑時唯一的解脫方式。他從前會一個人到操場上跑圈，一圈，一圈，一圈，直到跑到自己的壓抑感逝去，也不知道跑了多少圈，精疲力竭，或許已經跑了一場馬拉松。一個人的馬拉松。他一直很瘦，有著肯亞長跑運動員的細長身材。

他站在階梯的頂端俯瞰遠方。這是半山腰一個小小的觀景平臺，能看見城市全景的燈火闌珊。天色已經暗了，腳下的土地在黑暗裡沉重而堅實。遠方地平線還殘留著最後一絲青色日光，但是城市裡的燈火已經點燃，不再注意日光的存在，或者說早已開始享受黑夜的來臨。韓知的酒早已醒了大半。他知道自己該回家了，可是不知為什麼，他就是不想回家。

他想在這黑暗裡繼續走下去。他不知道自己要去哪裡。小時候他很明確，他就是要走到現在，成為一位大學裡的物理學者，可是現在要去哪裡，他從來都沒想過。

他覺得自己心裡是有恐懼的，一種始終存在的恐懼。小時候可以用不停前行來回避恐懼，但現在它開始浮出水面，他不能再裝作沒看見。就像動畫裡的人物在深淵上奔跑，不低頭的時候可以一直跑，但只要看到了深淵，就跌落到底。

韓知很小就被父親發現了天賦，此後鄰里鄉親就都知道，這小孩神算無匹，這小孩記憶超群，這小孩會背詩，圍棋也了得。他們來到他家圍觀他，問他一道題，讓他背一首詩，再拉開棋盤和他下棋。以前他看那些大人逗小姐姐唱歌和跳舞的時候，總覺得姐姐可憐得很，不知道從幾歲開始輪到了自己。他回答一兩句話，就緊閉上嘴，下棋更是永遠不下的。爸爸受到鄰里的鼓勵，帶他去電視臺，但他一直不配合，爸爸只好罷了。他的生活還算平靜，可他從很小就知道有人看著他，有人在議論他，有人誇他。小學五年級，他被老師推到區裡，參加奧數輔導班，小學六年級，拿了華羅庚金杯賽市裡一等獎。初三，拿了數學和物理兩個全國一等獎，夏令營之後，進了北京高中的全國理科班，高三又拿到兩個一等獎，雖然沒有進全國代表隊，但不管怎樣也保送了，本科畢業後又讀博士讀了五年。

他的一生似乎都在贏得盛讚，但從很小的時候，他就在懷疑，自己是不是真有天賦。當別人拚命誇他的時候，他們似乎是在讚揚另一個小孩，一個順風順水並且以此為驕傲的小孩。他看著自己和那個小孩的區別，不確定和他的聯繫。他懷疑所謂天賦只是偶爾到來的彗星，一瞬間覺得有，一瞬間又消失，再不存在。

他知道他恐慌的是什麼。中學的時候，他學過一篇課文叫〈傷仲永〉。從學到的那一天起，他就知道那篇文章是他的劫數。它刻劃了他的命運，為他提供標誌。如果他戰勝了它，那就是戰勝它的人生。如果敗給了它，就是敗給它的人生。但無論如何，他都不可能過一種與它無關的人生。即使它沒照亮他的失敗，也照亮他的恐懼。

韓知清楚，他的很多努力都是為了遮掩這種恐懼。就好像松鼠為了過冬拚命貯存糧食。他的深淵是他所擁有的和所希望達到的境界之間的深淵。他內心期望的目標太高，實際的一切卻只是瑣碎的注腳。他也許終將應了那句話，「泯然眾人矣」。

這些年他時常能感覺一種追捕的力量，在他身後，逼迫他氣喘吁吁向前跑。就是這句話。「泯然眾人矣」。他總覺得過去的一切讚譽都是給另一個人的，隨時會被拆穿。他因此需要一種辛苦到極點的感覺，就像本科的時候跑馬拉松，從十五公里之後就開始力竭，到了三十公里之後差不多是麻木，到最後是做夢一樣拖著步子堅持下來。那種感覺讓他欣慰。他不是運動高手，但那卻讓他覺得踏實。起碼是在跑，不是在停留墜落。他於是喜歡加班，像喜歡馬拉松一樣喜歡加班。連續十五個、甚至二十個小時之後，半夜出門，頭暈但是心裡踏實。他需要知道自己很辛苦。他多少能明白古代虔誠的宗教信徒為什麼用自虐的方式對待自己，那是某一方面極大的焦慮，用另一方面的充盈來彌補。恐懼深淵，因而用重複的疲憊來彌補。

他一直很努力。從美國回來，到高校做講師。他知道這在別人看來已經很好了，但他同樣知道，這和他想要達到的高度相距有多遠。這是0和1的問題，1是愛因斯坦的人生境界，0是所有其他生活，沒有叫作「不錯」的中間態。

又轉了兩個彎道，他開始下坡，漫長而平緩的下坡，不知道何處是盡頭。腳下的路變得柔和，不像上山之路的陡峭淩厲，下山的路徑變得蜿蜒舒緩，不再有臺階，改作碎石路面，在滿身大汗的攀爬之後小步小步走過，格楞楞的石頭按摩腳掌，有一種堅實的安撫。

再過去一段路，有一個岔口，他打開手機的GPS信號，但是搜索不到。韓知朝著自己印象中的公園門口的方向做了選擇。直到此時，他仍然沒想過夜不歸宿或做出衝動的事情。他能說得清楚的記憶似乎也停留到此刻，至少在他次日在派出所裡面對員警質詢的時候，他能說明白的路線也就截止到這裡。

他似乎又經過一段舒緩的下坡，但也或許是先上坡、再下坡。他記不清了。路上並沒有很多岔路，他感覺自己每次都選了明智的一邊，但不知怎麼，就是迷路了。時間只有八點，但山中的夜色已經漆黑一片，他辨不清方向。再後來，他恍惚中走到一片熟悉的區域，雖然想不起自己何時走過，但就是有種熟悉的感覺，於是他順著直覺走，轉彎，再轉彎。

然後，他就看到了那個指示牌。

他看到那個指示牌，才恍然大悟為何這一路都有些似曾相識的感覺。他來過這裡，來過這片區域。

韓知不知道，此時他的家中已經亂成一團。安純給他打手機，顯示說不在服務區；又給他打到辦公室，沒有人接；打給他的同事，說一天都沒有看見他。

他更不知道，再過四、五個小時，當午夜降臨，安純還是沒有等到他回家，她會報警，而員警立即開始搜索他常去的各種區域。不知何人走漏了消息，一些熱衷於報導本地驚悚新聞的小報即刻開始追蹤報導，對一個青年才俊的失蹤頗感好奇，而相關新聞在第二天一早就會登錄到所有公車的晨間新聞中。晨間新聞進入互聯網，又會引發一大串興致勃勃的議論。在那時那刻，所有的這一切韓知都不知道。

他只知道，那塊指示牌他認識。那是四年前還是五年前，他跟著原先班級中的好友一起來這裡，看望陸星。當時他們還曾就方向問題爭論得激烈。

陸星，他忘不掉這個名字。

那塊牌子有做舊的時髦效果，原木色嵌入棕色文字，顯得低調卻精心。「深山療養院」，牌子上面天真的文字。那五個字令他內心怦怦跳動。

他順著記憶的方向向前走。他不清楚自己是想要見到那所療養院，想要見到陸星，還是只是想要沿一條確定的路徑走，以逃脫縈繞不去的記憶，總之，他是堅定沿著木牌給他規劃的路徑向前。也許他已經直覺預料到他將面對的場景。

走進療養院大門的時候，他並未遇到太多阻攔。當時不到九點，前臺有一位年輕姑娘，正看著筆記型電腦上的韓劇，困頓疲乏。既迷戀又疲乏的狀態是一個人判斷力最為低下的狀態，前臺小姑娘給了他一張訪客證，告訴他快點出來。

韓知在樓道裡走。療養院處在山中，日常少有來訪，入夜更徹底休眠。沒有其他訪客，安靜得令人心疑。這家療養院屬於私立機構，專治精神系統出現複雜障礙的人。這裡與其說是醫院，倒更像是度假村。單人間、靜謐的風景、舒適的條件，也有比較前沿的科研力量。據說進來還需要條件。樓道裡刷成令人愉悅的淺橘黃色，明亮色調卻不刺目、不咄咄逼人，有助於緩解緊張和焦慮。

韓知尋找著門上的數。二〇五、二〇六、二〇八，最後停在二一〇的門口。

他輕輕推開門。房間裡沒有開燈，但是不顯得晦暗。通透的玻璃幕牆，巨大的月亮透過窗玻璃，在地上留下大片大片白。他看到陸星，坐在他的床上，靠著大而鬆軟的白色枕頭，眼睛面向窗外，面容安靜而透著一絲茫然。床邊有兩排幾乎不引人注意的測量儀器。

韓知在門口靜立了片刻。他想起四年前還是五年前，陸星也是這樣坐著。當時韓知還在讀博士，跟幾個本科同學結伴到這裡看望陸星。一模一樣的房間，也許不是這個號碼。那是他最後一次見到陸星。之後的幾年他沒有再來，連頭腦中都忘了他的存在。

此時看到的陸星，似乎又瘦了一些。原本就瘦，此時更像退縮回十幾歲的樣貌。表情裡的清淡冷靜、無情緒和微微困惑，也像極了陸星高中時的樣子。那個時候他與人交往不多，常常一個人在課桌後想事情，臉上的表情就是這種寡淡而困擾的樣子。

韓知輕輕咳了一聲，陸星聽到了，緩慢轉過頭來，眼睛似乎用了一會兒工夫才對好焦，又過了好一會兒，陸星的嘴角慢慢浮現出一絲笑意。

「你來了。」陸星說。

「嗯。」韓知說，「我路過，來看看你。」

「坐吧。」

韓知在床邊的圓凳上坐下。

「你怎麼樣？」韓知問。

「我？」陸星低頭看看自己，「我挺好的。你怎麼樣？」

陸星盯著韓知的眼睛看了片刻，微微皺了一下眉頭：「你不大開心？」

「……還湊合吧！」

韓知沒料到陸星如此直率，下意識搓了搓手：「……一般般，最近這兩天事情有點多，稍微有點亂。」

「什麼事？」

「也沒什麼大不了的，都是一堆碎事。」韓知自嘲地笑了一下，「家裡亂七八糟的事，我都說不上來。……反正生完小孩之後，碎事就特別多。」

「你有小孩了？」

「嗯，四個半月了。」

陸星聽到這個消息，並未顯得吃驚，點了點頭，倒像是早已有所了解一般：「你挺喜歡小孩的吧？」

韓知沉吟了一下：「也說不上，有一點喜歡吧，我也不知道哪兒不對。有時候覺得還挺喜歡的，但多數時候還是覺得有點煩。晚上總鬧，一兩個小時就哭醒一次，一晚上也睡不好。我跟我老婆說讓她想想辦法，但她總說小孩子哭是正常的，還埋怨我。」

韓知說完，心裡忽然微微一震。他不知道自己怎麼剛一到來就開始抱怨，而且是跟一個多年未見、在療養院裡治療的老同學抱怨。他覺得自己這樣實在是不成體統。一個焦頭爛額的新爸爸，為孩子吃夜奶的事情抱怨。這和他曾經期望的自己差太遠了。

「你這兩年好不好？」他連忙轉過話題問陸星，「在這兒住得還習慣嗎？」

「還好。」陸星說。

「你每天都幹些什麼？」

「吃早飯，出去散步，回來做思考練習。吃午飯，睡午覺。下午做思考練習。吃晚飯，晚上做思考練習。」

「什麼叫思考練習？」

陸星用手指指自己的頭，又用眼睛指了指床邊的儀器：「就是按要求思維，記錄。」

韓知這才注意到，陸星的太陽穴附近各貼著一個金屬色小圓片，被頭髮遮住一半，暗處不容易察覺。想來是某種腦波捕捉裝置，無線傳輸信號。床邊的儀器並沒有顯示幕或示數，他無法得知其中監測的是什麼信號。

「……感覺疼嗎？」他問陸星。

陸星搖搖頭：「沒感覺。」他又敲了敲後腦勺：「這裡還有兩個。」

陸星太平和理智了，以至於有那麼一瞬間，韓知幾乎想不起來陸星當初生病時的樣子。他無法把眼前這個平和友善的男人和從前那個孤僻寡言的同學聯繫起來，更沒法和一個曾經有自殺傾向的神經症患者聯繫起來。

看來這裡治得不錯，他想。又或者，陸星的問題本來也沒有那麼嚴重。

韓知總覺得無法理解，陸星當年為什麼突然之間就不好了。他可以有一點點體會，也能察覺到在那之前陸星的一些反常徵兆，但是當突然之間，陸星試圖自殺的消息傳到他耳中，他還是著實吃了一驚。

那是七、八年前的事情了，他們都正在讀研究生，韓知在物理系，陸星去了數學系。原本都是不錯的處境，突然有那麼一天，韓知正在實驗室裡調一系列十分惱人的參數，一位中學同學跑進來，告訴他陸星出事了，不過被救下來，生命無礙，但還是被送進了精神病院。韓知蹭一下站起來，手砸在鍵盤上，在螢幕上按下一連串無盡頭的亂碼。老同學說，陸星在出事前有一次跟他聊過佛學，聊得雲山霧罩，令人似懂非懂。

韓知和陸星從高一開始同班。他們都是小學開始搞奧數，初中數學物理競賽都一等獎，保送到北京的特長班，畢了業直接保送北大清華。競賽是他們的生活，是他們的飲食呼吸，從小學一年級到大學二年級，他們一直在一連串的數學物理競賽裡面摸爬滾打。陸星是班上最不愛說話的那一個，年紀也小，總是一個人坐在靠窗的座位上默默做題。

得知陸星出事的消息，韓知心裡有一種乾巴巴的澀味，像春天颳風嘴裡吃進的塵土。他回想之前的那些年與陸星相處的記憶，浮雲潦草，缺少有意義的聯繫。他這才發現人與人的關係如此脆弱不堪，明明每天都擦肩而過、點頭招呼，遇到事情才發現彼此幾乎不認識對方。班上同學借此機會聚在一起，聊起當年的種種，也發現各自心裡的回憶頗不相關。

在震驚中，韓知再往前回憶，想起高三最重要的一次國際競賽之前，他和幾位同學一起參加國家集訓隊。在集訓隊最後一天的隊內測試之後，韓知和另一位同學打掃衛生，椅子反過來扣上桌子，掃地擦地。陸星忽然進來了，穿過一排排堡壘一般的桌子，走到教室最後。

「你考了第一名。」他對韓知說。

「什麼？」

「出成績了，你是第一名。」

之前的幾次都是陸星第一。韓知想推辭幾句，但什麼都沒有說。陸星就又轉身出去了。韓知不知道陸星是不是不高興，也不知道自己是不是顯得很倨傲。

次日回到學校，沒有課，韓知一個人在宿舍看書。陸星敲門，問他是不是會下棋，喜歡下圍棋還是象棋。陸星的表情有些僵硬。韓知愣了愣，覺得有一點突兀。韓知不想下，陸星的刻意讓他覺得不舒服。他本想委婉推辭，可話說出來卻顯得冷淡拒絕。他說不喜歡比賽，也不想和任何人比賽。陸星又問他要不要下象棋，或者四國軍棋。

後來回想起來，韓知發覺，陸星的約棋不是一種挑戰，而只是對前日裡競爭的某種緩和。陸星用很笨拙的方式，向他約棋，是帶著嘗試的願望建立溝通，顯得友好一點，就像其他同學一樣玩一點什麼。

可是他拒絕了。每每想到這一點，韓知心裡就很難過。

日子如白雲蒼狗，流沙般滑過。特長班的同學全都完成了大學學業，四散東西，有幾個還守在科研環境裡，有兩個在美國，一個在日本，但是更多同學多多少少走到了其他路上，有的去了企業做工程師，有的去給小學生培訓奧數，有幾個去做了金融，還有一個女同學生了小孩之後不再工作，做了全職太太，說起話來也和安純一樣，離不開母嬰電商。他們的日子開始像尋常人的日子一樣充滿成本與收益，也開始像尋常人的日子一樣無滋無味。

陸星的事情之後，同學散去，轉眼間又是四五年。似乎若沒有某個悲傷事件的切入，就不足以讓大家趕到一起。

成為大學講師沒有給韓知太大的成就感。他清楚自己從前想要達到的境界是什麼。承前啟後、繼往開來、宇宙大一統。可是海森堡的時代已經過去了，再也沒有什麼能像薛丁格方程式（Schrödinger eguation）。他可以評職稱、可以分房子，但這於事無補。他明白哪些工作是重要的、有意義的、有洞見的、有開創性的、天才的，也知道哪些工作不是。

他看著生活裡得到的東西，兩張紙的學歷，一間租的房子，擁擠的生活。去除所有這些外在，還剩下什麼，什麼也沒有。就像是一粒洋蔥，一層層脫落，裡面越來越小，剝到最後空空如也。可能所有努力只為了裹上洋蔥的外皮，不讓別人看到空空如也。

泯然眾人矣。

「你看上去有心事？」陸星忽然問。

韓知恍然發現自己陷入了雜亂無章的回憶，忙定了定神：「哦，沒什麼。只是想了一些……想了一些工作的事。」

「你做什麼工作呢？」

「還是搞點研究，老樣子。」

「什麼研究呢？」

「粒子物理，」韓知說得很快，「搞實驗的。我本來想搞理論，後來覺得自己理論不太行。我這人你也知道，思路不夠發散，本科時候還想去做量子場論，後來覺得還是沒什麼思路……我又不想總做方程二級三級修正什麼的，後來就去搞實驗了。」

「可能更適合你。」

「可能吧。不過實驗太燒錢，在國外還好，回國之後得自己張羅項目，一個剛回來的小講師，能拿幾個錢……越沒經費，就越不出成果，將來就越沒經費。」

「……你後悔回來？」

「那倒不是。」韓知回憶一下，「當初是我們系主任說，國內這邊有比較大的粒子物理的總規畫，回來機會更大……但是這個事兒吧，規畫是一回事，落地又是一回事。我回來以後才知道，這裡面扯皮的事真是不少。」

「扯皮的事？」

「我就給你舉個例子你就明白了。我們系裡之前一直籌備報一個挺大的項目，方法用得很巧，不用ＬＨＣ那麼大的能量規模，就能測量 Higgs 場的不少性質，那一下子就能站到世界前沿。本來是各方看好的事。沒想到評審前兩天，中科院那邊的一個組開始拚命攻擊我們，說我們設計中的缺陷，方案論證過程的缺陷，甚至連國家資訊安全都說上了，在網上發文。其實是他們那邊一個中微子的項目也申報，就想製造點輿論壓力，把我們給壓下去。他們還私底下找評委，拉人站隊。據說他們那個專案籌備了十多年了，要是通不過，一大堆人就沒活兒幹了。最後整個評審會都吵起來了，弄得烏煙瘴氣的。」

「挺煩人吧？」

「是啊。」韓知說著，都能回想起那幾天的煩躁不安，「能不煩嗎？沒意思。」

「……那你希望怎麼樣呢？」

「我不知道。我只是在想，咱們苦學了那麼多年，就是為了這些事兒嗎？」

「我也在想呢。你覺得是為了什麼呢？」

「你問我嗎？我還以為你比我知道呢。」韓知自嘲道，「我能知道什麼？我現在天天也就去去實驗室，然後回家就被老婆念叨。……每天就是孩子、孩子，我有時候忍不住想，她還記得我這個人嗎？是不是都不認識了？一生了孩子就變個人。我真是納了悶了。唉。陸星，今天也正好跟你說說，這些東西我平時也沒人可說。你應該比誰都明白。起碼咱當年一塊兒做了那麼些年的題。你說……人為什麼要生孩子呢？」

「為什麼？」

「我也想不明白。人本來挺自由的，愛做什麼就做什麼。可這一生孩子，立馬就不一樣了。為了養孩子，你得有錢、有房子，再想幹什麼都不自由了。你說為什麼要跟自己過不去呢？……進化心理學說，人全是為了傳宗接代，我特別討厭這種說法。可是又不知道怎麼反駁。我就覺得，你說人要是全為傳宗接代活著，那還學知識幹什麼？咱們原先學那麼多數學、宇宙學，還有什麼意義？他們就說了，學知識都是為了出人頭地，以便娶媳婦傳宗接代。我去……那你說為什麼牛頓不結婚，不生孩子？」

「好多人都不理解。」

「沒錯！簡直是了！我都不知道怎麼跟這些人說。我不愛聽，但也想不出什麼好的理論。你說人除了繁衍還有什麼追求？進化到人類這一步，就沒有一點跟動物不一樣的追求？知識在宇宙裡到底有什麼意義？」韓知悲涼地看著陸星。

陸星的眼睛透露出一種同感的戚然：「你情緒有點激動。」

「嗯，可能吧。我挺煩的。」

「你有不滿想發洩。」

「想，當然想！」韓知說，「可是能向哪兒發洩呢？哪兒都不行。在家裡誰都比我地位高，我能跟我老丈人發洩嗎？我能跟馬路上的人發洩嗎？上學校去，我能跟我們系主任發洩嗎？我能跟他說，你當年把我忽悠回來，現在能兌現多少嗎？我能問他發這麼幾千塊錢讓人怎麼活嗎？我能去找學校罵教師公寓房租太高嗎？我能嗎？」

「你沒試過怎麼知道？」

「試什麼？試試發洩？開什麼玩笑？咱們好歹也是上過這麼多年學的人了，能像沒文化的人那麼大吵大鬧嗎？根本不可能的。好多東西已經根深蒂固到骨子裡了。別人說你什麼，哪怕你聽了不樂意，又能說什麼，還不就是『嗯，我理解』。我有時候自己在沒人的地方想大喊兩聲都喊不出來。真挺可悲的。」

「能發洩出來可能就好了。」

「我試過去健身房打拳，人家都說打拳就發洩了。可是我沒勁兒，打沙袋不夠帶勁，還被沙袋撞來撞去的。也是小時候就不怎麼太運動了。我打槍也打不準。我就希望吧，有個什麼東西，讓我一下子就把所有東西都放倒，就那種轟一下的感覺，『老子什麼都不要了』的感覺。」

「把所有都炸掉的感覺。」

「嗯，差不多吧。其實也就是什麼都不顧的感覺。」

「那我給你個東西。」陸星說著，從身邊的小抽屜裡拿出一個黑黑的長方體，「這是一個炸彈，中子炸彈，你按這個，把束縛的場去了，就能炸。你找你不喜歡的地方把它引爆了，等那些東西都炸了，你心裡的怒氣就平息了。一切束縛你的東西你都給它炸了。你相信我，很簡單的事兒。你早就想這麼幹了。」

韓知嚇了一大跳：「你怎麼會有這種東西？」

「你不知道，」陸星說，「我們這兒是個祕密基地，做好多實驗。你別問那麼多了，快走吧。我們這兒夜裡要鎖門，到時候你就出不去了。你從大門出去沿著左邊那條路，一直走就能走下山。」

他說著把那個黑色的長方體塞進韓知手裡。

韓知有點記不得自己是怎麼下山的了。他記得他跌跌撞撞跑出療養院，生怕被人攔住，一路跑一路擔心有人在後面追，擔心療養院的人發現他知道了他們的祕密，把他扣留起來，也擔心一不小心觸到什麼致命的機關，引爆了什麼。他記得他的心狂跳，快要跳到嗓子外，從療養院大門出來跑了好久才停下來喘氣，嗓子生疼，胸口快要炸裂了。他不記得自己走的那條路，只記得一些隱約的畫面，轉角處陰森的樹，嚇人的陰影，山下燈光閃閃的居民區，還有自己迫不及待到踉踉蹌蹌的腳步。

他好不容易才打到一輛車，坐在車上手心出汗。他既困頓又焦慮，既想進入睡眠，又警覺緊張以至於無法入眠。他反復對自己說，就要到了，就要到了。

他進了校門，大踏步往前跑。夜深人靜，校園裡一個人都沒有，路燈開著，叢林的暗影更顯得鬼影幢幢。不知為什麼，他彷彿感覺到遠處有一片白光，只要一直跑就能到。頭腦中幾乎也是一片空白，緊張得無法呼吸，但對路上的細節又似乎出奇地冷靜。

他逕直跑到系館，推了推正門，已經鎖了。繞到側門，也已經鎖了。他惱怒地搖晃門，鐵框發出嘎嘎的碰撞，但是紋絲不動。他惱了，回身在系館門前的草叢找來找去，終於找到一塊大小合適又趁手的石頭，使盡全身力氣，咣一下把側門的玻璃砸碎了。玻璃碎裂一地，發出晶瑩的哀鳴。他用手把剩餘的玻璃也紛紛砸下去，手掌邊緣被劃出血，沿著小臂流下。最後扒出一個人大小的空間，他鑽了進去。

他猶豫了一下要不要去實驗室，還是辦公室，最後決定還是在大廳動手。他顫顫巍巍地掏出陸星給他的那個黑色長方體，雙手發抖，兩次幾乎把它掉在地上。他一手拿著它，一手在褲子上把汗水抹乾。他找按鈕，四處亂按。黑盒子上有幾個小圓形，他起初以為那些就是按鈕，但是按不下去。他把它翻過來，在側面的一個地方似乎有一個鬆動的機關，他試了試拉拽，沒有效果。

他有一點抓狂，幾乎跳著腳蹦起來。他一不小心把它摔到了地上，簡直要嚇死了，以為它就要爆炸，可是它沒有。他撿起來，更加急躁地敲打。見沒有反應，他開始把它往樓梯的欄杆上撞，期待撞擊能在無意中觸碰到開關。起初他還提防自己的安危，但是暴躁到後來，就什麼都不顧了。他拿它去砸東西，玻璃、金屬、大理石。

最後，忽然有那麼一瞬，他似乎砸開了它的開關，眼前一片白光。

他昏過去了。

不知道過了多久，他在醫院醒來。

這是一家公立醫院的急診科，走廊裡坐滿了呻吟哀號的人。窗外已經天亮，稀薄的陽光冷漠地照在一個昏睡的人身上。韓知的頭腦仍然有點昏昏沉沉，一動就疼起來。他想喝水，只是目光裡見不到認識的人。他看到遠處安純向他走來的身影，想跟她打招呼，可是話還沒說出口就又昏昏沉沉睡過去。

再後來，他回到家。之後被帶到派出所協助調查。

直到到了派出所，他才知道事情的結果和後續。他當天晚上很晚不回家，家裡人很著急，就報了警，警察局通知了公交系統媒體發布中心，當天晚上就播放了尋人啟事，第二天早上又在播，直到家裡人給派出所打電話說人找到了。

他被系館傳達室的老大爺發現，趴在系館大廳冰冷的瓷磚地面上，不省人事。他腳邊扔著一個黑色藥劑盒。他相當衝動地毀壞了系館一系列東西，展櫃、公告欄、飲水機、人物雕塑。最後是人物雕塑倒下來砸了他，把他砸暈在地。所幸的是，砸中卻不致命，雕塑倒下來的時候歪到了一邊，沒有砸在他頭上。

他昏昏沉沉做了筆錄，由於講不清太多事，草草結束，造成的破壞也只是一般，拘留了兩天就放回家裡。學校做了一系列處罰，包括停職、罰款、留校觀察。

從那天開始，韓知一直非常呆滯。

他自己心裡有迷茫和困惑，不斷回憶起那天的事情，從迷失到回歸，而同時又非常空虛和幻滅，不願意回想，失落的感覺阻止他重建記憶。他甚至不確定有沒有見過陸星。加之身邊家人無休止的探問和責怪，讓他始終不願意回到現實。

他的頭腦拒絕現實生活，不斷縈繞著這些抽象的問題：人在宇宙中到底有什麼位置？人研究智慧知識是為了什麼？人的探尋和生理的日常生活到底有什麼關係？難道前者只是達到後者的手段？如果二者嚴重分歧該怎麼取捨？

他變得呆滯、寡言、煩躁，不愛說話，對飲食缺乏興致，作息不規律，對家人問話不加理睬。

過了三個月，家人終於忍無可忍，帶他去了醫院。而醫院做了初步診療之後，將他轉入深山療養院，做進一步調理。

當他再次步入這個院子的時候，他的精神突然一震。他恢復了現實感和一定程度的緊張。他發現他的問題源於緊張感的缺失。他掙脫抓緊他手臂的安純的手，大踏步向大樓深處跑去。前臺的小姑娘試圖攔住他，他用力推了一把，她向後踉蹌了幾步。

他跑上二樓，數著門牌，感覺跑了一個世紀才到他想找的數字前，二一〇。

他砰地推開門，期待看到陸星坐在床上的樣子。可是他沒有。陸星的房間裡，只有一位上了年紀的醫生，穿著淡綠色的醫袍，站在牆邊像是在記錄什麼。

「陸星呢？」韓知立足未穩，就冒失地問。

醫生看了他一眼：「出去散步了。」

「去哪兒散步了？我要找他。」

「你是？找他什麼事？」

「我要找他……問一件事情。」

醫生打量了他一會兒，緩緩地問：「你是新來的病人嗎？我在昨天的新轉入檔案裡好像看見過你的照片。」

「對，是。不過陸星在哪兒？」

「你告訴我你要問他什麼，我再告訴你他在哪兒。」

「我要問……」韓知搓了搓手，「我要問他，那天晚上他為什麼要慫恿我做那件事。」

「他慫恿你？做什麼事了？」

韓知不知道該怎麼回答：「就是……就是騙我說給我一顆……一顆……」

醫生見他支吾，也不追問，只是和緩地說：「我想，你可能還不太清楚陸星的情況。以他現在的心智狀態，是不會主動慫恿你做事的。」

「什麼？」韓知吃了一驚。

「陸星還沒有處於正常人的心智狀態，他仍然在接受治療。事實上，平日裡他甚至都不是清醒的。」醫生或許看到了韓知臉上難以置信的表情，將手中的治療本給他看，「那，你看，陸星的病歷：輕度自閉＋現實感瓦解＋溝通障礙。也就是說，他處在人工智慧狀態，自己不能意識到自己做的事，不能進行面孔和表情的識別，也不能和人有效溝通。」

「不可能。」韓知說，「我前些天還跟他談了好久。」

「是，那是有可能的。」醫生說，「那是陸星進行的治療……我不知道你跟他認識多久了，這麼跟你說吧，陸星其實是一個有一定典型度的大腦出現輕度障礙的病人。他有點自閉，不過不嚴重。家裡人一直拿他當作害羞對待，也沒有處理。實際上，他很難識別人的情緒，看人的面孔表情沒有反應。情緒識別的部分腦區發育比較滯後。這部分腦區有問題的人有超於一般的數學或者觀察能力。但是，人際生活遇到的困難和他自己的其他困難疊加在一起，讓他有了自殺傾向，後來又進入一種不清醒的狀態。」

「可是，他怎麼……怎麼跟我說話的時候顯得好好的？」

「那是我們的實驗。其實他是自動回應，我們給他大腦做了一定刺激治療，又用了程式連接，讓程式通過他的腦信號解讀對方情緒，做出自動化的應答反應。通過練習，最終的目的是讓他自己學會識別他人情緒。你知道，識別情緒是一種非常複雜的能力，也是很高級的神經網路過程。」

「什麼？」韓知驚道，「你說我是跟程式對話？」

「也不是。程式是一個表情和語言信號綜合識別的程式，不負責生成對話，只負責解讀信號，輸入陸星的大腦，讓他理解對方此時表達的意思。應答也不是程式編的，只是讓陸星按解讀到的東西自動回應。所以某種程度上說，陸星表達的只是解讀，實際上都是對方的意思。他只是把你想說的說出來。」

韓知聽得目瞪口呆，好一會兒才回過神來：「不可能。陸星騙我說他給我的是炸彈。我自己是不會騙我自己的。我不會……」

「只有自己才能騙自己。」醫生說，「你必須要主動相信，才能相信一件事。」

「可是……」

「我知道這不太好接受。人一般都不大願意了解自己。不過總要經歷這個過程。」

韓知覺得有種熟悉的感覺被觸動了，又說不清。「大夫，你覺得我是什麼問題？」

醫生笑了，笑得很和煦：「這我可不好說，得全面檢測才知道。不過，認識外界和認識自己，不外乎是這兩個中的一個或者兩個出問題。陸星很聰明，認識外界沒什麼問題，他的問題是認識自己。」

「認識外界不能認識自己嗎？」

「通常不能。」醫生說，「不過反過來倒也許可以。《聖經》裡不是有句話嗎？神照著自己的樣子造了人。認識了自己，倒說不準能認識宇宙神。」

韓知的頭腦像一時短路一樣，在短暫的空白中，有無意識的火花跳躍。他似乎頓悟了什麼，在宇宙和自己之間建立了某種若有若無的聯繫，又無法用言語表達。他似乎在一瞬間有一點點了解了心智的意義、智能的推進、宇宙的進化。可是那些感覺太破碎了，像倏忽而逝的蜻蜓點水，抓不住一絲皮毛。對宇宙的理解和對人的理解聯繫起來了，有某種程度的統一。從自己的身上認識宇宙。這其中有重要的意義。可是他的頭腦滯澀，無法把它們拼成完整的圖畫。他覺得頭痛，但內心中的焦慮似乎少了幾分。他用掌根拚命按壓太陽穴。

就在這時，身後的門開了。韓知回頭，看到陸星。陸星用手撐著門，面容平和，見到韓知的時候臉上閃過一絲迷惑。韓知注意到，他沒戴太陽穴上的小圓片。

韓知剛想開口說話，陸星卻開口了。「你是……」陸星的表情似乎更困惑了一點，「你是韓知嗎？是吧？你怎麼來了？好久不見了啊。你怎麼……好像不高興？」

孤單病房

Chapter 10

診室裡只留下齊娜和韓姨值班，其他小護士都興高采烈地下班回家了。
齊娜有點不痛快。和男朋友冷戰的姑娘都有點不痛快。她下定決心不聯繫他，也不接他電話，可是暗地裡卻悄悄觀察他在網路上的軌跡，修改自己的簽名狀態。她就不信他不看。
她把房間裡屋中每件傢俱表面的顯示功能都打開，桌子上、檔案櫃側面、藥品櫃外表，圖像四處流動，顏色鮮豔的網頁相鄰，誇張的大笑和仰頭看天的憂傷無聲無息地出現消失，成為彩色壁紙。上網小祕書在四處逡巡，替齊娜尋找阿 Paul 的蹤影。
韓姨去查房了。齊娜覺得沒什麼好查的，那些人總是那樣，活不好也死不了，看多了就煩了。但韓姨堅持每天都按時按點查。韓姨是那種不管帶多少飯一定吃完最後一粒米的人，帽子和手套收在哪兒從來都不變。齊娜覺得韓姨跟自己不是一個世界的人。
如果悲傷是蛋白質，誰是我的消化酶？
齊娜寫完這句，嘿嘿地笑了，覺得爽快了些。她叼著筆琢磨下面該寫什麼。
這時韓姨回來了：「你來，二十一床有問題。」
齊娜卻不想動，低著頭仍然拿小本子打草稿：「又是什麼問題啊？」
「你先來看看，我怕待會兒又要休克。」
「能是什麼事啊！」齊娜把筆往前一扔，「還不就是老一套，煩也煩死了。」
「我懷疑得加量了。」韓姨解釋道，「你得幫我確認一下。」
兩人走進樓道。齊娜把網路小祕書調成振動模式，手機塞回口袋裡。白大褂繫上扣子，立刻顯示出齊娜凹凸有致的身材曲線。
樓道裡早就沒人了。空空的手術車和點滴瓶立在牆邊，一旁是等待收走的大包醫用垃圾。

屋頂兩側一盞一盞小白燈，照在牆壁上大腦的照片和繪圖上，效果頗為驚悚。

齊娜拿出一粒糖扔到嘴裡說：「我真就不明白了。這幫家屬也是，什麼毛病都沒有的人還要送來。人又死不了，在家裡養著多好呢。」

韓姨和藹地說：「話不能這麼說。至親的人，家屬過分擔心一點也自然，咱們要理解。」

「是，您是活菩薩，我是小夜叉。」齊娜雙手插在白大褂口袋裡，一蹦一跳地下樓梯，每一步把腳踢起來一下。

韓姨也不著惱：「咱們這兒畢竟有設備啊，又有專業的人照顧。」

「得了吧。」齊娜笑道，「就咱們那破腦波儀？現在誰家不能自己買兩片電極往頭上貼啊，自己在家裡輸，沒準比咱那腦波儀還強呢。」

「咱們畢竟有程式，隨機生成的沒有重複，效果好一點。」

「重複不重複有什麼關係？你以為他們還記著每天輸入的是什麼啊？你隨便輸一百隻鴨子叫我估摸著效果也一樣。」

兩個人走到病房門口。韓姨先站住了，鄭重其事地嘆了口氣。

「唉，」韓姨說，「有些人到這兒，也是因為沒辦法。家裡頭幾個人都犯這毛病，都躺下了，誰也沒法照顧誰。都是可憐人。」

齊娜沒說話，吐了吐舌頭。

韓姨推了推眼鏡，像教導主任一般恰如其分地說：「這個現象其實蠻嚴重的。我上星期在會上也講了。我聽說現在住院的人越來越多，已經占到人口一定比例，這已經很嚴重了。越是這樣，正常關注他人就越少，住院的人就越多。惡性循環，到最後只能大家一起住院。這問題不能小視。這是一種新的社會焦慮，如果不能充分正視並研究，很可能還會變嚴重。我前兩天寫的書就是探討這個問題。我這本書很快就要出了，到時候會是這個問題最詳細的研究紀錄。我引用了焦慮社會學的一部分內容，你要是感興趣，等我下個星期印了初稿拿來給你看看。」

齊娜故意向韓姨身後看去，說：「咦，二十號怎麼坐起來了？」

韓姨連忙轉身：「啊？什麼？」

「又躺下了。」齊娜說。

於是韓姨不再說什麼，和齊娜一起進了病房。齊娜隨手把病房裡幾個櫃子表面和牆壁上畫框裡的顯示幕都打開了，網頁又充滿了房間。她心急地刷了自己的狀態，發現有兩個回覆，都是閨蜜發的表情畫，沒有阿 Paul。她有點賭氣地拍了拍網頁上小祕書胖胖的屁股，一巴掌把它又拍回浩渺的搜索的海洋去了。韓姨有點不滿屋裡華麗的光，想讓齊娜關上，齊娜只當沒聽見。

她們首先扶起二十一號病人。二十一號已經有點抽搐了，一隻手在胸前，兩個手指扭曲蹺著，身體無力地一抽一抽。她們連忙扶她坐起來，給她擦了嘴和臉，按摩手臂，喝了一些清水，送服了藥。二十一號是個肉乎乎的女人，四十多歲，頭髮不多，皮膚倒十分光潔。坐著的時候她的眼睛也是閉著的。齊娜記得，她似乎昏迷很久了。

「你說人活成這樣還有什麼意思。」齊娜歎道。

「怎麼活不都是活著嗎？」韓姨說，「其實她跟一般人也差不了多少。」

「要是我就去死。」齊娜說，「整天靠別人的話活著，不如死了算了。」

「那還能靠什麼活著？」韓姨說，「我書裡也寫過這點⋯⋯」

她們正要給二十一號接上腦波儀，二十號突然喘起來了，像要窒息了一樣，大口大口喘氣，怎麼都喘不上來，呼哧呼哧看上去十分痛苦。二十號是個其貌不揚的矮小男人，即使昏迷中，家人也按他平生的習慣，把他的頭髮一絲不苟地梳到一邊。他的雙手也像抓住西服的衣襟般抓住病號服。他一邊氣喘一邊皺著眉頭，表情十分痛苦，掙扎的力氣也很大。她們費了力氣才讓他躺好，給他頭頂上接上電極。腦波儀打開了，電流緩緩輸入，他慢慢安靜下來。

二十號的毛病非常典型。最初這種病發現的時候，很多人以為是肺裡或氣管出了毛病，卻無論如何都查不出來，輸氧並沒有用，坐或躺的姿勢也無關痛癢，誤診甚至死了兩個人。直到有人想到了腦波儀，才發現這種奇怪的毛病——大腦紊亂型呼吸不暢。

這時，小祕書報告，在一個女生的頁面上找到了阿 Paul 的蹤跡。他評論了。

齊娜奔到櫃子旁邊，死死盯著阿 Paul 的話。只有短短的兩個字「支持」，可是顯得如此刺目。他評論的不是他們認識的人，而是一個公共名人，一家科技公司的美女代言人，最近很紅的新科技普及者。她常常講一些科學發展的趨勢，阿 Paul 常去關注。其實她講些什麼根本不重要，重要的是她漂亮。在齊娜看來，她總是搔首弄姿地捧著一些所謂的新產品照相，根本就不是為了推廣新產品，而是為了展示自己長得好看。醉翁之意不在酒，她就是喜歡聽自己被人誇，喜歡出風頭，虛榮至極。可笑的是還真的有好多人每天圍著她贊。

齊娜顫抖著往自己的頁面上打上一行：

虛榮的人是可恥的。

她又看了一遍，「支持」二字像刀子紮她。阿 Paul 在他們冷戰的生死關頭沒有一封信發來，卻竟然有閒心去美女的頁面說一聲「支持」。天啊！齊娜覺得活不了了。瞧瞧阿 Paul 回覆的是什麼消息啊。「新產品：網路隱身衣，專門躲避網路小祕書。」這不就是為了徹底躲我嗎？她想，這簡直欺人太甚。

齊娜忍不住又一次更新自己的狀態：

悲傷他媽的去死，我要餵回憶喝王水。

她又把氣撒在小祕書身上，對它毛絨球球的身體又捶又打。可是小祕書卻一點不生氣，只是在網頁上四處亂跑，每次跑到角落就抬著水汪汪的大眼睛看著她。她下不去手了，憤憤地丟開網頁，回到韓姨身邊。韓姨已經幫二十二、二十三號也擦好了額頭和臉。

「快十一點了。」韓姨看了看表說，「我得去實驗室那邊看恒溫箱了，剩下的你來吧！」

她說著邁著平穩的步子出門離開，後背一直挺得直直的。十一點整，一分不差。

剩下齊娜一個人，她被遺棄的悲傷更無法排解。她想哭，可是嗚嗚了幾聲，卻無論如何沒有眼淚。她跺著腳，心裡同時騰起膨脹的難過和空洞的寂寞，可膨脹填不進那空洞。她將網頁全關掉，屋子裡一時間彷彿黯淡了。櫃子和牆壁都恢復了空無一物的灰白色，金屬質地冰冷平整，像無動於衷的冷漠上帝，遠遠地看著她。

齊娜幾乎是帶著點捧打的氣惱打開所有腦波儀，生成所需要的一切資訊，連接上電極，給每個病人的頭頂亂七八糟地貼上。她不知道自己的心情壞掉會不會影響儀器的隨機生成，即使會，她也不想管了。她都快分手了，哪還有心情去管幾個永遠昏迷的傢伙。二十二號是位過氣的女明星，年輕時還算漂亮，但衰老得很快，剛過三十就沒人再理。二十三號是個閒職者，總是發文章與其他人戰鬥，他指責當紅者是草包，說自己是偉大作家，因為卡夫卡和曹雪芹生前都發表不出小說，而他也發表不出。他們都有著特定的程式，生成適合的語言。

齊娜看著每個監控小螢幕上顯示的語言，以確保通過腦波輸入的是合適的電流。

電流汩汩流動。「讚！就是要活得有個性！你身材好婀娜！你說的養生湯我回去做了，真是好極了！你是大美人！豐滿性感，比骨瘦如柴的小妞美多了！那堆柴火棒，醜死了！」這是給二十一號的。二十一號在床上忸怩起身體，臉上洋溢著甜膩的笑，肉肉的肚子摩擦著床單，把床單弄皺到一邊，齊娜不得不費很大力氣給她拽平，又擦了擦她的口水。

「我們全家都是你的粉絲！真是大快人心啊！我特別喜歡聽你演講！我覺得你特幽默！我本來不想活了，是你的演講給了我勇氣和力量！」這是給二十號的。二十號的身子抽搐起來，腰向上弓起，隨著輸入話語的節奏興奮地一竄一竄。

「你還記得我嗎？我支持了你十年啊。你的演技太棒了，比現在所謂新明星強太多了！時代墮落了，但我永遠記得你！你是經典！我愛你！」這是給二十二號的。二十二號一直比較安靜，她只是閉眼躺著，嘴角微微上揚，雙手向身體上方伸出，像聖母一樣。

「加油！你是人類的良知！你是最勇敢的戰士！別跟那些腦殘一般見識！他們只會拉低你的智商！那些人都是繡花枕頭，他們攻擊你是因為你說真話！時代一定會銘記你的！」這是給二十三號的。他比較吵鬧，不只是被動聽著腦電波傳來的話語，而且嘴裡不停嘮嘮叨叨，跟著輸入語言的聲調起伏，反覆重複著某個什麼觀點。齊娜聽不清他的話，只知道他用各種聲音和各種語言重複同一句話，攻擊力十足，電流的輸入就像是戰鼓擂擂。

齊娜弄好一切已經過了午夜，她疲倦地坐在空床上。身體疲倦，心也疲倦。這世界似乎只剩下她一個人。充滿乏味金屬的房間襯出她單調乏味的心情。她掏出手機，又刷了幾次評論。夜深了，也許大家都睡了。沒有人回覆，阿 Paul 還是不見蹤影。只有電流枯燥持續。她無力地坐在病房中央，灰色的牆壁地板似乎就是全世界。

也許試一次也無所謂，她忽然想，就一次。

她躺到空床上，將幾隻電極貼片貼到自己額頭上，閉上眼睛，按下機器上的栗色開關。機器先嗡鳴了一陣，掃描她大腦裡的思維過程，然後她開始聽到催眠曲一樣的低聲絮語，像某個朋友的仗義執言，又像某個睿智老者的諄諄教導。她心裡有一種被溫柔按摩過的舒適，呼吸平順之後，灰色病房消失了，她看到朝陽下的綠草露水。「你的內涵深，膚淺的人不懂！」聲音以令人確信的口吻在她頭腦中溫柔迴響，「你長得一點都不差，不比那些膚淺的美女差，只是你不像她們那樣愛現罷了。虛榮是可恥的，表現自己的人，早晚有一天被人不齒！你比她們有思想多了！愛你的人早晚會發現這一點。」齊娜在這些話裡安靜下來，世界充盈了，阿Paul似乎離得遠了，也沒那麼重要了。她不清楚自己睡著還是沒睡著，只覺得陽光下的樹葉散發嫩綠環繞在她身旁。她在迷迷糊糊半睡半醒間想到，如果一直這樣下去也好。

拖延症患者

Chapter 11

「我要完蛋了。」阿愁說。

阿蛋在床上支支吾吾翻了個身。

阿愁把螢幕轉到Word，勉強輸入了兩個字，卡住了，覺得使用得不對，又一時想不起其他詞，焦急得臉發熱，大腦暫時短路，又寫不下去了。下意識地把滑鼠又點在瀏覽器上，打開微博頁面刷，沒有新微博。打開BBS介面刷，在一個板上有一條新帖子，點開看了只有一個「re」，再開一個板，沒有新帖。

他轉回Word，強迫自己坐了半分鐘，想出了一個替代詞，一時間有點振奮，一鼓作氣又寫了三十多個字，完成了兩句話。他覺得小有點成就感了，可以稍微休息一下了。又點回瀏覽器，有兩條新微博，迅速看完了。絞盡腦汁想回覆一條，可是實在沒啥可說。BBS還是一片乏善可陳的荒廢，他有點生氣了。百無聊賴中，他打開門戶網站，點了動漫頻道，看首頁上的視頻。可是卻又看不下去，看到一半就被負罪感裹挾，機器人附體般回到Word。

再次卡殼的時候，他終於到了崩潰的邊緣。

「我完蛋啦！」他叫起來，「我完蛋了。」

阿蛋被他吵醒了，揉了揉眼睛，歪著身子探出床外，問：「咋了？」

「今天無論如何也寫不完了。」

「甭著急。啥時候交？」

「明天上午開題。怎麼也得在那之前寫完帶過去，要不然就開不了題了。」

「還十多個小時呢，來得及。」阿蛋打了個呵欠，又躺下了。

阿愁原計劃前一天把文獻綜述寫完，今天寫研究計畫，可是現在還完全沒影。他沒料到文獻綜述這麼難寫，到今天才寫了這一章的一小半，除了兩篇看過的文章沒總結，還有三篇重要文章根本還沒看。他已經在一個段落糾結了一個小時以上，有一段內容怎麼也寫不清楚，英文就不是很懂，翻譯成中文語序又差得一塌糊塗，覺得自己說的都不是人話，寫了刪、刪了寫，越寫心底越冒火。火不斷向上竄，從胃裡撩動他的喉嚨，他得費盡全力壓著才能坐住。他坐在火燒火燎的深淵上，瞪著空白螢幕，火下面是一片虛空，無根無基，腳下完全沒底。他覺得自己已經快要哆嗦了。他耐著性子想讓自己專心一點。

利用不同時期星系團的速度……宇宙常數模型的主要問題……

這時候，阿言推門走進宿舍。

「怎麼樣了？」阿言輕快地問。

「比你出門時多寫了七個字。」阿愁說。

「我說你應該早點寫吧。」阿言咧著嘴在笑，「我就跟你說文獻綜述沒那麼好寫。我原來有一次學期作文，就寫兩千字的文獻綜述，熬了兩個晚上才寫完。我去，那回起了一臉痘。後來我就知道了，這種事就得早點動手。」

阿愁一言不發地坐在凳子上，身子都僵硬了。

他願意用一切換阿言安靜下來。

「我原來也有拖延症。」阿言還在笑，笑得就像撲克牌上的大貓一樣，「也愛把什麼事都拖到最後。但是自從那次趕完那篇論文之後，我就下定決心再也不能那樣了。其實現在我也管不住自己，但我覺得拖著肯定不好，我現在都儘量早點動手。」他把洗了的襪子歪七扭八地掛在床頭的一根繩上，「哪怕最開始什麼都幹不下去吧。我也肯定是第一天就建一個文檔，讓自己象徵性地寫幾個字。然後隔幾天就逼自己寫一點，先寫個提綱也就心裡有數了。不過我定力還是不行，好多事也都拖到最後。」

阿愁想像著把阿言的腦袋拆下來再安上，像一個波浪鼓一樣搖晃。

床上的阿蛋被阿言吵起來了，坐在床上揉自己的亂髮，打了個嗝，雙下巴顫了顫。

「我還是願意最後一天再寫。」阿蛋慢吞吞地說，「我得等最後的 deadline 逼自己一下，小宇宙才能爆發。」

「那樣品質肯定不如早點開始弄效果好。」阿言說。

阿蛋從床上爬下來：「不一定。我還是最後爆發效果好，就那最後一晚上最有力量，小宇宙只能燒一晚上就滅了。早弄肯定不行。」

「效果還是不一樣的。你先做一個版本，隔兩天看出毛病。效果真的好。」阿言說。

阿愁用拳頭揉太陽穴，想讓自己精神集中。

話還在飄浮。

他用掌根堵住耳朵。

不知道為什麼，對話還是能聽見。他快要抓狂了。慘白的 Word 文檔上，稀疏可憐的字體在飛。他頭暈得很，似乎快要從冒火狀態進入冰凍狀態。

阿言一本正經和阿蛋辯論：「你不能因為你做不到，就說不好。我也總拖延，但我知道這肯定不好。就好比你不能堅持每天鍛煉身體，但還得承認鍛煉身體是好的。」

「不對。這種情況下，你就應該相信每天鍛煉身體是不好的。」

「靠。」阿言說，「那別人撤你一個嘴巴，你是不是還覺得是好的了？書裡寫的就是你。」

阿蛋慢吞吞地穿鞋。「吃飯去嗎？」阿蛋問阿愁。

「不去了，我要死了。」阿愁說。

「沒事兒。你現在抓緊，肯定來得及。」阿蛋說，「要我們給你帶點什麼上來嗎？」

「不用了。」

「要不給你買點包子吧？」阿言說，「或者我們要一鍋麻辣香鍋，給你留點？」

阿愁快要到極限了，他需要非常努力才不爆發出來。

「沒事，不用急。」阿蛋看得出阿愁的壞情緒，慢吞吞地說，「其實溫拿跟盧瑟差不多，唯一的差別是溫拿拖延到最後一天還胸有成竹的。溫拿點兒，啊。」

阿蛋和阿言出去了，只剩下空蕩蕩臭烘烘的宿舍和阿愁一個人。他什麼都看不下去。他一遍遍翻兩篇 paper，可是第一頁的英文就無論如何無法進入大腦。他凝視著英文字母之間的空白，通過空白看入無盡的虛空。他的頭腦在虛空中膨脹，變得越來越稀薄。

他焦慮得無法呼吸，快要跳起來撞牆。他覺得自己一定會失敗，整個晚上將這麼坐下去，什麼也弄不出來。然後明天無法開題，導師和其他請來的老師會非常不快，老師們會嘟著臉坐著，導師會非常下不了台，惱怒中會犀利地諷刺他給組裡丟人，然後這兩年都會給他小鞋穿。然後他會畢不了業，肄業退學之後只有本科學歷，找不到工作，混在北京城，不敢回家。沒有女生會看得上他，找不到老婆，沒有房子沒有車子，到最後只能流落街頭，乞討時被人拍照轉載到微博上：高材生不思進取、咎由自取。

阿愁毫無辦法，痛苦不已。他希望這個時候突然有人跳出來，把他頭腦裡的一團糨糊給理清，告訴他什麼是 MOND 模型，模型有幾個變種；告訴他宇宙常數和真空能之間巨大的數量級差異有什麼意義;告訴他暗能量究竟是什麼東西,宇宙為什麼要他媽的加速膨脹。他想像自己突然神清氣爽，在最後一個晚上小宇宙爆發，振筆疾書，寫下大段大段文獻綜述，飛速寫作，越來越快，最後成功寫出五十頁文章，趕上開題報告的樣子。

他想像自己成為溫拿，了解宇宙膨脹的奧祕，拿到天體物理學位，然後跟著宇宙去飛。超出太陽系、銀河系、本星系團，進入空曠黑暗的宇宙深處，向四面八方飛速膨脹。

宇宙向四面八方飛速膨脹。

越來越快。

加速。

加速。

加速。

在阿愁和他的所有人類同伴消亡五千萬年之後，宇宙的膨脹忽然停止了。

宇宙沉默了片刻，讓所有星系獲得喘息。

然後宇宙用它專屬的語言方式說：「老師，這是我的作業。還來得及吧？」

國家圖書館出版品預行編目 (CIP) 資料

孤獨深處 / 郝景芳作 . -- 初版 . -- 臺北市：遠流，
2016.11
面； 公分 . -- (文學館 COSMOS ; E06001)
ISBN 978-957-32-7909-9(平裝)

857.63 105019090

文學館 E06001
孤獨深處

作者／郝景芳
總監暨總編輯／林馨琴
編輯／楊伊琳
企畫／張愛華
美術設計／三人制創

發行人／王榮文
出版發行／遠流出版事業股份有限公司
地址：臺北市南昌路二段 81 號 6 樓
電話：（02）2392-6899
傳真：（02）2392-6658
郵撥：0189456-1

著作權顧問／蕭雄淋律師
2016 年 11 月 1 日　初版一刷
新台幣定價 300 元

（本書中文繁體字版由北京九志天達文化傳媒有限公司獨家授權）
版權所有　翻印必究　Printed in Taiwan
ISBN 978-957-32-7909-9

遠流博識網
http://www.ylib.com
E-mail: ylib@yuanliou.ylib.com.tw